SÉRIE DE LA MALÉDICTION DES IMMORTELS

I0678879

Rejoignez le Groupe de discussion sur *La malédiction des immortels* pour en savoir plus sur la série !

 Pendant quelques instants, elle oublia sa propre existence, cessa de penser que ça ne pouvait pas être réel et expérimenta seulement la tendresse et l'amour de l'homme, et la *douleur*.

Ses dents étaient dans son cou, s'abreuvant d'elle, lui donnant la chair de poule et transperçant toutes ses défenses. Elle poussa un cri, tombant tête la première dans un autre oubli alors qu'il s'enfonçait en elle, la prenant avec une force qui lui faisait mal d'une belle manière, une force qui touchait son âme même.

C'était sa vie.

Son but.

Sa motivation.

Elle aimait cet homme. Ce Sethios. Celui qui avait ébranlé toutes ses croyances et avait brisé les plus fortes de ses résolutions.

Caro s'accrochait à lui en pleurant, le temps passé avec lui étant trop court. Le sacrifice qu'ils allaient faire allait changer l'avenir du monde. Mais que se passerait-il s'ils ne pouvaient s'en remettre ?

Elle n'exprimerait jamais cette peur, le fait de savoir ce qui allait arriver.

Parce que sa mère la trouverait lorsqu'elle aurait échoué à localiser Astasiya.

Caro aurait à subir la réformation.

Et elle survivrait.

C'était son but, son unique secret, dont elle ne s'était jamais départie. Avec Sethios gravé à jamais dans son âme, le Conseil ne pouvait les séparer. Ils essayeraient et échoueraient. Elle reviendrait à lui. Toujours.

— Je t'aime, lui chuchota-t-il, ses lèvres se faisant une caresse contre son oreille. Je t'aimerai toujours.

— Je t'aime aussi, souffla-t-elle.

Et cette fois, c'était elle. Sa voix. Son cœur. Son corps. Son âme. Elle était tombée dans le souvenir, enchantée et prise au piège, sans jamais le lâcher.

Le regard de Sethios brûlait dans le sien.

— Reviens-moi, Caro.

— Je suis juste ici.

— Reviens-moi, mon ange.

Elle fronça les sourcils.

— Je suis ici.

— Tu me manques.

Ça n'avait aucun sens. Comment pouvait-elle lui manquer ? Il était en elle, lui faisant l'amour. À ce moment-là, tout commença à se brouiller, le souvenir lui glissant entre les doigts et la ramenant littéralement dans une cage de verre.

Elle fronça les sourcils. *Où suis-je ?*

CHERCHEUR DE SANG

SÉRIE DE LA MALÉDICTION DES IMMORTELS

AUTEURE À SUCCÈS USA TODAY

LEXI C. FOSS

Chercheur de sang

Copyright © 2022 Lexi C. Foss

Revu et corrigé par : Outthink Editing, LLC

Relecture et correction par : Katie Schmahl & Jean Bachen

Couverture illustrée par : Covers by Manuela Serra

Photography: JW Photography

Models: Aidan Stewart & Kristen Lazarus-Wood

Publié par : Ninja Newt Publishing, LLC

Édition numérique

eBook ISBN : 978-1-68530-165-1

Paperback ISBN: 978-1-68530-166-8

Traduction : Well Read Translations

À Casey, pour m'avoir convaincue de réfléchir et de jouer avec un certain Ichorien aux cheveux blonds. ;)

À Jean, Katie et Bethany, pour avoir rendu ce livre possible. Je serais perdue sans vous !

À Heather, pour ton amour et ton soutien pour cette série et pour m'avoir toujours fait sourire. Kylan te passe le bonjour. <3

CHERCHEUR DE SANG

SÉRIE DE LA MALÉDICTION DES IMMORTELS

LIVRE SIX

CHERCHEUR DE SANG

Les Séraphins ne ressentent rien.
Les Séraphins n'aiment pas.
Les Séraphins ne réagissent pas.

Ce sont les règles avec lesquelles tout être supérieur vit.
Caro les a toutes transgressées pour *lui*.

Maintenant, elle est perdue dans une mer vide, punie pour
le péché ultime d'avoir choisi une abomination, *un vampire*,
plutôt que son devoir.

Sethios lui a promis de la chercher, de la trouver, de la
sauver, mais à chaque souffle qui passe, son espoir se fond
dans le désespoir.

La retrouvera-t-il à temps ? Ou l'esprit de Caro se brisera-
t-il sous l'effet de la folie ?

Bienvenue dans l'univers de La malédiction des immortels.
Le Conseil supérieur des Séraphins va vous recevoir...

LA MALÉDICTION DES IMMORTELS LEXIQUE

ÊTRES SURNATURELS

Novice (nom) : L'enfant d'un homme ichorien et d'une femme humaine, qui n'a pas encore été ressuscité en Hydraien. En général, ils ne possèdent pas de dons psychiques ou surnaturels jusqu'à leur résurrection en tant qu'immortels.

Hydraien (nom) : L'enfant immortel d'un homme ichorien et d'une femme humaine qui possède deux dons surnaturels ou psychiques et qui n'a pas besoin de sang humain pour survivre.

Ichorien (nom) : Un être immortel d'ascendance inconnue, qui possède un don psychique ou surnaturel et qui doit boire du sang humain pour survivre.

Immortel (nom) : Un terme général pour désigner un être qui ne vieillit pas et qui est immunisé contre les causes de décès naturelles.

Progéniture (nom) : Terme que les Ichoriens utilisent pour désigner ceux qu'ils ont créés par le processus de transformation ichorien.

Séraphin (nom) : Un être qui appartient aux plus hauts échelons de la hiérarchie des anges.

MOTS-CLÉS

Arcadia : Club ichorien renommé situé à New York, qui sert aussi de lieu de rassemblement principal au gouvernement ichorien.

Lois du sang : Une série de décrets créés par le gouvernement ichorien en réaction au Traité de 1747.

Fondation humanitaire pour les catastrophes (FHC) : Une organisation d'aide humanitaire mondiale dont le siège social est situé à New York et qui possède une unité paramilitaire secrète conçue pour exterminer les êtres surnaturels hors-la-loi.

Conclave : Le gouvernement ichorien.

Édit : Une loi ou une règle émise par le Conseil supérieur des Séraphins.

Anciens : Les premiers Hydraiens, qui forment également le gouvernement hydraien.

Lignées du destin : Les Séraphins qui peuvent prédire l'avenir.

Conseil supérieur des Séraphins : Le gouvernement des Séraphins.

Nizares : Les assassins ichoriens expérimentés qui chassent et tuent les Novices.

Poison nizarin : Une substance verte connue pour tuer les Novices et empêcher leur résurrection.

Sentinelle : Un soldat de l'unité de la FHC conçue pour supprimer les êtres immortels hors-la-loi.

Traité de 1747 : Un armistice signé par les Hydraiens et les Ichoriens pour cesser les combats et qui désigne les lieux de vie des deux lignées. Ceux qui choisissent de franchir les frontières le font à leur propre risque.

INTRODUCTION

STAS

Beaucoup de choses se sont passées au cours de la dernière année de mon existence. Je vais donc essayer de les récapituler pour ceux d'entre vous qui auraient besoin qu'on leur rafraîchisse la mémoire...

Une guerre entre immortels se prépare et va probablement détruire l'humanité telle que nous la connaissons. Et d'une certaine manière, je suis au cœur de tout ça.

Mon grand-père est le Séraphin de la Résurrection, ce qui signifie qu'il contrôle la vie et la renaissance. Il a utilisé ce don à son profit au cours des derniers millénaires, créant une armée d'Ichoriens et d'Hydraiens, tous destinés à le servir.

Certains d'entre vous se demandent peut-être : *que sont les Séraphins, les Ichoriens et les Hydraiens ?*

Ha. Ouais. Je sais ce que vous ressentez. Jusqu'à récemment, je n'avais aucune idée de ce que c'était. Pour les Séraphins, c'est facile : en essence, ce sont des anges. Pour les autres, c'est plus compliqué. Je vais donc essayer de vous l'expliquer.

En bref, ce sont des êtres immortels.

Partant de là, les Ichoriens sont comme les vampires,

sauf qu'ils n'ont aucune de leurs faiblesses. Ils peuvent même manger de la nourriture normale. Mais ils ont besoin de sang humain pour survivre. Ils possèdent également un pouvoir quelconque qui a été amplifié à un degré surnaturel lors de leur renaissance.

Par exemple, Issac, le compagnon avec qui je suis liée, peut contrôler la vision. Tristan, sa progéniture, peut contrôler le son et son autre progéniture, Mateo, est un magicien de la technologie.

Scientifiquement parlant, cette capacité provient d'une affinité qui existait déjà dans leur lignée lorsqu'ils étaient humains. Pendant le processus de résurrection, ce gène est activé et un talent surnaturel naît.

Les Hydraiens sont un peu différents. Ils sont créés lorsqu'un homme ichorien s'accouple avec une femme mortelle. L'enfant est en fait un humain que les Ichoriens appellent *Novice* et il reste mortel jusqu'à ce qu'il meure. Une fois tué, il renaît sous la forme d'un Hydraien et possède non pas un, mais deux dons, un pour chaque lignée. Par contre, ils n'ont pas besoin de sang humain pour survivre.

Vous vous demandez probablement ce qu'est cette guerre entre immortels dont j'ai parlé et comment elle se rapporte à toutes ces absurdités scientifiques. Je vous promets, j'y arrive.

Les Ichoriens détestent les Hydraiens, voyez-vous.

Pourquoi ?

Par jalousie. C'est du moins ce que je pense. Non seulement les Hydraiens ne sont pas soumis à l'exigence d'absorber l'essence humaine, mais ils ont aussi deux dons *et* leur sang est réellement toxique pour les Ichoriens.

Alors oui, ils ne s'entendent pas.

Ils se sont fait la guerre il y a longtemps, avant de parvenir à un accord entre les espèces lorsque les Ichoriens ont réalisé qu'ils ne pouvaient pas exterminer les Hydraiens. Tout est resté calme pendant quelques centaines d'années, mais l'animosité a toujours couvé en arrière-plan.

Le hic ? Tout ceci fait partie du plan d'Osiris. C'est le maître créateur. Cependant, il n'a pas passé tout ce temps à créer des pions qui se combattraient les uns les autres. Non. Il veut qu'ils partent en guerre comme un seul homme contre les Séraphins.

Pour être honnête, je ne sais pas encore grand-chose de ces derniers. Je veux dire, je viens de découvrir récemment que j'en suis un. Lizzie, ma meilleure amie, est enceinte et en attend un, ou du moins c'est ce qu'on suppose.

Parce que la FHC a créé Lizzie dans un laboratoire.

Qu'est-ce que c'est, la FHC ? La Fondation humanitaire pour les catastrophes est une organisation humanitaire qui n'est pas si humanitaire que ça. Elle était dirigée par un Ichorien qui voulait dominer le monde. Au lieu de ça, nous l'avons tué et le reste de sa division de Sentinelles est parti en fumée avec lui. En fait, quelques-uns ont survécu – ils sont en détention chez nous – mais la dimension sinistre de l'organisation a échoué.

Sauf qu'elle a laissé des empreintes durables, l'une d'elles étant ma meilleure amie enceinte jusqu'aux yeux. Sa génétique indique qu'elle est un Séraphin, ce qui explique pourquoi Jayson et Lizzie ont pu procréer et aussi pourquoi tout le monde croit que leur enfant sera un ange.

Selon Leela, un Séraphin de la lignée de la Fertilité, la génétique des immortels ne fonctionne pas comme celle des humains. Je la crois parce que des ailes m'ont poussé juste après mon vingt-cinquième anniversaire. Ma mère est un Séraphin de sang pur et maintenant, moi aussi.

Quoi qu'il en soit, en résumé, Osiris a créé une armée et a l'intention de partir en guerre contre les Séraphins, en se servant de nous comme des pions sur le champ de bataille. Beaucoup d'immortels ne le savent pas encore ; c'est quelque chose que nous n'avons commencé à comprendre que récemment. Cela dit, tant que je n'en saurai pas plus sur les Séraphins, je ne bougerai pas d'un pouce.

La prophétie qui dit que je vais détruire la race immortelle peut aller se faire foutre.

Je prends mes propres décisions.

Et je vous invite à faire vos propres choix, vous aussi.

Choisissez un camp. Protégez-vous. Et pour l'amour de Dieu, ne vous approchez pas d'Osiris. C'est un monstre. Bon sang, ce connard a balancé ma mère au fond d'un océan où elle se noie encore et encore depuis dix-huit ans. Il a aussi effacé les souvenirs de mon père sur tout ce qui lui est arrivé.

C'est là où nous en sommes maintenant : je viens de sauver mon père et nous devons désormais trouver ma mère. Mais comme je l'ai dit, elle se noie quelque part et cette planète est presque entièrement recouverte d'eau.

Donc, la trouver va être une sacrée tâche. Heureusement, nous avons beaucoup de soutien dans cette mission.

Lisez la suite pour continuer le voyage.

Mais souvenez-vous : ne faites confiance à personne, faites attention aux détails, ne croyez pas tout ce que vous entendez et surveillez vos arrières.

Une guerre se prépare.

Quel camp allez-vous choisir ?

PROLOGUE

CARO

Tout est si sombre ici. Froid. Douloureux. La souffrance personnifiée.

J'ai pris l'habitude de compter les secondes. Elles sont ensuite devenues des jours et des semaines. Il est difficile de savoir ce qui est vrai ici. Je meurs. Je vis. Je meurs à nouveau.

Mon esprit vagabonde une fois de plus et je jurerais entendre la voix de Sethios. Si douce. Chaude. Inquiète.

Tu me manques, ai-je envie de lui dire. *Pourquoi n'es-tu pas venu me chercher ?* voudrais-je lui demander. *Pourquoi personne n'est-il venu me chercher ?*

Nous avons fait cela pour une raison.

J'ai abandonné ma fille pour la protéger. A-t-elle grandi ? Quel âge a-t-elle maintenant ? Est-elle en sécurité ? Osiris l'a-t-il finalement trouvée ? Gabriel est-il vivant ? Et Sethios ?

Mes poumons se remplissent de glace une fois de plus. J'en ai l'habitude maintenant. Je ne peux retenir mon souffle qu'un certain temps.

Je lui permets de me consumer, de m'aspirer pendant ces brefs moments de répit que l'on ne trouve que dans l'au-delà.

Parfois, ma fille me rend visite. Ce n'est qu'un rêve, une attente irréaliste, mais je m'y laisse aller quand même.

Tout comme je me laisse choir à cet instant dans une vision d'ailes noires et d'un sourire cruel. Ce n'est pas Sethios, mais cela lui ressemble tellement. Je soupire. *Où es-tu ?* me demandé-je. *Est-ce que ton cœur se brise comme le mien ?*

Je me sens légère. Ressuscitée. Les chaînes sont un rappel de mon destin.

Ce n'est pas une histoire heureuse. J'ai tout sacrifié pour ceux que j'aime et j'éprouve une angoisse perpétuelle.

Mais tant que mon petit ange vit, il y a de l'espoir.

La prophétie dit que c'est elle qui nous détruira tous. Est-ce que cela m'inclut ? Son père ? Notre famille et tous nos amis ? Le Conseil supérieur des Séraphins l'a-t-il trouvée ?

Je frissonne.

Ce monde est si froid et si noir. Si absolu dans son obscurité.

Une autre inspiration.

Une autre brûlure.

La mort.

Et tout recommence indéfiniment.

Je sombre en boucle, rêvant d'évasion. Rêvant de *lui*, mon amour, mon existence. Celui que je ne peux plus percevoir. Celui qui me brise le cœur même dans l'au-delà.

Libère-moi, Sethios, le supplié-je. *Libère... moi...*

Mais c'est peine perdue. Personne ne peut me trouver maintenant.

Ça fait mal. Ça brûle. Ça me tue une fois de plus.

La mort. Une mort douce. Là, je peux respirer, même si ce n'est qu'un instant. Mais ces plumes noires chatouillent ma vision une fois de plus. Que sont-elles ? Pourquoi sont-elles ici ?

Je me réveille une fois de plus pour quelque chose de nouveau.

L'eau a disparu.

Le monde est rempli de pierres. Une chaise. Plus aucune chaîne. *Où suis-je ? Une autre vision ?*

Mais celle-ci est bien différente, animée par la source de folie qui se tient devant moi.

Un éclair de panique frappe mon cœur. Dans un sursaut, je redeviens vivante sur ma chaise et mes yeux s'écarquillent.

Ça ne peut pas être réel.

Après tout ce temps, pourquoi maintenant ?

— Bienvenue, Caro, dit-il, d'une voix égale, sans émotion. Vous et moi devons parler.

Cette voix froide est la façon dont je sais que je suis vraiment partie. Morte. Pour ne plus jamais refaire surface.

Oh, Sethios. Je t'aime. Sache que je ne regretterai jamais notre choix. Elle a survécu. Je suis morte. Je vous aimerai toujours tous les deux. Pour l'éternité, mes chéris... Pour l'éternité...

SETHIOS

OÙ ES-TU, mon ange ? demanda Sethios pour la millième fois, le regard fixé sur les étoiles. *Pourquoi ne me parles-tu pas ?*

Aucune réponse.

Il soupira, les mains dans les poches de son jean, le cœur serré. Une semaine s'était écoulée depuis qu'Astasiya avait libéré son esprit. Pas totalement, mais suffisamment pour que Sethios puisse penser au-delà du contrôle de son père.

Son esprit avait encore quelques failles.

Des poches de souvenirs manquants.

Mais il se souvenait de son ange, de sa Caro, de son amour.

— Bordel ! marmonna-t-il en fermant les yeux alors qu'il l'imaginait au fond de l'océan, mourant encore et encore.

Il l'avait laissée dans cet état pendant dix-huit foutues années, complètement inconscient de ce qu'elle subissait. Tout ça parce que son père l'avait effacée de son esprit, la reléguant à un monde d'inexistence.

Pendant tout ce temps, Sethios n'avait pu reconnaître sa compagne.

Ils avaient été liés d'une manière que son esprit ne pouvait comprendre à cause du brouillard que lui avait infligé la persuasion de son père.

Et maintenant, il ne la trouvait plus. Parce qu'elle avait renoncé à lui, au monde, au fait que quelqu'un puisse un jour la sauver des chaînes qui la retenaient sous l'eau.

Ses genoux menacèrent de céder, sa poitrine semblable à une caverne noyée sous une vague d'angoisse. D'une certaine façon, le supplice d'Osiris avait été une bénédiction. Il avait fourni à Sethios plus de dix ans de néant. Sans douleur. Sans compréhension. Sans avoir à se soucier du monde.

Maintenant, tout l'écrasait avec la chaleur d'un million de soleils, brûlant chaque molécule en lui.

Il devait se ressaisir. Pas seulement pour Caro, mais aussi pour Astasiya.

Ah, son petit ange... Elle était devenue une femme en un clin d'œil. Elle avait encore sept ans hier. Du moins, pour lui.

Sethios relâcha son souffle et se passa une main sur le visage en secouant la tête. Le fait de s'apitoyer sur lui-même, c'étaient des conneries et ça n'allait rien arranger du tout. Il devait trouver Caro. Ensuite, il devrait découvrir un moyen de faire tomber son père. Tuer le vieil homme n'était pas une option : les Séraphins ne mouraient pas. Mais il pouvait le neutraliser. Peut-être en versant une cuve de béton sur sa tête.

Sethios eut un frisson en songeant à la dernière « punition » orchestrée par son salaud de père. Osiris avait forcé Sethios à s'enterrer vivant en se plongeant dans du béton liquide. Cela avait fait un mal de chien. Et pourtant, bizarrement, ce n'était pas comparable à la souffrance qu'il ressentait ces jours-ci.

Il avait l'impression que son âme était déchirée en deux. Déchiquetée. *Détruite.*

Caro restait inaccessible, son dernier murmure dans l'esprit de Sethios ressemblant à un rêve. Était-ce bien elle, ou son propre esprit lui avait-il joué un tour ?

Merde ! La douleur qu'elle devait éprouver...

Il ravala sa salive et ferma brièvement les yeux une fois de plus. Il fallait qu'il arrête de s'apitoyer sur son sort et qu'il commence à chercher.

Il y avait juste un problème.

Il ne savait pas par où commencer.

Gabriel lui avait montré sur une carte tous les endroits qu'il avait fouillés jusqu'à présent – il y en avait des milliers – et aucun d'entre eux ne révélait ne serait-ce qu'un indice de sa localisation. Cette planète était principalement composée d'eau, laissant un nombre infini de possibilités. Et si elle ne lui parlait pas, il n'avait quasiment aucune chance de savoir où elle se trouvait.

Non pas qu'elle puisse les aider beaucoup depuis les profondeurs.

Sethios se mit à faire les cent pas, ce qu'il faisait souvent sur cette plage. Gabriel possédait l'île entière, sa maison n'occupant qu'une petite parcelle de l'espace. Certains sous-bois auraient besoin d'être éclaircis, mais sinon, c'était un domaine idéal au milieu de l'océan Pacifique. Les vagues agitées se brisaient contre le rivage avec une fureur qui rivalisait avec l'humeur de Sethios.

Il marchait seul, s'abandonnant à la nuit, recherchant la solitude offerte par les étoiles. Près de vingt années défilèrent en un clin d'œil devant ses yeux et disparurent aussitôt. C'était une si courte période. Et pourtant, elle avait profondément changé sa vie.

Trois mille ans d'existence ne l'avaient pas préparé à ressentir cela. Cette solitude. Cet anéantissement. Ces *meurtrissures*.

Il serra les poings, son esprit s'égarant une fois de plus vers son ange. *Où es-tu, Caro ? Parle-moi.*

— Papa ? l'appela une autre voix.

Sa fille apparut dans un tourbillon de plumes translucides à quelques mètres de là. Ses ailes battaient autour d'elle alors qu'elle cherchait son équilibre, son plumage opale brillant sous la lune. Puis elles disparurent lorsqu'elle reprit son état corporel avec une expression de concentration habile.

Elle apprenait toujours à maîtriser ses dons angéliques, notamment celui qui lui permettait de contraindre les autres.

— Salut, mon petit ange, murmura Sethios en faisant de son mieux pour étouffer la colère qu'il ressentait intérieurement.

Il ne voulait pas l'effrayer, pas après l'avoir retrouvée si récemment.

C'était un peu étrange d'avoir une fille adulte qu'il n'avait pas vue depuis des années et qui avait déjà trouvé sa tendre moitié. Sethios se sentait presque remplacé, puisque la loyauté d'Astasiya était désormais partagée entre la famille qu'elle avait connue et celle qu'elle avait créée.

Il n'avait pas encore décidé de la façon dont il allait réagir à cela.

Le côté obscur de Sethios voulait massacrer l'immortel qui pensait être assez bien pour sortir avec sa fille – non, pas seulement sortir, mais *s'unir* à elle.

En même temps, son côté plus sage respectait la confiance d'Issac Wakefield. L'Ichorien ne s'était pas incliné une seule fois devant Sethios, sa priorité étant clairement Astasiya et seulement Astasiya.

Seul le temps dirait si le côté obscur l'emporterait sur le côté sage.

Pour l'instant, il acceptait ce dernier. Pour le bien de sa fille.

Il ouvrit les bras et l'accueillit dans une étreinte qui lui paraissait à la fois juste et étrange. Si elle l'avait remarqué, elle n'en dit rien, se contentant de la lui rendre avant de suivre son regard vers les étoiles.

— Ta mère et moi avions l'habitude de savourer les nuits comme celle-ci, expliqua-t-il doucement. Il y avait très peu de lumière autour du lac Seeley. Ça nous donnait un sentiment de paix et de sécurité.

Une fausse sécurité, bien sûr.

Ils n'avaient jamais vraiment été en sécurité, tout comme ils ne l'étaient pas non plus ici. Pas avec des Séraphins qui résidaient si près et son père qui essayait de les traquer.

Ils restèrent là en silence pendant un long moment, son bras autour des épaules de sa fille, leurs regards vers le ciel.

La sérénité l'enveloppa pendant un instant, son cœur se délectant des décisions que lui et Caro avaient prises. Leur séparation faisait mal mais, en fin de compte, ils avaient fait le bon choix.

Après quelques minutes, il libéra Astasiya et fit un pas en arrière pour lui faire face. Elle n'était pas venue ici pour observer les étoiles. Il pouvait voir la détermination dans ses yeux verts, si semblables aux siens. Cependant, pour le reste, elle ressemblait totalement à Caro : athlétique avec des courbes féminines, de longs cheveux blonds, des traits doux mais élégants, éthérés et superbes.

Ça faisait presque mal de la regarder.

Et pourtant, il se surprit à sourire.

— Quoi ? demanda Astasiya.

— Tu me rappelles tellement ta mère, admit-il doucement.

Une chose qu'il avait déjà mentionnée auparavant, mais qu'il ressentait le besoin de redire. Parce que c'était tellement vrai.

— Par contre, tes émotions sont un peu plus impressionnantes que les siennes. Je suppose que tu tiens ça de moi.

— Si tu parles de tout à l'heure, eh bien, Stark l'a mérité.

Les lèvres de Sethios réprimèrent un sourire.

— Je ne peux qu'être d'accord, convint-il, amusé.

Astasiya était loin d'être prête à pardonner à son frère les choix qu'il avait faits au cours des vingt dernières années. Si Sethios comprenait la plupart des décisions du Séraphin, il devait admettre que Gabriel Stark avait royalement foiré quelques détails. L'une de ces décisions avait même conduit à enterrer Astasiya vivante, ce qui était inacceptable pour toutes les parties concernées.

— Tu sais qu'il voulait bien faire, avança Sethios en guise de consolation. Mais je reconnais qu'il aurait pu un peu mieux gérer ça.

— Un peu mieux ? répéta-t-elle, incrédule. Il m'a laissé croire que j'étais *toxique* pour Issac. Sans parler de l'incident de ma mort. Oh, et le fait qu'il nous a tous laissé penser qu'il travaillait avec John.

Elle fronça le nez, rappelant à Sethios l'expression têtue qu'elle utilisait souvent dans son enfance.

— La manipulation de ma mémoire, ça craint aussi.

Il gloussa tout bas, puis répondit :

— Ouais. Comme je l'ai dit, il aurait pu mieux gérer la situation.

— Tu as dit « un peu mieux », répondit-elle. Il aurait dû *beaucoup* mieux la gérer.

— Il est jeune, il apprend.

Ce n'était pas nécessairement une excuse, mais plutôt un fait.

— Et il manque cruellement d'expérience avec les êtres non séraphiques.

— Sans déconner, lâcha-t-elle dans un grognement

Elle considéra cela pendant un moment.

— Est-ce que maman...

Elle fit une pause.

— Est semblable à Gabriel ? continua Sethios.

Astasiya hocha la tête.

— À une époque, oui, murmura-t-il, se souvenant de sa première rencontre avec Caro à l'Arcadia, à New York.

Ce souvenir provoqua un tressaillement tendre sur ses lèvres. Elle s'était montrée sous sa majestueuse forme de Séraphin, cherchant à transmettre un édit à son père. Seulement, Sethios ne lui avait pas permis de faire parvenir ce message à la personne concernée. Il l'avait plutôt persuadée de rester silencieuse, puis l'avait emmenée chez lui pour s'amuser.

— Elle a appris à ressentir, résuma-t-il.

Il ne souhaitait pas fournir à sa fille les détails de sa création. Quelque chose lui disait que cela ne l'intéresserait pas d'entendre parler de la façon dont il avait utilisé les couteaux préférés de sa mère dans la chambre.

Te souviens-tu de cette nuit, mon ange ? demanda-t-il à Caro en pensée. *Comment je t'ai baisée contre la vitre ? Puis je t'ai narguée avec tes lames le lendemain matin ? Le tranchant en acier t'a fait jouir avant même que je te baise jusqu'à n'en plus pouvoir.*

Un pic de chaleur caressa son cœur, puis disparut en une seconde, ce qui lui fit froncer les sourcils.

C'est ce dont tu as besoin, mon ange ? Des images de notre passé ?

Il lui en enverrait des milliers si c'était nécessaire. Son

esprit en contenait un arsenal suffisant pour toute une vie. Même avec une enfant qui courait partout, ils avaient trouvé le temps de s'adonner à ses sombres dépravations. Surtout parce qu'il y avait tellement de choses qu'il devait apprendre à Caro.

Ce qui le ramena à Astasiya et à ses questions concernant les émotions de sa mère.

— Elle est beaucoup plus en phase que ton frère, dit-il.

— Je crois que n'importe qui est plus « en phase » que Stark, marmonna-t-elle.

Sethios ne pouvait pas la contredire. Même Leela et Vera semblaient plus enclines aux émotions que le guerrier séraphin.

Il étudia sa fille pendant un long moment, curieux de savoir pourquoi elle le cherchait.

— Que voulais-tu me demander ?

Il baissa le ton de sa voix, lui faisant comprendre qu'elle pouvait exiger tout et n'importe quoi de lui, et qu'il s'assurerait que ça arrive. Elle était tout pour lui. Tout comme sa Caro.

Mais est-ce vraiment assez ? se demanda-t-il, laissant transparaître une pointe de culpabilité. *Tu l'as oubliée pendant dix-huit ans. Tout ça à cause de la contrainte d'Osiris.*

La mâchoire de Sethios devint douloureuse à force de serrer les dents, agacé qu'il était par ce raisonnement. Pourtant, cela continuait à le hanter, le fait de réaliser qu'il avait laissé tomber toute sa famille pendant dix-huit ans.

Astasiya dut déceler ce changement intérieur, parce qu'elle fit un pas en arrière, le mouvement de sa gorge trahissant le fait qu'elle ravalait sa salive.

— Je... je voulais te parler de maman. J'ai fait un autre rêve.

Son intérêt s'aiguisa.

— Dans l'eau ?

Elle hocha la tête, puis fronça les sourcils.

— En quelque sorte.

Ça ne semblait pas de bon augure.

— En quelque sorte ?

— C'était étrange. On était dans l'eau, mais elle parvenait à respirer.

— A-t-elle dit quelque chose ?

Astasiya secoua la tête.

— Non. Elle était trop terrifiée pour parler.

Sa fille fit une pause, les sourcils froncés.

— C'était vraiment bizarre parce qu'on ne se noyait pas. Pourtant, tout était sombre et lourd, comme si nous étions dans l'eau, mais l'atmosphère donnait une sensation étrange. Je ne sais pas. Peut-être que c'était juste un simple cauchemar, dit-elle en tordant la bouche sur le côté. Mais j'avais quand même l'impression que ça venait de maman.

Sethios considéra la description, son propre esprit cherchant à obtenir une explication de la part de Caro et revenant une fois de plus bredouille.

Cela le frustrait au plus haut point.

Oui, d'accord. Il avait merdé. Son père l'avait brisé par un moyen qu'il n'aurait jamais pu prévoir.

Le problème était qu'il *aurait dû* s'y attendre.

Osiris était créatif et avait toujours une longueur d'avance. Sethios savait qu'il ne pourrait jamais le battre.

Et pourtant... il avait surpassé son père sur un point : en gardant secrète l'existence d'Astasiya.

Peut-être que le fait d'avoir subi l'oblitération totale de son esprit avait en fait été un cadeau, donnant à Sethios le moyen de protéger tous ceux qui lui étaient chers.

Il lui faudrait réfléchir à cette idée plus tard. Il y aurait inévitablement une brèche dans laquelle il pourrait se glisser et qui lui ferait retrouver son dégoût de lui-même. Mais, pour l'instant, il permit à ce bienfait de le pousser à l'action. Parce que se complaire là-dedans ne lui apportait rien.

— Est-ce qu'Issac a vu ton cauchemar ? demanda Sethios.

— Oui, répondit Astasiya avec une grimace. C'est lui qui m'a réveillée quand c'est devenu trop sinistre.

— Trop sinistre ?

— Dévorant, chuchota-t-elle. Je n'arrivais pas à sortir du trou en nageant.

Il fronça les sourcils. L'image le troubla. Cependant, il voulait voir cela par lui-même.

— Où est Issac en ce moment ?

— À la maison. Il voulait venir avec moi, mais j'ai préféré me volatiliser.

Et pour l'instant, il ne pouvait pas voyager de cette manière avec elle, sinon il aurait perdu le contrôle de l'esprit de Skye, ce qui aurait fait sombrer cette dernière dans la folie. Osiris avait entièrement brisé l'esprit de la prophétesse, l'obligeant à se tuer si quelqu'un l'enlevait à lui sans son accord. Et c'était exactement ce qu'Ezekiel et les autres avaient fait pendant le sauvetage de Sethios : ils avaient enlevé l'atout le plus précieux d'Osiris, sa devineresse favorite.

— Quand Issac a-t-il dormi pour la dernière fois ? se demanda Sethios à voix haute.

— Il n'a pas du tout dormi, répondit-elle. Pas depuis que Skye est arrivée.

Parce que s'il dormait, la voyante se réveillerait et essayerait de s'ôter la vie.

— Nous devons trouver une meilleure solution à ce problème.

— Je sais. J'ai essayé d'imaginer un moyen d'inverser la contrainte d'Osiris ou de la briser, mais rien ne fonctionne. Il est juste trop puissant.

— Tu y arriveras, dit Sethios, confiant dans les aptitudes de sa fille. Il a juste quelques années d'expérience de plus que toi, c'est tout.

— Quelques années ? répondit-elle avec un petit rire. Tu veux plutôt dire dix mille ans.

— Plus que ça, en fait, murmura Sethios. Mais tu as une chose qu'il n'a jamais maîtrisée, mon petit ange.

— Ah oui ? Et qu'est-ce que c'est ?

— Son cœur, répondit Sethios en souriant. Tu te soucies des gens. C'est une arme puissante qu'il ne comprendra jamais.

Il tendit la main pour lui serrer l'épaule, lui accordant son plus beau regard indulgent.

— Allons parler à ton *petit ami*.

Sethios détestait vraiment ce foutu mot, surtout quand cela faisait référence à la vie de sa fille.

— Je veux voir ce rêve. Alors peut-être que toi et moi, on peut tenter de faire disparaître la contrainte de Skye ensemble.

SETHIOS

Le rêve était aussi sinistre qu'Astasiya l'avait décrit, les toiles autour d'elle étaient épaisses et compliquées. Il fouilla le visuel fourni par Issac, mais ne trouva rien qui puisse indiquer la position de Caro.

En revanche, il sentait sa peur.

Qu'est-ce qui a changé ? lui demanda-t-il. *Pourquoi es-tu subitement terrifiée, mon ange ?*

Encore une fois, rien.

C'était étrange. Avant, il adorait le silence. Il l'avait même obligée à se taire la première fois qu'ils s'étaient rencontrés. À présent, il donnerait n'importe quoi pour la faire parler. Même un cri ferait l'affaire.

Il soupira en secouant la tête.

— Je ne l'entends pas.

S'il prononçait une fois de plus ces mots à haute voix, il risquait de perdre son sang-froid.

Comment était-il censé la trouver s'il ne pouvait même pas la sentir ?

Oh, il percevait bien le lien attaché à son cœur, les pointes effilochées poignardant ses entrailles comme de petites épines en colère.

Mais à part cette sensation pesante, il ne ressentait rien. Et il *détestait* ne rien ressentir.

— Je peux essayer de dormir à nouveau, proposa sa fille avec douceur. Peut-être que le rêve sera plus clair ?

— Ou ça te consumera encore, dit Issac qui semblait bien trop fatigué.

Sethios pouvait lire l'inquiétude dans son regard, non pas pour lui-même, mais pour la femme qu'il aimait manifestement.

Que va penser Caro de leur relation ? s'interrogea Sethios. Ça la choquerait, tout comme lui. Cependant, il se doutait qu'elle approuverait, ne serait-ce qu'en raison de la manière dont Issac regardait leur fille.

Sethios secoua la tête. *Ça suffit !*

— Voyons ce qu'on peut faire pour Skye, dit-il, ayant besoin de détourner son attention.

Il n'était plus enthousiaste à l'idée de renvoyer sa fille dans le trou noir de ses rêves. Ils ne contenaient rien d'utile et devenaient plus dangereux pour l'esprit de Stas que profitables à leur recherche. De plus, Caro n'approuverait jamais le fait de mettre Astasiya en danger pour son propre bénéfice.

— D'accord, convint sa fille, son soulagement palpable.

Issac adressa un regard reconnaissant à Sethios, puis suivit Astasiya vers l'escalier.

Toutes les chambres d'amis du pauvre Gabriel étaient occupées. La plupart des visiteurs se partageaient l'espace, quelques-uns dormaient même sur des canapés. Mais on avait offert à Skye son propre lit.

Lorsqu'ils entrèrent, Ezekiel se tenait debout, les cheveux emmêlés et négligés, portant les mêmes vêtements depuis au moins quatre jours.

— Va prendre une foutue douche, lui dit Sethios. Tout de suite.

Son plus vieil ami eut un petit rire.

— Je vais bien.

— Oh, ce n'est pas pour toi, mais pour moi. Tu as une sale tête.

— Dit celui qui ressemblait à un homme de Cro-Magnon la semaine dernière.

Sethios leva les yeux au ciel. L'une des tortures préférées d'Osiris était de forcer la pousse des cheveux et des poils. Ça faisait un mal de chien. Tout comme le rasoir qu'il avait utilisé pour se raser. Juste pour endurer à nouveau la souffrance. C'était le châtiment infligé par Sethios pour avoir retiré les points de suture de sa bouche quelques semaines, ou quelques mois, ou peut-être des années, auparavant.

Le temps était une drôle de chose. Si Sethios se souvenait de presque tous les détails de sa captivité, il n'avait aucune idée du moment où ils s'étaient produits, en raison de son état mental meurtri.

Peu importait, il fallait que son ami prenne une foutue douche.

— L'odorat de Skye te remerciera, dit-il en fronçant les sourcils. À moins que tu n'essayes de la torturer en la forçant à rester à proximité de toi dans cet état ?

La question était soigneusement formulée, le mot « torturer » étant l'un de ceux qui pouvaient faire partir Ezekiel au quart de tour lorsqu'il s'agissait de Skye.

Cela poussa l'homme à l'action, sa forme légère se déplaçant à la vitesse de l'éclair lorsqu'il tenta d'envoyer son poing dans la mâchoire de Sethios. Ils s'affrontaient rarement, mais quand ils le faisaient, c'était à armes égales. Au moins lorsqu'ils étaient tous les deux en pleine forme.

Et ce n'était pas le cas d'Ezekiel aujourd'hui.

Sethios l'esquiva avec un pas de côté, faisant perdre l'équilibre à son meilleur ami. Ezekiel fonça droit dans le mur, mais cet enfoiré réapparut juste derrière Sethios pour une nouvelle tentative.

Ils dansèrent en cercle, Sethios se baissant chaque fois qu'Ezekiel balançait un poing.

— Je peux faire ça toute la nuit, se moqua Sethios.

Ezekiel avait autant de rage à évacuer que lui.

Osiris lui avait enlevé Skye il y a un siècle et avait maltraité le couple depuis.

Elle avait prédit qu'Ezekiel causerait sa perte à elle et avait essayé de lui échapper de nombreuses fois, mais il s'était entiché de la belle brune et l'avait pourchassée à travers le globe.

Il la traquait aisément, ses racines d'assassin l'aidant dans sa poursuite. Cependant, un jour après sa capture, Osiris était arrivé et avait exigé qu'Ezekiel la lui livre.

C'est pourquoi le meilleur ami de Sethios avait choisi de travailler avec Osiris. Non pas parce qu'il approuvait les plans ineptes du vieil homme, mais parce que celui-ci retenait le cœur d'Ezekiel, Skye.

La sauver était une bonne idée, mais ça rendait la pauvre femme intérieurement folle. Ezekiel avait porté le poids de la culpabilité, sa passion pour elle étant la raison pour laquelle elle avait été faite prisonnière.

Tout cela avait conduit Ezekiel à son état actuel et à la rage refoulée qui animait son esprit.

Sethios laissa un poing frôler sa joue, espérant que cela suffirait à apaiser l'ancien assassin.

Ce fut le cas.

L'obscurité qui recouvrait les traits méfiants d'Ezekiel s'estompa, les taches d'or dans son regard noir s'illuminant de savoir. Un juron franchit ses lèvres, suivi d'un mouvement de tête, envoyant ses cheveux bruns et sales se répandre sur ses maigres épaules.

Si l'enfer avait un « look », ce serait Ezekiel.

— Va te doucher, répéta Sethios. Nous allons examiner la contrainte d'Osiris et voir ce qu'on peut faire.

— On ne peut rien faire.

Le ton hagard d'Ezekiel révélait une partie de lui que les autres n'entrevoyaient que rarement : celle qui se souciait de quelqu'un d'autre que lui-même.

— On va quand même tenter notre chance, dit Sethios qui devait bien ça à son meilleur ami, après tout ce qu'il avait sacrifié pour lui, Astasiya et Caro. Laisse-nous essayer.

Ezekiel semblait prêt à lui dire d'aller se faire foutre et, s'il le faisait, Sethios l'écouterait. Mais il pensait que son vieil ami avait besoin de cette pause. Et si Ezekiel faisait confiance à quelqu'un pour surveiller Skye, c'était à Sethios.

— Ta fille a déjà essayé.

— Alors, laisse-moi faire, reformula Sethios.

— Toi aussi, tu as déjà essayé, marmonna Ezekiel.

Oui, et ça ne s'était pas bien passé.

— Tu as une meilleure idée ? répliqua Sethios, sachant parfaitement que son meilleur ami n'avait pas d'autre choix que de la laisser dans ce coma induit par la magie.

La mâchoire de l'assassin se contracta, puis il fit un pas en arrière.

— Soit, dit-il en se dirigeant vers la porte.

— Tu peux aussi piquer des vêtements à Gabriel, lui lança Sethios.

Il avait déjà lui-même fait une descente dans la garde-robe du Séraphin, d'où provenait sa tenue actuelle, un jean et un tee-shirt.

Ezekiel ne répondit pas et disparut de la pièce sans laisser de trace.

Issac haussa un sourcil sombre. Ce fut la seule réaction qu'il manifesta avant de reporter son regard saphir sur Skye. La vision qui se terrait dans l'esprit de cette femme le fit grimacer.

Sa capacité à contrôler les images mentales s'avérait utile dans ce cas, puisqu'il avait non seulement pu forcer la prophétesse à rêver, mais aussi transformer ses cauchemars en quelque chose de moins violent.

Cependant, la fatigue de l'avoir maintenue dans cet état pendant plus de sept jours se lisait sur ses traits. Il devait rester éveillé et alerte à tout moment, ce qu'il lui était possible de faire en tant qu'immortel, mais même un être aussi puissant qu'Issac avait besoin de repos.

Sethios soupçonnait également l'homme d'utiliser une grande quantité d'énergie pour surveiller l'esprit d'Astasiya, puisque c'était ainsi qu'il avait réussi à la faire sortir de son dernier rêve de Caro.

Astasiya se racla la gorge et fronça les sourcils.

— Bon, j'ai essayé de la contraindre moi-même, en lui ordonnant verbalement de rêver d'une certaine façon. Mais chaque rêve finit toujours par une tentative de suicide.

Issac hocha la tête.

— Oui, la persuasion tient fermement et s'enroule autour de sa raison de toutes les manières possibles.

Pas sa raison, mais son esprit. Cependant, Astasiya prit la parole avant que Sethios ne puisse préciser.

— Je peux la voir. En fait, je ne la perçois pas physiquement, mais je la ressens. Comme un fil barbelé sombre qui s'enroule autour de sa psyché. Je ne sais pas comment expliquer ça.

— Je comprends l'impression que tu as, murmura

Sethios, ses propres sens captant les filets tissés autour de l'esprit de Skye. Nous devons démonter la contrainte. Mais je ne sais pas comment faire ça.

S'il l'avait pu, il aurait appliqué ce savoir il y a des années.

— Comment as-tu brisé le contrôle d'Osiris sur moi ?

Si elle trouvait bizarre qu'il fasse référence à son père par son nom, elle ne le montra pas. Probablement parce qu'elle l'appelait aussi Osiris, et non « grand-père ».

— Je... je ne sais pas. J'étais dans les vapes. Tu ne m'as pas reconnue et ça m'a blessée. Alors, j'ai commencé à penser à toi et à maman. Mes souvenirs. La façon dont tu m'as fait courir ce jour-là.

Elle ravala sa salive, puis s'éclaircit la gorge.

— Et j'ai alors pensé à l'endroit où se trouve maintenant maman. C'est à ce moment-là que ta contrainte a semblé se briser.

Sethios considéra cela pendant un instant, son cœur s'arrêtant de battre brièvement. Il avait été enragé par le ciment qui l'entourait, l'étouffait, le *tuait* encore et encore, puis il avait été libéré. Il avait mis trop de temps à comprendre pourquoi, car son esprit avait refusé de reconnaître la femme qui se tenait devant lui.

Quand il avait enfin discerné ce visage, il avait cru que c'était sa Caro, mais son regard était différent : elle avait ses yeux *à lui*.

Il laissa échapper un soupir.

Cette méthode n'allait pas fonctionner sur Skye. Ni Sethios ni Astasiya n'avaient ce genre d'expérience avec la prophétesse, ce qui rendait impossible de démêler cette contrainte par un lien familial, comme il soupçonnait Astasiya de l'avoir fait. Elle s'était servie du lien paternel qu'elle avait avec lui pour infiltrer son âme, brisant ainsi l'emprise d'Osiris.

Skye avait besoin de quelque chose d'autre. Elle demandait à ce que ces ficelles mentales soient démêlées et non coupées.

Sa bouche se tordit sur le côté pendant qu'il considérait la signature énergétique qui entourait la femme. C'était une situation qu'il ne comprenait que trop bien. Mais il n'avait aucune idée de la façon de la faire cesser. S'il l'avait su, il aurait utilisé ces connaissances il y a longtemps pour détruire tous les cauchemars mentaux qu'il faisait au sujet de son père.

— La contraindre ne va pas marcher, dit-il lentement. Ça ne fera qu'empirer son état. J'ai essayé une fois, à la demande d'Ezekiel. Osiris a mis en place des protections il y a longtemps pour m'empêcher d'altérer la contrainte. J'imagine qu'elles sont toujours actives.

— Ça expliquerait pourquoi son esprit a réagi si brutalement aux tentatives d'Astasiya, répondit Issac. Ça ressemblait à un mécanisme de défense.

Sethios baissa le menton, se rappelant une réaction similaire il y a plusieurs dizaines d'années.

— Nous allons avoir besoin de...

Il s'interrompit avec un juron, un pic mental traversant son esprit lorsque la voix de Caro se mit à gronder à l'intérieur de sa tête.

Où es-tu ? lui cria-t-elle. *Trouve-moi ! Trouve-moi maintenant ! Non ! Ne le fais pas ! Ce n'est pas...*

Les mots s'évanouirent brusquement et son souffle le quitta dans un rugissement lorsque diverses images assaillirent son esprit.

— Tout va bien, entendit-il Issac dire quelque part dans la pièce.

— Chut, lui dit Sethios en se concentrant sur le message que son ange semblait vouloir lui transmettre.

Une rue.

Un bâtiment.

Qu'est-ce que c'est ? lui demanda-t-il en pensée, essayant d'interpréter le flou sombre qui brouillait par intermittence les images de Caro. *Des plumes ? Des ailes ?*

Un panneau effaça la vision précédente. Ce n'était pas un symbole, mais vraiment un panneau. Avec un nom de rue. En anglais. Vert. Américain, à ce qu'il paraissait. Mais où ?

Une autre image s'imposa à lui, celle d'un rivage et d'un moulin à vent dont les ailes tournaient violemment dans la tempête.

Doucement, lui dit-il alors que le tourbillon noir consumait l'image. *Je n'arrive pas à voir, mon ange.*

Des lettres vaguement peintes sur un bâtiment, une vieille usine avec des murs en briques. Puis à nouveau le rivage et le moulin. Suivi de la plaque de rue. Tout cela tournoyait dans son esprit comme une tornade, le cri de Caro résonnant dans ses oreilles jusqu'à ce que tout devienne soudain silencieux.

Il cligna des yeux, se retrouvant à genoux, la tête entre les mains.

— Montre-moi, demanda une voix profonde.

Pas Issac, mais Gabriel.

Plusieurs personnes les avaient rejoints, dont Ezekiel, une serviette autour de la taille et une arme à feu dans chaque main. La progéniture d'Issac, l'Irlandais, se tenait à côté de lui. Un Hydraien à la peau sombre derrière eux.

Les noms échappaient à Sethios, ses oreilles sifflant encore à cause de l'assaut.

Skye restait béatement inconsciente, toujours endormie sous le charme d'Issac.

Tout s'était si vite passé, ou du moins c'était comme ça qu'il l'avait ressenti. Il était en train d'essayer d'aider Caro. Puis son cri avait tout arrêté. Elle avait l'air affolée, ses images se succédaient de façon chaotique et n'avaient aucun sens pour lui.

— Ralentis, dit Gabriel.

— Ralentir quoi ? demanda Sethios, la paume contre son front.

Merde ! Il avait l'impression d'avoir été chargé par un putain de train de marchandises.

— Issac nous montre les images que maman a partagées avec toi, expliqua Astasiya. Ça me rappelle la côte Est.

— Nous devons rechercher ce nom et l'usine. Je crois qu'elle essaye de nous montrer ses souvenirs de l'époque où Osiris l'a noyée.

La voix dépourvue d'émotions de Gabriel fit froncer les sourcils de Sethios.

— C'était quoi, ce flou ?

— Peut-être Osiris sous sa forme éthérée, suggéra Gabriel.

Sethios secoua la tête.

— Ça m'a semblé... intrusif.

Comme si Caro avait essayé de lui dire quelque chose en partageant ces images. Il ne pouvait pas dire pourquoi ou comment il le sentait. Son instinct lui soufflait qu'il y avait quelque chose de plus dans cette scène, quelque chose qu'elle avait tenté de faire passer au-delà de l'urgence.

Qu'est-ce que tu essayes de me dire, mon ange ? demanda-t-il.

Mais, bien sûr, il ne reçut aucune réponse. Peut-être qu'elle s'était encore noyée et qu'elle le recontacterait quand elle referait surface.

Cependant, cinq minutes plus tard, elle restait toujours muette et Gabriel avait déjà affiché un endroit sur son téléphone. Sethios se souvint d'une époque où les mobiles n'étaient pas assez puissants pour contenir de telles quantités d'informations.

— Nous devons aller explorer, dit Gabriel, ses yeux vert clair se posant sur Sethios. Toi et moi.

— Quoi ?

Si Sethios était d'accord pour accompagner le Séraphin aux plumes rouges, il voulait d'abord que sa tête arrête de tourner.

— Tu dois confirmer que c'est le bon endroit. Tu es aussi lié à elle. Si nous nous approchons suffisamment, tu pourras peut-être la sentir.

Puis il regarda Astasiya.

— Tu dois rester ici.

— Pardon ? dit-elle sur un ton qui indiquait ce qu'elle pensait de ce décret.

— Cette propriété a besoin d'un Séraphin au cas où le Conseil enverrait un émissaire. Jusqu'au retour de Leela ou de Vera, tu es la seule à pouvoir parler au nom de l'île.

— Qu'est-ce que ça veut dire ?

— Si le Conseil envoie un messager, tu comprendras. Sinon, je te l'expliquerai plus tard.

Ses yeux vert clair se concentrèrent sur Sethios une fois de plus.

— Allons-y.

SETHIOS

— Tu dois vraiment reconsidérer ta façon d'approcher les choses avec Astasiya, conseilla Sethios alors que Gabriel et lui se matérialisaient sur le rivage du Maine.

Le nom de la ville avait échappé à Sethios en chemin, sa tête était embrouillée et douloureuse du fait de l'assaut visuel de Caro.

Il avait ressenti quelque chose qui n'allait pas alors même qu'ils arrivaient, son estomac se tordant d'effroi. Caro avait essayé de lui dire quelque chose.

En regardant autour de lui, le paysage correspondait pourtant en tous points aux images qu'il avait dans la tête. Ils avaient réellement trouvé le bon endroit.

— Tu reconnais quelque chose ? demanda Gabriel, ignorant le commentaire de Sethios sur Astasiya.

Typique. Le Séraphin préférait la logique et le sens pratique aux émotions.

— C'est l'endroit qu'elle m'a montré, répondit Sethios. Mais sinon, je ne reconnais rien. Et je ne la perçois pas non plus.

La seule indication que Gabriel avait entendu Sethios

fut une légère torsion de ses lèvres qui faisait office de froncement de sourcils pour le Séraphin. Il marchait le long du rivage, les mains relâchées le long de son corps. Il avait au moins trois armes à feu sur lui, toutes dissimulées par sa veste en cuir marron. Sethios soupçonnait qu'il avait aussi un couteau dans sa botte, bien caché sous son jean.

Contrairement à Gabriel, Sethios ne s'était pas encombré d'une arme. Ses aptitudes d'hypnose et de manipulation rendaient de tels objets sans intérêt. Il refusait aussi de toucher un couteau avant d'avoir récupéré Caro. C'étaient les objets qu'elle préférait pour se battre. Il ne voulait plus en tenir tant qu'elle ne serait pas devant lui. Puis il lui en remettrait un en cadeau ou l'utiliserait d'une autre manière. De préférence pour des jeux sexuels.

— J'ai laissé Astasiya derrière moi par mesure de protection, dit Gabriel sans le regarder.

Le soleil, haut dans le ciel de cette région du globe, faisait pratiquement briller ses cheveux blond clair.

— Ce n'est qu'une question de temps avant que le Conseil n'envoie quelqu'un pour inspecter ma propriété. Ils auront senti toutes les allées et venues d'immortels chez moi.

Il se retourna alors, son expression bien plus fatiguée que ce que Sethios n'avait jamais vu. Il semblait qu'ils avaient tous cela en commun en ce moment.

—Je ne sais pas comment ils vont réagir, Sethios. Mais ça ne sera pas bon.

Sethios fronça les sourcils.

— Pourquoi ai-je l'impression que tu m'as amené ici dans un but précis, Gabriel ?

—J'ai juste profité d'une occasion d'avoir un moment seul avec toi, admit le Séraphin. Tu es le seul, en dehors de Leela et Vera, à comprendre les enjeux politiques. Le

Conseil ne va pas rester les bras croisés face au fait que j'héberge des abominations.

— Donc ta réponse à cette menace, c'est de laisser cette responsabilité à ma fille et de m'enlever un instant ?

Il se passa la main dans les cheveux, les pointes indisciplinées touchant ses oreilles.

— Le Conseil ne touchera pas à Stas. Elle leur est trop précieuse. Mais ils peuvent essayer de prendre Skye. Sans parler d'Elizabeth. S'ils découvrent qu'elle est enceinte...

Il laissa sa phrase en suspens, les idées qui lui passaient par la tête le faisant frémir.

— On est dans le pétrin, Sethios. Cacher Owen était une chose, il restait seul et ne sortait jamais. Mais à présent, les Hydraiens se téléportent chez moi comme dans un moulin.

— Pourquoi n'as-tu rien dit ?

— Je l'ai fait. Mais personne ne m'écoute.

— Donc tu espères que je puisse leur faire entendre raison, traduisit Sethios. Et tu m'as amené dans le Maine pour ça ?

— Comme je l'ai dit, j'ai profité d'une occasion. C'est Caro qui a fourni l'emplacement.

— Oui, en te montrant un souvenir vieux de dix-huit ans, murmura une voix grave. Je m'attendais à ce que tu arrives plus tôt, maintenant que tu as repris tes esprits. Ce qui me fait m'interroger sur l'état mental actuel de ton Séraphin.

Le sang de Sethios se glaça lorsque son père se matérialisa complètement devant eux, la peau olive de son crâne chauve luisant au soleil de l'après-midi. Ses ailes noires disparurent et laissèrent la place à un costume élégant, une chemise blanche déboutonnée en haut et sans cravate.

— Ne vous battez pas avec moi. Ne vous volatilisez pas. Ne fuyez pas.

Les ordres sortirent de la bouche d'Osiris en succession rapide, chaque déclaration renforcée par la persuasion.

— En fait, ne bougez pas vos jambes du tout. J'ai des choses à dire et je préférerais que ça se fasse rapidement, étant donné les circonstances de notre rencontre.

— Bonjour, père, le salua Sethios par instinct, ses millénaires d'existence aidant l'ennui de son ton.

Il refusait de montrer de la peur devant cet homme. La colère, peut-être. Mais rien d'autre.

C'est ce que tu essayais de me dire, n'est-ce pas, mon ange ?

Le flou noir, c'était donc Osiris. Mais c'était un rebondissement intéressant. Son père avait parlé de cette « vision » comme d'un souvenir vieux de dix-huit ans, ce qui impliquait que Caro était déjà venue ici. Et s'il était le flou noir, alors elle avait visité cet endroit avec *lui*.

Son cœur fit un bond.

Il n'y avait qu'une seule raison pour laquelle ils seraient venus ensemble.

C'est ici qu'il t'a emmenée...

— Fiston, répondit Osiris. Tu as l'air en meilleure forme que la dernière fois qu'on s'est vus.

Il fallut un réel effort physique pour de ne pas laisser paraître le chaos qui agitait l'esprit de Sethios. Tout ce qu'il voulait, c'était tuer ce salaud et retrouver Caro. Mais il ne pouvait ni bouger ses jambes ni se battre, à cause de la foutue contrainte de son père.

Il feignit donc la nonchalance, un talent qu'il avait passé sa vie à perfectionner.

— Eh bien, mes cheveux poussent plus naturellement désormais, dit-il. Ma peau apprécie aussi l'air frais plutôt que la brûlure du ciment liquide.

Ces paroles calmes étaient en contradiction avec la souffrance absolue que ces expériences lui avaient causée.

— Hmm. Et ton esprit profite aussi de sa liberté ?

— Est-il libre ? répliqua Sethios, conscient que son père aimait déployer ses tours de persuasion à retardement.

Il ne répondit pas à la question, mais demanda plutôt :

— Dis-moi, comment va Skye ? Est-elle déjà morte ?

— C'est pour ça que tu es là ? Pour prendre des nouvelles de ceux que tu prends plaisir à torturer ?

Sethios n'avait pas envie de jouer à ce jeu et laissa ce sentiment se refléter dans son ton.

— Que veux-tu, père ?

Il aurait été sage de faire parler le vieil homme et de réfléchir à un plan d'évasion, mais Sethios se trouva à bout de patience.

Gabriel ne disait rien, il se contentait de croiser les bras et de regarder Osiris avec une absence totale d'intérêt. Le Séraphin ne craignait rien, pas même sa propre mort. Il travaillait probablement sur un plan, mais n'en montrait rien. Pendant ce temps, la seule idée que Sethios pouvait avoir, c'était d'endurer ce que son père avait en tête, puis de se libérer plus tard.

Ça n'avait pas si bien fini la dernière fois.

Sauf que Sethios et Caro n'avaient alors pas tenté de s'échapper lorsqu'ils avaient été capturés. Ils avaient voulu protéger Astasiya. Mais maintenant que sa présence était connue, Sethios pouvait riposter.

— Toujours direct, songea son père. C'est aussi sage, étant donné que je ne suis pas le seul à surveiller cette zone et, comme ce n'est pas la saison touristique, nous serons absolument remarqués.

Sethios garda le silence, mais il se demandait intérieurement ce que son père voulait dire par là. *Qui d'autre surveille cet endroit ? Et pourquoi ?*

— Le Conseil supérieur des Séraphins a-t-il déjà convoqué Stas pour une audience ? demanda son père. J'imagine qu'ils seront très intéressés par ses dons. Elle ferait une candidate de premier ordre pour me remplacer à la table. Toi aussi, bien sûr, si tu trouvais tes ailes.

Sethios ne manqua pas la pique. Son père lui avait toujours reproché de ne pas être un sang pur. Même si c'était Osiris qui avait choisi de procréer avec une mortelle plutôt qu'avec un autre Séraphin, il avait toujours rejeté la faute sur son fils.

D'habitude, l'insulte passait par-dessus la tête de Sethios sans le toucher, mais aujourd'hui, il ressentit la douleur en plein cœur. Parce qu'il devrait désormais avoir des ailes, grâce à son lien avec Caro. Pourtant, ce n'était pas le cas et il soupçonnait que cela avait quelque chose à voir avec la longueur de leur séparation.

Elle avait affirmé que rien ne pouvait briser un lien du sang.

Une partie de lui, peu confiante en elle-même, craignait qu'elle n'ait eu tort.

Cependant, il ne pouvait pas y réfléchir à cet instant. Pas devant Osiris.

Son père se nourrissait de la peur et de la douleur. Sethios en avait à revendre. Mais il souffrirait en silence et s'écorcherait vif intérieurement plutôt que d'en laisser une once se répandre dans l'air en présence de son créateur.

Osiris l'étudia pendant un long moment, ses lèvres se retroussant juste assez pour laisser deviner son amusement croissant. Ou peut-être était-ce de la fierté. Le vieil homme était difficile à cerner, son esprit trop psychotique pour que quiconque puisse vraiment le comprendre.

— Peut-être que tu es prêt, après tout, dit-il d'une voix plus douce que d'habitude, presque comme si les mots étaient destinés à lui-même et non à son public. C'est bien, mon fils. Tu auras besoin de cette force pour ce qui va suivre. Surtout maintenant que tu as quitté mon cercle.

Il fallut à Sethios toute sa maîtrise pour ne pas lui demander de préciser sa pensée. Il ne pouvait pas se permettre de paraître intrigué, même si la menace inquiétante de *ce qui allait suivre* avait certainement piqué son intérêt.

— Si le Conseil supérieur ne t'a pas encore rendu visite, il le fera bientôt. Ils vont vouloir parler à ta fille. Je te suggère de faire en sorte que cela ne se produise pas, si tu tiens à sa vie.

— Et laisse-moi deviner ta prochaine suggestion, lança Sethios. Tu veux que je te la livre pour la mettre en sécurité.

— Ce serait une sage décision.

— Bien sûr, j'y songerai, dit Sethios en insufflant une bonne dose de sarcasme dans ces seuls mots.

Son père émit un grognement agacé.

— Je retire ce que j'ai dit concernant ton degré de préparation.

— Astasiya prend ses décisions elle-même, intervint Gabriel avant que Sethios ne puisse envoyer un autre commentaire sarcastique à son père. Il lui faudrait une très bonne raison, ne serait-ce que pour vous parler en ce moment. Quant à l'idée de venir à vous de plein gré ?

Gabriel eut un petit rire.

— C'est tout à fait irréalisable. Ça n'arrivera jamais.

— Tu veux dire que je dois gagner la confiance de ma petite-fille ?

— Je dis que, d'après ce que j'ai observé de son pouvoir, elle ne se laissera pas facilement contraindre ni par son père ni par vous d'ailleurs.

Gabriel tordit son poignet, sa montre accrochant un rayon de soleil. Un mouvement rapide, que Sethios enregistra alors que le reste de son corps restait parfaitement inerte, les jambes raides, du fait de la contrainte d'Osiris.

— La seule façon de lui faire envisager une idée aussi absurde, c'est de lui donner une bonne raison de le faire. Et jusqu'à présent, je n'ai rien vu de tel.

Les lèvres de Sethios menacèrent de se retrousser devant l'étrangeté de la déclaration du jeune Séraphin. Astasiya n'accepterait jamais de s'approcher d'Osiris, même avec une « bonne raison ».

Qu'est-ce que tu fais, Gabriel ? se demanda Sethios en essayant de suivre le chemin stratégique que l'homme déployait. Parce qu'il avait clairement quelque chose en tête. Il avait aussi fait quelque chose avec sa montre. Osiris l'avait-il remarqué ?

— Je devrais peut-être vous faire prisonniers tous les deux, proposa Osiris. Cela devrait lui fournir la motivation nécessaire pour une visite.

Gabriel haussa une épaule, peu soucieux du danger qui se profilait.

— Vous pourriez, mais ça ne ferait que l'exaspérer davantage.

— Je peux me débrouiller avec la fureur.

— Ah oui ? répliqua Gabriel. Votre petite-fille a été élevée par des humains, Osiris. Elle pense avec son cœur, pas avec la logique de son lignage. La blesser ne fera que l'éloigner encore plus de vous.

— Tu devrais probablement l'écouter, père. Il subit actuellement les frais de sa colère. Elle lui a cassé le nez ce matin même. Et ça faisait quoi ? Trois fois cette semaine ? demanda Sethios en faisant semblant de réfléchir. À moins que ce ne soit quatre ?

— Deux, rectifia Gabriel d'une voix neutre, malgré la tentative de Sethios de lui hérisser le poil.

Il ne regarda pas non plus dans sa direction, son attention entièrement tournée vers Osiris.

— Tu as raison, concéda Sethios qui adopta la même neutralité, tout en souriant intérieurement. La première fois, tu n'as eu qu'un œil au beurre noir.

Gabriel l'ignora.

— Le fait est que Stas n'ira pas vers vous de son plein gré, Osiris. Surtout si vous kidnappez tous ceux qu'elle aime. Elle vous affrontera et, même si vous pouvez la vaincre, elle ne s'arrêtera pas tant qu'elle ne sera pas complètement brisée. Si c'est votre but, alors qu'il en soit ainsi. Mais nous savons tous les deux, il me semble, que vous n'avez aucun intérêt à briser une arme.

Ah, c'est donc sous cet angle que tu la joues ! réalisa Sethios.

Il suggérait en effet à Osiris d'essayer de gagner la confiance d'Astasiya, ce qui serait impossible. Cependant, son père serait juste assez arrogant pour tenter le coup. Parce que Gabriel avait raison : pour ses projets, Osiris avait besoin d'Astasiya entière et opérationnelle.

Il voulait partir en guerre contre les Séraphins. Sethios savait que c'était son but depuis des siècles. Et ils avaient enfin atteint le point de leur existence où le maître d'échecs pouvait placer l'influente reine sur l'échiquier.

— Tu ne t'es pas rendu service, ajouta Sethios en jouant sur le commentaire du jeune Séraphin. Et les observations de Gabriel sont correctes : je ne suis pas assez fort pour la contraindre. Et même si tu me donnais la motivation d'essayer, ça n'aboutirait pas à grand-chose.

Sethios veilla à ce que sa voix et son expression ne laissent rien transparaître. Il imprégnait chaque mot de certitude, semblant même apathique à l'idée d'être obligé de persuader sa propre fille.

Oh, le stratagème pouvait marcher.

Mais son père n'avait pas besoin de s'en rendre

compte. Et la lueur dans ses iris verts, de la même couleur que les yeux d'Astasiya et de Sethios, indiquait qu'il prenait leurs déclarations au sérieux.

Tant mieux.

Ça voulait dire qu'ils pourraient s'en sortir vivants. Non pas qu'Osiris puisse les tuer l'un ou l'autre. Sethios soupçonnait également Gabriel d'avoir déclenché une sorte d'alerte avec cette montre à son poignet. Son père n'avait pas semblé le remarquer. Ou peut-être, plus exactement, il l'avait permis, simplement parce qu'il voulait que sa petite-fille arrive.

Hmm. Dommage, mon vieux. L'appel était probablement adressé à Vera et Leela, qui n'étaient pas avec Astasiya pour le moment, mais chez les Hydraiens.

— Très bien, dit Osiris.

Une onde de choc parcourut Sethios : il n'aurait jamais cru pouvoir entendre un jour ces deux mots de la bouche de son père et ils le mirent aussitôt en alerte.

Il attendit que le Séraphin de la Résurrection en dise plus, mais il n'en fit rien. Il se contenta de croiser les mains devant lui, son expression ne laissant rien transparaître.

À quoi joues-tu ? voulait lui demander Sethios, ses instincts défensifs se déclenchant alors que de l'énergie se répandait sur sa peau. Cela lui fit redresser tous les poils des bras. Il reconnut la contrainte, mais ne put en déterminer le but.

Une sonnerie brisa le silence étouffant.

Aucun d'entre eux ne bougea.

Cela dura jusqu'à ce qu'Osiris dise avec un soupir :

— Réponds.

La persuasion était sous-jacente à cette déclaration, forçant Gabriel à agir.

Celui-ci sortit son portable de sa poche et le pressa contre son oreille.

— Oui ?

Ce qu'il entendit fit légèrement écarquiller ses yeux clairs qui se posèrent sur Sethios. Un soupçon d'inquiétude passa sur ses traits, confirmant un changement inattendu. Ça ne pouvait pas être bon.

— Qu'as-tu fait ? demanda Sethios.

Les fils invisibles du pouvoir d'Osiris semblaient retourner furtivement vers lui. Chaque filament effleurait le corps de Sethios sur un autre plan d'existence, lui rappelant qui lui avait donné la vie.

Ton pouvoir est mon pouvoir, chuchotait-il à travers ses sens. *Tu m'appartiens.*

— J'ai offert un cadeau à ma façon, expliqua Osiris, l'électricité s'évanouissant autour d'eux alors qu'il l'absorbait dans son système. Il se trouve aussi que cela sert de solution pratique, vu que tu as plus besoin de ses conseils que moi en ce moment.

Une solution pratique ? répéta Sethios pour lui-même, l'air se refroidissant autour de lui.

Il commença lentement à se détendre, l'électricité qui bourdonnait sur sa peau s'atténuait.

Son père fit doucement rouler sa nuque, un léger frisson le traversant du fait de la captation de toute cette énergie.

Gabriel n'avait toujours pas dit un mot, mais la surprise irradiait son visage.

— J'avais espéré que nous aurions plus de temps, mais je sens que le vent tourne, dit Osiris en levant les yeux vers le ciel et en poussant un soupir. C'est le problème quand on est aussi vieux que moi. Mes erreurs de calcul se mesurent désormais en siècles et non plus en minutes. Hélas, nous en sommes là. J'ai fourni tous les outils. Libre à toi de les utiliser.

Sethios faillit lui rire au nez. Les seuls « outils » que son père lui avait fournis étaient des leçons sur les tortures physiques et mentales.

— Vous avez libéré Skye de votre contrainte, dit Gabriel, ce qui fit hausser les sourcils de Sethios très haut. Bien que ce soit un cadeau de bon aloi, je crois qu'Astasiya verrait d'un meilleur œil le retour de sa mère.

Nom d'un chien, pensa Sethios, abasourdi par cette annonce. *La suggestion de Gabriel a vraiment fonctionné.*

Les prophéties qui concernaient Astasiya la décrivaient toutes comme une entité puissante dont la force détruirait tout sur son passage. Sethios n'était pas dupe, il savait pourquoi son père la voulait. Mais il n'avait jamais songé qu'Osiris ferait des pieds et des mains pour garantir son allégeance.

De toute évidence, Gabriel avait deviné jusqu'où son père irait pour s'allier à elle. Et il utilisait brillamment cette idée à son avantage.

Le respect de Sethios pour cet homme s'en trouva alors vivement renforcé.

Osiris baissa lentement la tête pour croiser le regard du jeune Séraphin.

— Ce n'est plus entre mes mains.

— Vous pourriez nous dire où vous l'avez laissée, suggéra Gabriel.

—Je le pourrais, dit-il en regardant l'océan. Mais ça ne vous aidera pas.

Il inclina la tête.

— Elle n'y est plus.

Gabriel et Sethios échangèrent un regard, essayant tous deux de déchiffrer les paroles de l'infâme.

— Mon offre de protéger Astasiya reste valable, dit doucement son père. Elle va en avoir besoin.

Ses plumes apparurent autour de lui une demi-seconde plus tard.

— J'attendrai votre appel, conclut-il avant de disparaître.

Sethios ne dit rien pendant un long moment, le regard fixé sur Gabriel. Le Séraphin l'étudia en retour.

— Caro n'est pas sous l'eau.

— Quoi ? s'écria Sethios.

Comment avait-il glané cette information ?

— Osiris a dit que la vision était un souvenir datant de dix-huit ans. Puis il a fait un commentaire sur son état mental, ce qui m'a paru faire écho à sa mort répétée. Cependant, il vient de dire qu'elle n'est plus là. Il a aussi laissé entendre qu'il ne sait pas où elle est, ce qui signifie que quelqu'un l'a trouvée avant nous.

Sethios considérait l'évidence, se remémorant chaque mot prononcé par son père. Osiris s'épanouissait dans la stratégie, il agissait et parlait toujours dans son propre intérêt.

Il était possible qu'il ait voulu les envoyer dans une quête vaine pendant qu'il préparait un piège pour tous les prendre. Pourtant, il n'avait pas fourni assez d'informations pour vraiment leur apprendre quelque chose.

— Qui d'autre l'aurait cherchée ? se demanda Sethios à voix haute, en pensant au commentaire de Gabriel suggérant que quelqu'un l'avait déjà sauvée des profondeurs de l'océan.

— Ce n'est pas ce qui m'inquiète, répondit le Séraphin. C'est plutôt de savoir qui avait la capacité de la trouver qui me préoccupe le plus.

Sethios le regardait fixement tandis qu'une conversation du passé filtrait dans son esprit. Un échange qui s'était produit peu après la naissance d'Astasiya. La lignée de Caro la rendait indétectable. Il fronça les sourcils.

— Elle a dit que tu pourrais la traquer.

— Oui, convint Gabriel. Je devrais pouvoir le faire.

Pourtant, je n'ai pas été capable de la percevoir depuis le moment où Osiris l'a jetée dans l'océan. Je pensais que c'était parce qu'elle était sous l'eau. Maintenant, je me demande si quelque chose d'autre aurait interféré avec ma capacité à la traquer pendant tout ce temps.

— Tu suggères qu'elle ne s'est pas noyée durant ces dix-huit dernières années ? Qu'elle s'est trouvée dans un tout autre endroit ?

Alors même que les questions quittaient ses lèvres, la possibilité qu'elles soient correctes s'insinuait dans ses pensées.

— C'est pour ça que je ne peux pas la sentir ?

La contrainte d'Osiris de ne pas bouger ses jambes était tout ce qui maintenait Sethios debout.

Bordel de merde !

— Mais Astasiya et toi, vous rêvez d'elle, dit-il, exprimant à voix haute ses pensées. Elle vous envoie des visions.

— Vraiment ? demanda Gabriel, son expression montrant les premiers signes d'une émotion. Ou est-ce une boucle destinée à nous distraire ?

— Une boucle ?

— Un flux de mémoire, précisa-t-il. Nous devons réévaluer les visions. Nous devons tout réévaluer.

Il regarda sa montre, puis revint vers Sethios.

— Il n'y a qu'un seul autre être qui a la capacité de trouver ma mère.

— La mère de Caro, dit Sethios, se rappelant le dernier individu mentionné dans la discussion d'il y a vingt-cinq ans. Mais je croyais que Leela surveillait le Conseil.

Cela avait été sa responsabilité et la raison pour laquelle elle avait refusé de prêter allégeance à Astasiya.

— Elle était censée nous dire s'ils décidaient de réveiller la mère de Caro de son coma angélique.

— C'est exact, elle est nos yeux et nos oreilles à l'intérieur, dit doucement Gabriel, en fronçant à nouveau les sourcils sur sa montre. Tout comme elle est censée répondre à mes alertes.

Les jambes de Sethios se raidirent, la persuasion qui le maintenait en place se brisa dans une secousse d'énergie résiduelle. Son père les avait complètement libérés, Gabriel et lui, leur permettant à nouveau de se mouvoir.

Gabriel se volatilisa, comme pour tester ses ailes, puis réapparut dans son état corporel.

— On devrait aller voir Skye. Ensuite, on doit avoir une petite discussion avec Leela. Et après ça, on examinera tous les rêves. Parce que, si Osiris a raison sur le fait que la vision d'aujourd'hui est un souvenir, alors je pense que les autres le sont aussi.

Sethios ravala sa salive, la gorge serrée.

Toute la semaine, il avait senti que quelque chose n'allait sérieusement pas. Il aurait dû au moins être capable de percevoir Caro, mais le seul lien tangible entre eux était le fil barbelé qui lui déchirait le cœur.

Il avait craint que ce soit parce qu'elle l'avait rejeté, à cause de la douleur.

Et si ce n'était pas du tout ça ? Et si quelqu'un, ou quelque chose, avait sectionné leur lien ?

Oh, mon ange... songea-t-il alors que son cœur se brisait une fois de plus. *Où es-tu, bordel ?*

CARO

Caro ne sentait rien. Ni le métal froid de la chaise en dessous d'elle. Ni l'air vicié de la pièce. Ni la chaleur du soleil qui filtrait par la fenêtre.

Elle existait simplement dans un brouillard.

Oubliée.

Non, ce n'était pas vrai. Elle n'avait pas du tout été oubliée. Mais il lui fallait garder l'esprit clair, ouvert, vide. C'était la seule façon d'agir ici.

Ils étaient tous en elle, leurs pouvoirs réformant son âme de Séraphin et tentant de recréer l'être qu'elle devrait être. Elle le permettait, l'acceptait, l'encourageait.

Parce qu'au plus profond d'elle-même, elle avait trouvé une petite faille dans le programme et ne voulait pas qu'ils puissent localiser sa position actuelle.

Au plus profond de sa psyché.

Explorant.

Tirant les fils.

Poussant doucement la boucle de mémoire qui avait été insérée dans le lien. Il lui fallut toute sa force mentale pour ne pas broncher face à sa propre souffrance – celle, visuelle, qui lui coupait le souffle et la terrifiait.

Les Séraphins ne ressentent rien.

Les Séraphins n'aiment pas.

Les Séraphins ne réagissent pas.

Elle murmura ces paroles dans son esprit, faisant mine de se plier à la reprogrammation de son âme tout en se rappelant la bataille qui existait en elle.

Tant de puissance. Tant d'autorité. Tant de *poids*.

Caro s'efforçait de se concentrer, trouvant le fil qu'elle cherchait, celui qui la relierait à l'endroit interdit.

En silence.

Avec lenteur.

Avec souplesse.

Elle ne pouvait pas se permettre de révéler quoi que ce soit et ils étaient si nombreux autour d'elle, la réprimandant tous par nature. Ils voulaient qu'elle ploie, qu'elle change, qu'elle redevienne le Séraphin de son passé.

Caro n'était personne.

Elle avait cessé d'exister.

Un vaisseau de magie. Un être à posséder.

Ces pensées roulaient à l'avant de son esprit, une présence enivrante de la réformation. Elle ne se débattit pas. Pas de manière évidente, en tout cas. Au lieu de cela, elle se retira doucement dans cet endroit qu'elle désirait, celui qu'elle ne devrait pas toucher. Chaque fois qu'elle modifiait un souvenir inventé, le message changeait. Elle ne pouvait pas prendre le risque d'en faire trop, sinon, l'un d'entre eux le remarquerait. Mais le flux était une boucle.

Caro se noyait.

Caro pleurait.

Caro hurlait à l'agonie.

Tout cela lui semblait vieux de plusieurs siècles. Elle ne se souvenait même plus des sensations, ni celle de l'eau ni celle de l'étouffement. Pourtant, la douleur restait comme une cicatrice viscérale sur son cœur.

Elle avançait en rampant, souhaitant laisser une autre empreinte, espérant pouvoir modifier une phrase ou une expression.

Combien de fois était-elle morte pour se régénérer ?

La boucle ne montrait qu'une poignée de souvenirs, ce qui l'amena à se demander combien de temps elle était réellement restée au fond de l'océan. Des minutes ? Des heures ? Des jours ? Des mois ?

Cela avait-il de l'importance ?

Non. Pas vraiment. Elle avait une mission en tête, un souvenir à peaufiner, un moyen de...

Un pic de présence fit que Caro vida son esprit une fois de plus.

L'un d'*eux* examinait l'accroissement de son activité mentale.

Les Séraphins ne ressentent rien.

Les Séraphins n'aiment pas.

Les Séraphins ne réagissent pas.

Elle prit une faible inspiration, rentrant dans le rang, loin de cet endroit précieux. Il n'y aurait aucune altération aujourd'hui. Pas avec *lui* dans son esprit, fouinant pour trouver des failles dans sa réformation.

Le silence l'envahit.

Le calme.

Le néant.

Caro n'existait plus.

Aucun lien.

Aucune famille.

Aucun amour.

Juste une âme de Séraphin, flottant... à la dérive.

———

Le temps n'avait plus de sens.

Caro renaissait, mourait, renaissait encore.

Se noyant malgré l'absence d'eau.

Expulsée de son corps et revenant une fois de plus.

Cela faisait-il mal ? Peut-être. Elle ne pouvait rien sentir, son esprit existant dans une stratosphère éloignée de son âme.

Non, il y avait bien ce lien d'une certaine façon. Faiblissant, hésitant, mourant encore.

Un brin de lumière attira son attention, si subtil et léger, un éclat de folie éclairant ses ombres. Elle se dirigea prudemment, tranquillement, clandestinement, à la recherche de l'exutoire que son âme désirait.

Personne ne la regardait aujourd'hui. Pas de près, en tout cas. Sa réinsertion était presque terminée. Bientôt, elle se réveillerait avec un nouvel objectif. Elle ne ressentait rien quant à cette évolution, juste de l'acceptation.

Ils lui attribueraient une tâche.

Elle l'accomplirait.

Désobéir manquait de sens pratique.

Tout comme suivre ce fil terni et barbelé. Des visions du passé tourbillonnaient autour d'elle. Elle cacha ses intentions, choisissant de les observer à travers un regard passif.

Personne ne l'arrêta.

Pas même une piqûre dans sa conscience.

Elle était complètement réformée maintenant et n'était plus un problème.

Ce qui lui permettait de jouer, de modifier subtilement

le message une fois de plus. Ils avaient établi cette boucle de mémoire pour manipuler les fils, pour la transmettre à ceux qu'elle ne pouvait pas nommer – pas sans risquer de les livrer.

Avec toute la subtilité dont elle pouvait faire preuve, elle retoucha et effleura le fil, ajoutant ses propres mots, ses clignements d'yeux et des sons.

Elle restait seule, sans être dérangée, son esprit toujours sous l'emprise du pouvoir des Séraphins, mais pas ouvertement surveillé.

Caro rajouta un autre flou, modifia un autre détail, fit disparaître l'eau d'une boucle et attendit.

Rien.

Ses visions fonctionnaient-elles au moins ? Tout cela n'était-il qu'un tour de passe-passe établi par ceux qui étaient censés la guider dans la réformation ? Et si c'était un test ? Est-ce qu'elle échouait encore maintenant ?

Elle toucha mentalement la boucle une fois de plus, cherchant le souvenir du jour de sa noyade. Les flous étaient trop rapides, imperceptibles.

C'était un risque.

Mais elle voulait qu'ils le voient.

La justesse s'installa en elle, un changement subtil qui insufflait presque de la chaleur à son état éternellement gelé. Un tour de l'esprit ? Une autre expérience ?

Si elle ne réussissait pas, ils recommenceraient tout.

Si elle n'essayait pas, elle pourrait ne jamais s'échapper.

Le sacrifice n'était pas une nouvelle expérience pour elle. Elle pouvait supporter plus de douleur si cela lui donnait une chance.

Elle se glissa plus profondément dans la boucle de mémoire, en prenant soin d'éviter d'être détectée par celui qui l'avait créée, et entra dans le labyrinthe mental qui s'y trouvait.

Ce cycle nourrissait un lien quelque part. Et cette connexion était la clé de sa survie.

Elle devait les prévenir.

Avant qu'il ne soit trop tard.

SETHIOS

— Osiris a libéré Skye de sa contrainte en cadeau ? demanda Astasiya, l'air aussi incrédule que sa question. Pour moi ?

Sethios inclina le menton en signe de confirmation.

— Gabriel a réussi à le convaincre que tu avais besoin d'un gage de bonne foi pour envisager de travailler avec lui.

— Je ne travaillerai jamais avec lui, répondit-elle instantanément.

— Évidemment, dit Gabriel depuis le fauteuil inclinable de sa grande salle.

Il avait les yeux fermés et une cheville posée sur le genou opposé, l'image même du confort. Dehors, le soleil levant indiquait l'heure très matinale, confirmant qu'ils avaient tous passé une nouvelle nuit blanche.

— Osiris ne sait rien ni de toi ni de ta détermination, ajouta Sethios lorsque le Séraphin sur le fauteuil reprit sa posture stoïque et silencieuse. Ton frère a joué là-dessus, parce qu'il voulait qu'Osiris nous fournisse l'emplacement actuel de ta mère, je crois. Mais il nous a donné Skye à la place.

— Et il pense qu'en réparant un seul crime, je vais lui pardonner ?

— Mon père est un maître-stratège. Par conséquent, je soupçonne qu'il a également supprimé sa contrainte pour une raison intéressée.

Ce que son commentaire sur le fait que ce soit une solution pratique avait indiqué.

— Il a déclaré que nous avions plus besoin d'elle que lui, suggérant qu'il espère qu'elle délivrera une sorte de prophétie qui nous mettra probablement sur son chemin.

Astasiya frissonna ostensiblement.

— Non, merci.

Issac passa son bras autour d'elle, l'attirant plus près de lui sur le canapé. C'était un mouvement si naturel qu'elle l'accepta avec confiance et bienveillance. Même si l'idée qu'elle avait un compagnon irritait Sethios au plus haut point, chaque moment en leur présence indiquait la force de leur lien.

Plutôt que de faire un commentaire, ou de casser le bras d'Issac, Sethios prit le fauteuil en face de Gabriel, laissant les tourtereaux sur le canapé.

— As-tu des nouvelles de Leela ?

— Non.

— C'est troublant.

Gabriel haussa une épaule, sa version du désaccord, apparemment.

— D'après Owen, elle est avec Jayson, Balthazar et Elizabeth.

— Et Vera ? insista Sethios.

— Ça, c'est troublant, par contre, murmura Gabriel en ouvrant enfin les yeux. Mes alertes lui sont aussi adressées et elle n'est ni ici ni à Hydria.

Sethios médita la nouvelle. Alors qu'ils avaient chargé Leela de surveiller le Conseil, Vera recevait la même information.

— Vous avez mentionné à votre retour qu'il était possible que la mère de Caro, la grand-mère d'Astasiya, l'ait trouvée, dit Issac en jetant un regard à Sethios, puis à Gabriel. En quoi Leela et Vera sont-elles concernées ?

— Leela est censée surveiller les décisions du Conseil, répondit Sethios. C'est son boulot de prévenir Gabriel au cas où ils choisiraient de réveiller la mère de Caro.

— La réveiller ? répéta Astasiya.

Ah oui, elle n'était probablement pas au courant du penchant des Séraphins pour les siestes d'un siècle. Sethios n'en avait eu aucune idée jusqu'à ce que Caro le lui explique.

— Que connais-tu des Séraphins ? demanda-t-il, curieux de savoir par où ils devaient commencer cette discussion. Tu as entendu parler de leur structure politique ?

— Nous n'en sommes pas encore arrivés à cette partie de son éducation, intervint Gabriel.

— Oui, parce que quelqu'un a passé les dix-huit dernières années de ma vie à jouer avec mon esprit, répondit-elle.

Gabriel leva les yeux au ciel, un geste qui aurait amusé Sethios un jour ordinaire.

Hélas, pas aujourd'hui.

Il ignora donc la manifestation d'agacement et se concentra plutôt sur sa fille.

— Le Conseil supérieur des Séraphins est leur organe exécutif. Il émet des édits et s'appuie fortement sur les Devins pour guider ses décisions. C'est en fait comme ça que ta mère et moi nous sommes rencontrés : elle a été envoyée pour transmettre un édit à Osiris.

Il eut du mal à réprimer un sourire en repensant à cette nuit. Il avait vu ses jolies ailes bleues briller de l'autre côté de la piste de danse de l'Arcadia et s'était approché pour bavarder. Elle avait été tout sauf amusée par son attention. Puis il l'avait persuadée de garder le silence et de rester immobile lorsque son père les avait rejoints, un geste qui lui avait sauvé la vie, et elle avait menacé de le tuer peu après.

C'était un coup de foudre lubrique pour Sethios.

Le petit ange fougueux et son penchant pour les lames.

Bordel, comme cette nuit lui manquait ! Comme *elle* lui manquait !

Mais ce n'était pas le sujet du moment. Il devait faire comprendre à leur fille le passé pour pouvoir travailler sur le présent.

Il lui raconta donc tout ce qu'il savait, y compris le fait que tous les membres du Conseil étaient les plus anciens et les plus puissants des Séraphins. Chaque conseiller ou conseillère était le chef de sa lignée et chacune de ces dernières possédait un pouvoir ou une caractéristique.

Caro, elle, était issue de celle des Messagers et ses dons naturels lui permettaient de dissimuler ses allées et venues. Elle avait également hérité de sa mère une aptitude à guérir qui était cependant dormante. Au moins jusqu'à présent. Les Devins avaient dit qu'elle en aurait besoin un jour, mais ce jour n'était pas encore arrivé.

Le père de Gabriel, Adriel, était le chef de la lignée des Guerriers, ce qui fit rire Astasiya.

— Bien évidemment ! s'exclama-t-elle en interrompant la leçon de Sethios.

Après avoir détaillé la structure des lignées familiales, il aborda le fonctionnement de la société et la manière dont les Séraphins se gouvernaient.

— Le Conseil est responsable de chaque décision, lui

dit-il. Donc si ta grand-mère a été tirée de son sommeil, c'était sous leur autorité. Et ça aurait été dans le but de retrouver ta mère.

— Elle était la seule à pouvoir le faire, à part toi, Sethios et moi, ajouta alors Gabriel. Je pensais que je ne pouvais pas la localiser parce qu'elle était sous la surface. Un peu comme quand Issac t'a enterrée. Je ne pouvais pas du tout déceler ta position alors que j'aurais dû être capable de le faire.

— Il est donc tout à fait possible qu'elle se noie toujours, répondit Issac.

— Oui, convint Gabriel. Sauf qu'il y a d'autres signes que nous devons prendre en compte, comme le fait que Sethios ne soit pas capable de la percevoir. Quand tu t'es lié à Astasiya, je t'ai prévenu que, si une telle chose lui arrivait, tu souffrirais constamment par voie de conséquence.

Il conclut en faisant un geste en direction de Sethios :

— Ce n'est décidément pas le cas.

— Ça l'a été, dit Sethios en repensant à sa captivité. À plusieurs reprises, j'ai senti Caro mourir, sans jamais comprendre ni qui elle était ni pourquoi j'expérimentais la mort avec elle. Mais ça s'est atténué peu après que la contrainte d'Osiris a pris le dessus.

Il fronça les sourcils.

— Il y avait des moments ici et là où je ressentais sa douleur, mais ce n'était pas cohérent. Maintenant, c'est comme si elle était absente.

Il se souvenait de la première fois où Caro était morte et de l'atrocité de ne pas comprendre pourquoi il avait l'impression de se noyer sur la terre ferme. La douleur dans sa poitrine l'avait quasiment anéanti, l'angoisse ayant paralysé son âme. Seulement, tout cela avait disparu un souffle plus tard, puis s'était répété plusieurs fois ce jour-là jusqu'à ce que son père arrive et le fasse taire d'un ordre.

Combien de temps cela avait-il duré, ces heures ou ces jours où elle mourait de manière répétitive sans être capable de crier ou de bouger ?

Il cligna des yeux. Quand tout cela s'était-il arrêté ? Était-ce l'ennui qui avait poussé Osiris à contraindre tout ça à disparaître ? Ou était-ce quelque chose d'entièrement différent ?

— Je croyais que tu entendais Caro tous les jours ? demanda Issac, son attention portée sur Gabriel. N'est-ce pas ce que tu as dit en arrivant à Hydria ? Quelque chose à propos de ton mal de crâne ?

— Ses visions me hantent, oui, répondit Gabriel. Mais c'est plus métaphorique. Je ne l'entends ni ne la vois vraiment, mais je rêve qu'elle se noie chaque fois que je dors. C'est saisissant, mais toujours pareil. C'est pourquoi je veux les évaluer complètement maintenant, pour voir si c'est un souvenir en boucle ou non. Je veux aussi examiner les rêves de Stas.

— Les miens sont toujours différents, répondit-elle en fronçant les sourcils. Ils sont généralement liés à quelque chose d'autre. Comme après le Conclave auquel j'ai assisté, la vision de la noyade s'est transformée en une torture identique à celle que Sierra a subie.

— Qui est Sierra ? demanda Sethios qui ne reconnaissait pas le nom.

— Une Ichorienne qui m'a trouvé à New York et qui ne m'a pas livré à Osiris, expliqua Owen en entrant dans la pièce et en s'écroulant sur le canapé à côté d'Astasiya et d'Issac. Je crois savoir qu'il a fait un exemple de sa désobéissance.

Ces paroles étaient neutres, mais le regret affleurait sur ses traits sombres.

Sethios imagina que la femme avait beaucoup souffert, surtout si elle était la star du Conclave ce soir-là.

— Et tu as été témoin de ce spectacle ? demanda-t-il à sa fille.

— Ouais, dit-elle en ravalant clairement sa salive. C'est comme ça que j'ai découvert la vie ichorienne.

OK. Une belle introduction, en effet. Il plissa les yeux et les dirigea vers l'*Ichorien* à côté d'elle.

— Tu l'as emmenée à un putain de Conclave ?

L'homme eut un petit rire moqueur.

— Pas par choix.

— On ne participe pas accidentellement à un Conclave, Issac.

— Je n'ai jamais dit que c'était un accident. J'ai dit que ce n'était pas par choix.

— Précise ta pensée, lui ordonna Sethios, prêt à tordre le cou de cet homme pour avoir mis sa fille en danger de la sorte.

— Tom lui a parlé de l'Arcadia, répondit Gabriel avant qu'Issac n'ait le temps de le faire. Il a pensé que ce serait un bon moyen de lui montrer la vraie nature d'Issac. Il n'a pas réalisé que c'était un soir de Conclave.

— Si tu veux le tuer pour ça, je serai heureux de regarder, dit Issac.

Sa propre fureur vis-à-vis de cette expérience était palpable et refroidit quelque peu la colère croissante de Sethios.

— Écoutez, je vais bien, je n'en suis pas morte. On peut se concentrer sur maman maintenant ?

— Non, j'ai une autre question, intervint Sethios. Qui est ce satané Tom ?

— Le fils de Jonathan Fitzgerald.

Gabriel changea de position sur son siège, remit son

pied au sol et souleva son autre cheville pour la poser sur son genou.

— C'est un Hydraien et il est précieux. Tu ne peux pas le tuer, continua-t-il en regardant Issac avec insistance. Ça bouleverserait Amelia.

— Des conneries, marmonna l'homme en réponse.

— Sérieusement, rien de tout ça n'a d'importance. Tu as dit que maman pourrait se trouver dans une boucle de mémoire. Je veux savoir ce que ça signifie, comment ça marche et quoi faire si c'est vrai.

Le ton d'Astasiya ressemblait au ton sérieux de Caro, celui qu'elle utilisait pour réprimander quelqu'un sans trop d'émotions. Le cœur de Sethios se serra doucement, son inquiétude concernant le Conclave disparut en un instant. Sa fille avait raison, ils avaient des sujets plus importants à aborder.

— Montre tes rêves à Issac, Gabriel. Ensuite, il pourra les partager avec tout le monde et nous pourrons rechercher les boucles. Astasiya peut faire la même chose. Enfin, je partagerai le peu que j'ai. Nous verrons si ta théorie se vérifie.

Gabriel acquiesça, cette voie pratique étant celle qu'il privilégierait évidemment.

Issac eut un sursaut manifeste : le Séraphin s'était déjà mis à déverser ses pensées sans prévenir.

Sethios jeta un coup d'œil à sa fille et remarqua l'inquiétude dans son expression. Il décida de détourner son attention en répondant à l'un de ses commentaires.

— Comme tu le sais, Vera peut manipuler et changer les souvenirs. Mais elle n'est pas la seule à avoir ce don. Si ta mère a en fait été enlevée par les Séraphins, il est possible qu'ils aient essayé de la réformer et, pendant ce processus, ils ont pu mettre ses souvenirs en boucle.

— Mais pourquoi feraient-ils ça ?

— Pour s'assurer que ceux qui sont liés à elle ne ressentent pas le changement de localisation, répondit Sethios. Malheureusement, si c'est vrai, ça implique que Gabriel ne fait plus partie de leur cercle de confiance.

— Ça implique également qu'ils sont au courant de mon engagement de loyauté envers Astasiya, ce qu'ils n'ont pas encore indiqué dans les audiences disciplinaires, dit le Séraphin, sans détacher son regard d'Issac. Cependant, si nous avons raison, alors nous sommes surveillés. Ce qui signifie que nous ne sommes pas en sécurité ici.

— Bon sang ! Ralentis, dit Issac, l'air essoufflé. Tu me noies littéralement dans les détails.

— Travaille plus vite.

Issac plissa les yeux et le Séraphin s'étouffa soudain.

— C'est assez rapide pour toi, mon pote ?

Gabriel se mit à tousser et à cracher comme s'il se noyait tandis que l'énergie se déversait d'Issac, l'air adroitement concentré.

— C'est une aptitude très utile, dit Sethios d'un air songeur.

— En effet, répondit-il. Et je peux déjà dire que c'est une boucle qu'on a manipulée. Ses mouvements sont limités.

— Elle est attachée à une chaise, souligna Gabriel d'une voix rauque.

— Ce n'est pas ce que je veux dire. Regarde. Observe ses yeux et sa bouche. Ils remuent selon une séquence répétée.

Caro apparut dans l'esprit de Sethios, si réelle et tangible, et à moins de deux pas de lui. Instinctivement, il s'approcha d'elle et ses doigts caressèrent l'air. *Une vision.* Et une vision horrible, en plus.

La souffrance avait marqué son joli visage, ses cris étouffés étaient tout de même présents dans la façon dont sa bouche formait des sons sans mots. Elle suffoqua, faisant battre le cœur de Sethios plus rapidement, sa propre angoisse se déversant de lui par vagues.

— Non !

Il plongea vers elle, passa à travers l'image et atterrit par terre.

— Stop ! exigea Astasiya.

La vision s'évanouit, la douleur de Caro disparaissant dans une brume et révélant la grande pièce de Gabriel. Sur le sol, Sethios respirait bruyamment, sa poitrine vide, son cœur ayant cessé de battre.

Son ange... *Oh, putain...*

Il se recroquevilla sur lui-même, la douleur menaçant de le déchirer de l'intérieur.

Toutes les tortures combinées d'Osiris n'étaient pas comparables à cela. Oh, comme elle avait souffert ! Il la chercha, l'âme en lambeaux, son sang refusant de couler dans ses veines. *Bon sang, Caro ! Parle-moi !* Il cria l'ordre à travers leur lien, sa fureur ayant l'effet d'un coup de fouet à ses sens. *Parle-moi maintenant !*

Chut, lui intima la voix de Caro en réponse. *Ils vont t'entendre.*

Sethios se figea.

Caro ? dit-il dans un souffle, inquiet que son esprit lui joue un tour cruel.

Comme elle ne répondait pas, il lâcha un grognement à travers le lien et à voix haute.

Si tu ne te mets pas à parler...

Arrête, murmura-t-elle avec insistance.

Puis il la sentit s'emparer de son âme pour l'attirer plus près d'elle. Une sensation étrange, vu qu'il était encore chez Gabriel.

Ils savent que tu es ici. Oh, les Devins ! Ils arrivent. Tu dois t'enfuir. Sauve-toi !

Mais il était déjà trop tard.

Un Séraphin aux plumes d'or translucides fit son apparition dans la pièce en se volatilisant avant même que Sethios puisse répondre.

Merde !

STAS

Le monde flottait autour de Stas et une cacophonie de couleurs tourbillonnait dans sa vision. Une seconde, elle était à genoux sur le sol, essayant de parler à son père, et la seconde suivante, elle volait.

Pas de sa propre volonté. Pas avec ses propres ailes, non plus. C'était un flou noir qu'elle ne pouvait pas déchiffrer.

Lorsque ses pieds touchèrent le sable, elle s'écarta d'un corps beaucoup plus grand que le sien et se figea en croisant une paire d'yeux noirs fatigués. Un soupçon de folie faisait tournoyer les taches dorées de ses iris, ses longs cheveux noirs ramenés en arrière en une queue de cheval inhabituelle. Il lui manquait aussi sa veste en cuir habituelle.

— Ezekiel ?

Cela sortit comme une question, mais elle connaissait évidemment le nom de l'assassin. C'est juste qu'elle ne comprenait pas pourquoi il avait... Elle fronça les sourcils, prenant conscience de son environnement. Ouais, elle ne comprenait pas pourquoi il l'avait emmenée à Hydria.

— C'est quoi ce bordel ?

— Skye, dit-il dans un râle. Elle a eu une vision et j'ai réagi.

— Une vision ? Quel genre de vision ?

— Ça impliquait des plumes d'or et ta capture, expliqua-t-il alors que Jacque apparaissait près d'eux avec Luc et Alik de part et d'autre. Je dois repartir là-bas, mais reste ici.

— Et Issac ?

— Il peut se débrouiller tout seul.

— Et moi pas ? demanda-t-elle.

Silence.

Parce que ce satané Ichorien était déjà parti.

Elle avait bien envie de le poursuivre jusque chez Stark et de lui donner une leçon, mais son cerveau la retint.

S'il l'avait transférée ici, c'est qu'il y avait une raison. Ce qu'Issac confirma moins d'une seconde plus tard en murmurant : *Je suppose qu'Ezekiel t'a kidnappée à cause du Séraphin aux ailes d'or dans la grande salle de Gabriel ?*

Il a dit que Skye avait eu une vision qui incluait des plumes d'or et ma capture.

Je vois, répondit-il.

Son accent anglais était plus fort dans ses pensées que lorsqu'il parlait à voix haute. Elle aimait plutôt ces inflexions sexy. Non pas que ce soit le moment idéal d'y penser de cette manière.

Si Gabriel a été surpris par l'intrusion, il ne le montre pas, poursuivit Issac. *Sethios n'a pas non plus l'air de s'en émouvoir. Où Ezekiel... ? En fait, non, peu importe. Ne me dis rien, au cas où ils pourraient te localiser à travers moi.*

— Stas ? souffla Luc, ses bras musclés croisés sur sa poitrine. Qu'est-ce qui se passe ?

Jacque avait déjà disparu, peut-être pour aller chez Stark et examiner la situation là-bas. Ou peut-être avait-il été appelé dans un autre coin d'Hydria. Le pauvre téléporteur était constamment sollicité.

— Un Séraphin vient d'arriver chez Stark, dit Stas. Ezekiel m'a transférée ici avant qu'on ne me voie. Ou en tout cas, je suppose que c'était le but.

— Quel Séraphin ? demanda une voix féminine.

Un tourbillon violet agrémenta l'air et Leela se matérialisa, ses cheveux blonds brillant sous le clair de lune.

De son côté de la planète, c'était juste le matin. Ici, il semblait qu'on soit plus proche des huit ou neuf heures du soir. Ce truc de téléportation était intense.

Stas plissa les yeux en direction de l'éblouissant Séraphin, se rappelant le commentaire de son père et de Gabriel concernant le fait que Leela devait surveiller le Conseil. Soit elle avait échoué dans sa mission, soit elle jouait un jeu dangereux d'agent double.

La femme cligna des yeux.

— À quoi rime ce regard ?

— Ma grand-mère est-elle réveillée ? répliqua Stas.

Un autre clignement.

—Je... Ta grand-mère ? Pourquoi aurait-elle... ? dit-elle en inclinant la tête d'une manière décidément inhumaine. Pourquoi me demander ça ? Qu'a trouvé Sethios ?

Puis ses sourcils se haussèrent.

— Attends... Est-ce qu'il pense que... ? Oh... Oh, non...

Elle se mit à scintiller avant de pouvoir en dire plus et disparut du paysage.

Stas la regarda partir d'un air renfrogné.

— C'est super utile.

— Qu'a découvert Sethios ? demanda Luc, ses iris émeraude brillant d'un savoir étranger au monde.

Parfois, son omniscience effrayait Stas. Pourtant, elle ne

pouvait pas mettre en doute la nature utile de ses capacités stratégiques.

Son cœur ressentit une légère douleur pour la perte de son père, qui était mort sur cette même plage.

Si cela peinait Luc, il n'en montrait rien. Cependant, les poches sous ses yeux indiquaient qu'il n'avait pas dormi depuis un certain temps. Bien que les Hydraiens n'aient pas besoin de sommeil, elle soupçonnait que cela ne leur faisait aucun bien de s'en passer.

Elle se racla la gorge pour se concentrer sur sa question, lui racontant la conversation qu'elle venait d'avoir avec son père et Gabriel et leurs suppositions quant au fait que sa mère pourrait ne plus du tout se trouver au fond de l'océan.

— Ils sont tombés sur Osiris ? demanda Alik, son sourcil sombre se rehaussant. Et je n'ai pas été invité à la fête ?

— Il leur a tendu une embuscade dans le Maine, expliqua Stas. Je suppose qu'il savait qu'ils finiraient par se montrer là-bas, puisque c'était près de l'endroit où ma mère a été noyée. Mais il leur a dit qu'elle n'y était plus.

— Et ils l'ont cru ?

Alik ne prit pas la peine de cacher son irritation face à cette idée.

— Il a libéré Skye de sa contrainte, ajouta Stas. Il a prétendu que c'était un cadeau pour moi.

Luc la regarda fixement.

— Un cadeau ?

— Oui, Gabriel l'a convaincu que j'avais besoin d'une preuve de bonne foi pour envisager de lui parler, dit-elle avec un rire moqueur. Comme si ça allait arriver un jour.

Alik se mit à rire, tout comme Stas l'avait fait lorsqu'elle avait entendu cette idée stupide pour la première fois. Luc, quant à lui, hocha la tête, surtout pour lui-même.

— C'est un bon stratagème. J'imagine qu'il a aussi suggéré ta mère en offrande, ce qu'Osiris a prétendu ne pas pouvoir faire puisqu'elle n'est plus là où il l'a laissée.

Il baissa encore le menton.

— Oui, je vois pourquoi ils le croient. Caro serait la meilleure carte à jouer pour Osiris, mais il ne l'a pas utilisée. Ça indique que ce n'est plus une carte qu'il a en main. Intéressant.

Alik considéra cela et haussa les épaules.

— Peut-être qu'il prévoit de la jouer plus tard.

Aya, les Séraphins viennent d'envoyer un édit à Gabriel, lui ordonnant de débarrasser sa résidence des abominations, de préférence par la mort, puis de se présenter devant le Conseil. Avec toi.

La voix chaude d'Issac contredisait ses paroles glacées.

Stas se figea.

Qu'est-ce qu'il a répondu à ça ?

Il a vaguement accepté.

Ezekiel est-il revenu ? se demanda-t-elle.

Pas dans cette pièce, non. Le Séraphin n'a vu que moi, Sethios, ton frère et Owen. À mon avis, Ezekiel est avec Skye.

Et Tristan ?

Il était le seul autre Ichorien chez Stark en ce moment. Tous les autres étaient revenus à Hydria.

Il reste à l'étage en silence.

Stas n'aimait pas particulièrement l'Ichorien qui contrôlait les sons, mais il était la progéniture d'Issac et donc important. Aussi, elle ressentit une petite satisfaction en apprenant qu'il allait bien.

Tu veux que je trouve Jacque et que je te l'envoie ? demanda-t-elle en formulant sa question sans dévoiler son emplacement puisqu'il préférait ne pas savoir où Ezekiel l'avait emmenée.

Non, le Séraphin semble penser que l'édit est suffisant pour forcer Gabriel à obéir.

C'est le cas ?

Elle avait voulu dire cela comme une réflexion plutôt qu'une vraie question, mais Issac répondit quand même.

C'était suffisant pour ta mère ? répliqua-t-il avec un sourire dans la voix.

Non.

Alors je doute que ce soit suffisant pour ton frère.

— Le Séraphin a délivré un édit à Gabriel. Le Conseil veut qu'il dégage les abominations de sa propriété, de préférence en les tuant. Et ils lui ont ordonné de se présenter devant le Conseil, avec moi, expliqua Stas en regardant Luc. Ça n'arrivera pas.

— Tu as raison. Ça n'arrivera pas, convint Leela, en réapparaissant. S'ils ont ta mère, alors elle est en cours de réformation. C'est exactement là où ils vous emmèneront, toi et Gabriel, après votre arrivée. C'est là que je finirai aussi si l'hypothèse au sujet de Chanara, ta grand-mère, est exacte.

Elle eut un frisson manifeste à ces mots.

— Comment réforme-t-on un Séraphin ? demanda Luc.

— La réformation est utilisée pour corriger ceux de notre espèce qui sont brisés, répondit-elle doucement. C'est un programme qui nous aide à réapprendre notre statut dans la vie et nous rappelle pourquoi les émotions n'ont pas leur place dans notre société.

— En faisant quoi ? insista-t-il.

— Tout ce qui est nécessaire, dit-elle en ravalant sa salive. Si Caro est là-bas, eh bien, ils feront tout pour rompre son lien du sang avec Sethios. Ou, tout au moins, pour le dégrader à un point tel qu'elle ne le considérera plus comme pertinent.

— Ce qui expliquerait pourquoi mon père ne peut pas la percevoir.

— Oui, murmura Leela. Parce qu'il n'y aurait rien à sentir. Elle se considérerait comme inexistante et serait donc inexistante. Aucun battement de cœur. Aucune pensée. Juste un être attendant de renaître dans n'importe quel but choisi par le Conseil.

Ça avait l'air... *affreux*.

— Gabriel pense que ses souvenirs tournent en boucle.

La compréhension fit scintiller les brillants yeux turquoise de Leela.

— Ils utilisent sa douleur de manière pratique pour manipuler les émotions de ceux qui lui sont liés. Si ça fait trop mal de prêter attention à son esprit et à son âme, alors tu ignores l'évidence.

Stas ne savait pas comment répondre à cela. Surtout parce qu'elle ne pouvait pas se faire à l'idée d'une cruauté aussi froide. Mais, avec chaque pièce du puzzle qui se mettait en place, il semblait de plus en plus probable que sa mère ne se noyait plus. Elle avait été transférée dans une prison encore pire : la réformation des Séraphins.

Issac, chuchota Stas avant de lui relayer tout ce que Leela venait de dire et de conclure : *Je pense que mon père et Stark ont raison. Les Séraphins ont ma mère.*

Non, Aya, répondit-il, sachant déjà ce qu'elle allait suggérer. *Tu ne vas pas avec Gabriel.*

Mais ça tient debout, non ? Ils viennent de nous donner l'occasion de la trouver et de la sauver.

Ou de te piéger pour te faire subir le même sort, dit-il sèchement. *Absolument pas.*

Cependant, au moment même où il disait cela, elle sentit son esprit effectuer les mêmes calculs qu'elle avait déjà faits.

Je ne dis pas que je vais y aller tout de suite, confirma-t-elle doucement. *C'est juste... que je pense qu'on doit explorer cette opportunité.*

Il ne répondit pas, son hésitation et sa peur parcourant vivement leur lien.

Parles-en à Gabriel, poursuivit-elle, prononçant ces quelques mots plus comme une suggestion qu'un ordre. *Vois ce qu'il en pense.*

Je sais déjà ce qu'il va dire, lui répondit Issac dans un murmure. *Je vais plutôt en parler à ton père. Il entendra raison.*

Elle se mit à rire. *Tu te ligues contre moi avec mon père, maintenant ?*

S'il le faut pour te garder en sécurité, alors oui.

Réfléchis-y.

Non.

Menteur, l'accusa-t-elle doucement. *Je sais que tu vois l'occasion qui s'offre à nous.*

Elle pouvait admettre que c'était une décision irréfléchie, qu'elle avait l'intention de mûrir entièrement avant de l'accepter. Mais elle voulait que son amant l'envisage au moins avec elle.

Au lieu de cela, il se tut une fois de plus, ce qui la fit soupirer.

— Ton frère est têtu, dit-elle à Luc.

Techniquement, ils n'étaient pas frères par le sang, mais ils partageaient une figure paternelle en Aidan. Il était le père de Luc par le sang et le créateur d'Issac.

Jacque se téléporta, une assiette à la main et une fourchette sur les lèvres. Il semblait manger une sorte de gâteau.

— B a besoin de toi, Plumes. Il a dit de le retrouver chez Jay.

Il se téléportait déjà lorsque sa bouche émit le dernier mot.

— Plumes ? répéta Stas.

— Leela, expliqua Alik en levant les yeux au ciel. C'est le petit nom que Jacque lui a donné.

Le Séraphin aux ailes violettes sourit.

— Et tu en as trouvé un autre pour moi, mon beau ?

— T'as d'ennuis, dit-il.

Les yeux aquatiques de Leela se mirent à briller.

— J'aime bien.

— J'en suis sûr, répondit-il. Va jouer avec B. C'est plus ton style.

— Et comment le saurais-tu ? lui demanda-t-elle.

— Parce que tu lui as sauvé la vie sur la plage ? suggéra Stas en fronçant les sourcils. Je ne m'en plains pas, mais pourquoi as-tu fait ça, exactement ?

— Elle a sauvé la vie de Balthazar ? demanda Luc, les sourcils relevés bien haut.

Leela prit une expression de feinte innocence.

— Je ne sais absolument pas de quoi vous parlez.

Elle jeta un coup d'œil à Stas, puis disparut à nouveau dans un tourbillon violet.

— Qu'as-tu vu ? exigea Luc. Tu parles de la nuit du mariage ?

Oh, oups... Elle n'avait pas l'intention de s'engager dans une situation qu'elle maîtrisait peu.

— Euh... ouais, elle était ici cette nuit-là et elle a pris quelques balles qui étaient destinées à B. Du moins, je pense que c'est ce que j'ai vu. Mais tout s'est passé si vite, je peux me tromper.

Mais elle savait qu'elle avait raison. Elle était certaine de ce qu'elle avait vu cette nuit-là. Ça l'avait tellement distraite que ça avait même provoqué sa propre mort. Ce qui l'avait conduite à être enterrée vivante. Et ouais, ça craignait.

Elle s'éclaircit la voix.

— Sinon, comment va Lizzie ?

Sa meilleure amie était enceinte jusqu'au cou, bien qu'elle ait conçu en octobre. Et on n'était qu'en janvier. À moins qu'on soit déjà en février maintenant ? Stas avait perdu la notion du temps, entre la mort et le retour à la vie, puis le sauvetage de son père d'un immortel millénaire fou, et tout ce qui s'était passé entre ces péripéties.

Sa tête tournait à cause des événements qui s'étaient produits depuis Noël. Apprendre que sa meilleure amie n'était pas vraiment humaine et qu'elle allait probablement donner naissance à un Séraphin n'était que la cerise sur le gâteau.

— Je peux la voir ? demanda-t-elle comme personne ne répondait.

— Ça dépend. Qu'est-ce que tu penses des femmes dopées aux hormones ? demanda Alik en l'examinant. Peu importe. Tu t'en sortiras.

Il se retourna vers la plage, s'éloignant des maisons pour se diriger vers un coin plus à l'écart.

— Si quelqu'un a besoin de moi, je serai en patrouille.

— Je vais te conduire à Lizzie, proposa Luc d'une voix douce. Si tu me dis exactement ce que tu as vu cette nuit-là.

Ouais, il n'allait pas laisser tomber comme ça. Principalement parce qu'il était omniscient et qu'il était le roi d'Hydria. Il avait besoin de comprendre ce qui s'était passé pour mieux gérer la situation.

— Je peux te raconter ça en cours de route ?

— Oui, acquiesça-t-il en faisant un geste vers le chemin derrière eux plutôt que vers la piste qu'Alik avait créée avec ses baskets. Et puis tu pourras me parler du plan que mon frère désapprouve. Je peux peut-être t'aider.

Stas n'avait pas mentionné qu'Issac désapprouvait son idée, mais elle n'était pas surprise que Luc ait déduit cela de son commentaire « ton frère est têtu ». Ça ne la choqua pas non plus que Luc veuille l'aider. Il avait tendance à être la voix de la raison. C'est pourquoi elle lui fournit tous les détails dont il avait besoin pendant qu'ils marchaient, sans rien omettre, y compris le fait qu'elle avait vu Aidan tomber.

Cela faisait mal de parler de cette nuit-là. Mais cela lui servit de thérapie en quelque sorte. Jonathan leur avait enlevé tant d'amis. Il était mort, mais son héritage planait toujours sur leurs têtes comme un nuage sinistre, un nuage qu'elle voulait vraiment anéantir. Et à chaque mot, elle pouvait sentir cette présence s'affaiblir.

C'était fascinant et cathartique.

Elle espérait seulement que Luc ressentait la même chose, car si quelqu'un avait besoin de libérer un peu de sa colère au sujet de ces événements, c'était bien lui.

Malheureusement, quelque chose lui disait que ce ne serait pas si facile pour lui. Il avait tellement perdu cette nuit-là. Plutôt que de faire son deuil, il subissait toujours ces événements et portait tout cela sur ses épaules. Parce qu'il devait être fort pour son peuple qui ne lui permettait pas de se briser.

Il doit se sentir si seul, réalisa-t-elle, le cœur serré pour lui. Hélas, elle savait qu'il ne fallait pas lui en souffler mot. Il ne pouvait pas se permettre qu'on voie à travers sa démonstration de force. Alors, au lieu de cela, elle se confia à sa sagesse, lui fournissant le pouvoir dont il avait besoin pour s'épanouir.

Nous sommes en route, Aya, l'informa Issac alors qu'elle arrivait à la maison de Jayson. *Je te retrouve dans quelques secondes, mon amour.*

Sethios

La meilleure amie d'Astasiya était enceinte jusqu'aux yeux. Sethios avait déjà rencontré cette femme une fois, dans des circonstances bien moins confortables : il l'avait aidée à s'échapper des geôles de son père en l'obligeant à courir.

Bien qu'elle ait trouvé cet acte courageux, il ne l'avait pas fait pour elle. Sethios avait simplement voulu rendre son père furieux.

Ce salaud avait persuadé Sethios de se coudre la bouche pour le punir de son manque d'obéissance – une chose qu'il n'avait pas comprise à l'époque, mais il réalisait maintenant que c'était une punition résiduelle pour son badinage avec Caro. Pour prendre sa revanche sur le vieil homme, Sethios avait encouragé la plantureuse rousse à fuir.

Puis son père le lui avait fait payer en forçant ses cheveux à pousser.

C'était atroce, mais ça en valait la peine. Surtout qu'il connaissait désormais l'importance de cette femme pour sa fille.

Elles étaient toutes les deux assises sur le canapé avec des bols de crème glacée. Elizabeth, ou Lizzie, comme elle préférait qu'on l'appelle, discutait avec animation de la chambre d'enfant que Jayson avait aménagée pour le bébé. Sethios n'avait jamais entendu parler d'un Hydraien capable de procréer, ce qu'il fit remarquer à Issac.

— Elizabeth a été créée dans le laboratoire de Jonathan, répondit l'homme à voix basse.

Il souhaitait ne pas être entendu par les femmes dans le salon de Jayson pour une raison évidente : la nature délicate de son commentaire.

— Jonathan, l'Ichorien qui forçait les autres à dire la vérité ? demanda Sethios, voulant être sûr qu'ils parlaient de la même personne.

— Oui. Lui et ton père travaillaient ensemble sur des expériences de la Fondation humanitaire pour les catastrophes.

— J'ai entendu parler de la FHC et des projets de mon père, confirma Sethios. Mais je n'étais pas au courant des détails.

Honnêtement, il n'avait pas non plus essayé d'en avoir. Il avait juste supposé que c'était un autre de ses plans pour créer et façonner une armée plus forte contre les Séraphins.

— L'un de ces projets favoris est Elizabeth. Elle a des gènes séraphiques, mais a été mise au monde par une femme mortelle, murmura Issac. D'après ce qu'Ezekiel a dit, ton père l'a créée pour l'accouplement. Afin de te remplacer.

Sethios eut un petit rire.

— Ça lui ressemble bien. Mais le bébé n'est pas de lui, n'est-ce pas ?

— C'est Jayson le père.

— Intéressant. Je suis surpris qu'Osiris lui ait permis de garder l'enfant.

Une autre pensée lui vint aussitôt après cette déclaration.

— Ah, je vois... Il considère ça comme un test.

Ce serait tout à fait dans l'esprit de son père de mener l'expérience jusqu'au bout avant de prendre la peine de tester le produit. Malheureusement, cela signifiait qu'Elizabeth était une bombe à retardement. Dès qu'elle aurait prouvé la viabilité de cette expérimentation, Osiris reviendrait la chercher.

— À part les Gardiens habituels, quelles sont les mesures de sécurité en place pour la protéger ? s'interrogea Sethios à voix haute.

— Dois-je prendre ça comme une insulte ? demanda Jayson en entrant dans la cuisine qui donnait sur son salon. Tu ne me crois pas capable de protéger mon épouse ?

— Ton épouse ? s'étonna Sethios en ouvrant de grands yeux. C'est le petit nom que tu lui donnes ou tu crois vraiment à ces conneries humaines ?

Issac sourit et expliqua :

— Elizabeth a été élevée dans la société des mortels. Elle accorde une grande importance au caractère sacré du mariage. Je m'attends à ce qu'elle essaye d'organiser celui d'Astasiya.

Sethios dévisagea l'homme, bouche bée.

— Maintenant, tu vas épouser ma fille ?

Issac haussa les épaules.

— C'est une cérémonie frivole destinée à apaiser la famille et les amis.

Ouais, rien à foutre.

— Ça ne me plairait pas du tout.

— Ça signifie que je n'ai pas ta bénédiction ?

— Vu qu'elle a toujours sept ans à mes yeux, non, tu ne l'as absolument pas.

— Alors je suppose que c'est une bonne chose qu'Astasiya n'ait pas besoin de ton approbation pour se marier, répondit Issac du tac au tac.

— Qu'est-ce que j'ai fait, encore ? demanda Astasiya lorsqu'elle les rejoignit, ses yeux verts écarquillés par la vision de l'homme en costume. On est déjà unis.

— En effet, convint Issac en réprimant un sourire.

Le sang de Sethios se glaça.

— Tu as *épousé* ma fille ?

— Je perçois un soupçon d'animosité autour de cette histoire de mariage, intervint Jayson en agitant la main dans les airs. Je ne savais pas que tu croyais à ces *conneries humaines*.

Il fut un temps où tout le monde craignait Sethios et ce qu'il pouvait faire. Il se demanda quand cela avait changé. Moins de vingt années d'emprisonnement ne pouvaient pas être comparées à plusieurs millénaires de vie.

— Tu viens d'appeler notre mariage une *connerie* ?

Tous les regards furent attirés par la voix de la femme enceinte dans l'embrasure de la porte.

Le teint bronzé de Jayson devint blême en une seconde.

Sethios eut un sourire narquois, ravi de ce revirement.

Jusqu'à ce que la femme se mette à pleurer.

Cela mit aussitôt fin à son amusement et fit naître une certaine terreur en lui. S'occuper de femmes contrariées ne faisait pas partie de son répertoire.

— Non, Rubis. Je te jure, ce n'est pas du tout ce que je voulais dire.

Jayson essaya d'aller consoler sa femme en tendant ses bras vers elle, mais elle recula, sa lèvre inférieure tremblant d'une manière qui poussa Astasiya à se précipiter sur elle pour la serrer dans les siens.

— Ils parlaient de moi et d'Issac, expliqua-t-elle rapidement. Tu sais que Jay t'aime. Il a entièrement organisé ton mariage, Liz. Il a fait ça pour toi.

— Mais il considère que c'est de la connerie, sanglota la fille dont les épaules s'effondrèrent.

Oh, bordel de merde !

— C'est moi qui ai dit que c'étaient des conneries, intervint Sethios. Il me renvoyait juste mes paroles. Le mariage est une invention humaine et je ne la comprends manifestement pas.

Comment la discussion avait-elle pu passer de l'endroit où se trouvait Caro dans le monde des Séraphins au mariage ?

Sethios secoua la tête et quitta la pièce, n'ayant pas le temps de s'attarder sur cette discussion idiote. Il avait expliqué la situation en quelques mots. Si la fille choisissait de céder à ses hormones de grossesse, c'était son problème.

Il franchit le seuil pour respirer l'air de l'île, son cœur battant douloureusement dans sa poitrine.

D'un certain côté, il avait du mal à supporter la présence de cette femme enceinte à l'intérieur. Elle lui rappelait trop Caro lorsqu'elle attendait Astasiya. Que ne donnerait-il pas pour revenir à cette époque et les tenir une fois de plus entre ses bras pour les protéger !

Caro ne lui avait pas reparlé depuis l'arrivée du Séraphin. Il se demandait presque s'il n'avait pas imaginé le tout. Pourtant, il l'avait *sentie*. Pendant ce bref instant, elle avait été en lui, bien différente du visuel qu'il avait reçu quelques heures auparavant.

Il soupçonnait que cette image de la côte du Maine avait servi de test en quelque sorte, un test que Gabriel et lui avaient raté. Ce n'était pas une coïncidence si, quelques heures après leur visite, un Séraphin était arrivé avec un édit. Ils avaient implanté ce souvenir dans son esprit dans le but de le traquer et de tous les trouver. Et ils les avaient probablement suivis, lui et Gabriel, jusqu'au Pacifique Sud.

Ce qui suggérait que cela ne venait pas du tout d'Osiris, une pensée qui laissait Sethios mal à l'aise.

— ... viable, oui.

La profonde voix de baryton appartenait à un homme que Sethios n'avait pas vu depuis très longtemps.

— Lucian, le salua-t-il lorsque le divin blond apparut.

Il avait un charisme et une puissance qui rendaient naturelles les attentes qu'on avait de lui en tant que leader de son peuple. Sethios avait toujours éprouvé un certain respect pour l'homme, malgré leurs différences évidentes.

— Bonjour, Sethios, répondit Lucian.

— Je l'ai mis au courant, annonça Gabriel qui se tenait à ses côtés, l'air aussi impassible que d'habitude.

— Bien. Pendant ce temps-là, j'ai provoqué quelques désagréments à l'intérieur, admit Sethios. Je suis plutôt certain que Jayson veut me tuer maintenant.

Il accepterait le défi, ne serait-ce que pour s'amuser pendant une minute. L'Ancien hydraien pouvait contrôler le métal, ce qui était un don fascinant lors d'un combat.

Bien sûr, Sethios pourrait utiliser cette aptitude à son avantage avec quelques ordres soigneusement formulés.

— Stas soutient qu'elle veut se rendre au Conseil avec Stark. Même si je suis d'accord pour dire que c'est une occasion idéale pour faire de la reconnaissance, nous avons discuté d'un autre plan qui pourrait être plus efficace, dit Lucian en allant droit au but.

C'était pour cette raison que Sethios l'aimait bien, il ne perdait jamais de temps.

— Est-ce que ça implique toujours qu'elle aille au Conseil ? demanda-t-il. Parce que si c'est le cas, j'y mettrai mon veto.

Issac lui avait rapporté ce qu'Astasiya pensait du fait

d'aller voir le Conseil avec Gabriel. Il louait sa bravoure, mais c'était exactement ce qu'Osiris avait prédit et déconseillé. Et si Sethios ignorait généralement les instructions de son père, sur ce point, ils étaient d'accord.

— Le Conseil la veut, tout comme Osiris, dit Gabriel en énonçant l'évidence. Je pense que nous devrions appliquer une stratégie similaire. Ce qui veut dire que je dois y aller seul.

Sethios écouta Gabriel détailler son plan, son admiration pour le Séraphin augmentant à chaque seconde. Caro avait une fois mentionné que Gabriel venait d'une vieille lignée de Guerriers. Cela signifiait, avait-il supposé, que le jeune Séraphin était physiquement capable de se défendre au combat, mais à la fin de la discussion, il réalisa que cela s'appliquait également à la stratégie.

—Je ne savais pas que tu étais aussi manipulateur, dit Sethios d'une voix traînante.

Gabriel se contenta de cligner des yeux, puis continua l'exposé de son plan.

— J'ai besoin de quelqu'un pour tester mon niveau d'influence sur les mortels. Y a-t-il un empathe sur l'île ?

— Tu veux t'assurer que les Séraphins ne pourront détecter aucune émotion chez toi, traduisit Lucian.

— Exactement.

Le roi d'Hydria le dévisagea.

— Je pensais que tu étais immunisé contre nos aptitudes.

— C'est le cas, confirma Gabriel. Mais il y a des moyens de contourner ça.

Lucian haussa un sourcil blond.

—Éclaire-moi.

— Y a-t-il un empathe ici ? répliqua Gabriel.

— Oui. Mais elle pourrait ne pas être très disposée à coopérer.

Gabriel le regarda fixement.

— Je n'ai pas besoin qu'elle coopère nécessairement. Je veux juste un peu de son sang.

Alors, ça, c'est intéressant.

— Tu as besoin de t'imprégner de son essence ? supposa Sethios.

— Oui, admit Gabriel sur un ton neutre. Mais pas beaucoup.

— Ce n'est pas pour ça qu'elle sera réticente, les informa Lucian. La seule empathe de l'île est actuellement en détention.

— Clara, dit Gabriel.

— Qui est Clara ? demanda Sethios qui détestait être perdu avec tous ces nouveaux noms.

Ce serait tellement plus facile avec juste une poignée de complices, mais les Hydraiens fonctionnaient comme une unité familiale. Ainsi, leur structure hiérarchique ressemblait plus à une confrérie qu'à une dictature.

— Une Ichorienne. Elle a été créée par Aidan. Et elle nous a tous trahis auprès de Jonathan, expliqua Lucian.

La colère dans sa voix rivalisait avec le flamboiement vert qui illuminait ses iris animés.

— Elle est enfermée dans le bungalow de service, près de la plage. Je suppose qu'on pourrait demander à B de lire les réactions de son esprit, si tu penses que ce sera suffisant. Mais elle n'est pas très communicative.

Sethios l'observa.

— Est-ce à cause d'elle que ma fille a été tuée et ensuite enterrée vivante ?

Techniquement, la faute était en partie imputable à Gabriel, dans cette série d'événements. Mais l'enterrement n'aurait jamais eu lieu s'il n'y avait pas eu l'attaque initiale.

— Oui, répondit Lucian. C'est elle qui a prévenu Jonathan du mariage.

— Alors peut-être que je devrais vous accompagner, suggéra-t-il. S'il y a une chose que mon créateur m'a apprise, c'est la façon d'intimider les gens pour les faire coopérer.

La réputation de cruauté de Sethios s'étendait sur des millénaires, ce qu'ils pourraient utiliser à leur avantage à cet instant.

À moins qu'elle ne le craigne pas plus que les immortels présents chez Jayson.

Ses lèvres se retroussèrent à cette idée. Il n'avait été absent que vingt-cinq ans. Ça ne représentait que quelques clignements d'yeux dans leurs vies. Supposaient-ils tous qu'il s'était amendé pendant qu'il avait été assigné à résidence selon les méthodes de son père ?

— En fait, cela pourrait nous aider, dit Lucian, l'expression pensive. Elle est assez âgée pour savoir qui tu es. Le fait qu'elle ait mis ta fille en danger devrait aussi l'inciter à coopérer au moins un peu. Et tu as l'avantage supplémentaire de ne pas avoir d'antécédents avec elle. Ce qui signifie qu'elle aura conscience du fait que tu ne seras pas tendre avec elle.

— Oui, et en tant qu'empathe, elle sera capable de ressentir ma rage.

Et il en avait à revendre. D'autant plus que Caro s'était encore fermée à lui et qu'il en avait vraiment assez de ne pas pouvoir la percevoir.

— Quand dois-tu te présenter devant le Conseil ? demanda Lucian.

— On est supposé observer les édits. Ils s'attendront à ce que je m'exécute rapidement, mais j'ai quelques heures, ou peut-être quelques jours, avant qu'un autre messager n'arrive. Il se peut qu'ils m'accordent plus de temps en raison de l'ordre concernant la gestion du problème des abominations sur ma propriété.

Sethios pouffa de rire.

— Que se passera-t-il quand Issac et moi aurons des ailes ? Serons-nous toujours considérés comme des abominations ?

Un jour ou l'autre, le lien du sang les transformera tous les deux en Séraphins.

Un jour ou l'autre, se répéta Sethios, agacé. Il devrait déjà avoir ses ailes, du moins d'après ce que Caro lui avait dit il y a vingt-cinq ans.

— C'est une situation sans précédent, j'imagine donc que le Conseil devra se réunir pour prescrire votre sort.

— Et ils n'ont pas déjà décidé du mien ? demanda Sethios, surpris.

— Pas à ma connaissance. Mais comme ma grand-mère a pu être réveillée sans que je le sache ou que je sois consulté, mon expertise en la matière est probablement nulle.

Toujours si pratique et stoïque.

Sethios pensait vraiment qu'Ezekiel l'aurait décoincé au fil des ans, mais le Gabriel qu'il avait devant les yeux était toujours aussi terne.

— Bon. On va discuter avec l'empathe ? suggéra Sethios qui avait besoin d'une distraction.

Balthazar apparut sur le chemin en tee-shirt et en short.

— Allons-y.

Ce fut tout ce qu'il dit avant d'ouvrir la voie en silence.

Lucian avait dû communiquer le plan au télépathe. Comme il était l'un des Anciens, ça avait du sens. Ils étaient principalement cinq à diriger le peuple des Hydraiens. Ou en tout cas, ils étaient cinq la dernière fois que Sethios avait vérifié.

Lucian, Balthazar, Alik, Jedrick – qui se faisait désormais appeler Jayson – et Eli.

Sethios songea à ce dernier avec un froncement de sourcils. Il n'avait vu le colossal immortel nulle part. Alik jouait les plantons sur la plage. Jayson s'occupait de sa femme enceinte à l'intérieur. Et où était donc Eli ? Avec Amelia, peut-être ?

Seulement, Gabriel n'avait-il pas mentionné que le fils de Jonathan était important pour elle ? Sethios n'avait pas pris la peine de lui demander pourquoi, sa préoccupation en rapport avec ce trou du cul tournait autour d'un tout autre sujet : le fait d'avoir parlé à sa fille de l'Arcadia.

Plutôt que de passer la journée à se poser la question, Sethios demanda :

— Où est Eli ? Je ne l'ai pas encore vu.

Et il aimait bien cette grosse brute. Il pouvait tuer d'un simple toucher. Une caractéristique très utile.

Lucian et Balthazar s'arrêtèrent de marcher, se tournant tous deux pour l'examiner de près.

Sethios haussa les sourcils.

— Ce sont des regards de mauvais augure.

— Eli est mort, répondit Lucian sans ambages. Jonathan l'a tué.

Tous se turent à cette annonce et le cœur de Sethios fit un bond dans sa poitrine.

— Jonathan a tué Eli ? Comment cet imbécile a-t-il pu terrasser un Ancien d'Hydria ?

— En profitant de notre confiance.

— Pourquoi lui auriez-vous fait confiance ?

Puis il se rendit compte de la raison : il avait été plus simple pour lui d'infiltrer leur monde et de causer tous ces ravages.

— Je vois. Aidan l'a recueilli comme un immortel errant.

Et en tant que créateur d'Issac et père de Luc,

quiconque s'affiliait à lui était perçu avec un certain degré de confiance familiale.

— Merde. Je suis désolé d'entendre ça.

Eli avait été un adversaire redoutable et Sethios respectait cela.

Balthazar inclina le menton en signe de gratitude, tandis que Lucian se contenta de reprendre son chemin.

— Qu'est-ce que j'ai raté d'autre ? se demanda Sethios à voix haute.

— Aucun autre décès, si c'est ce que tu veux dire, répondit Balthazar. Pas que tu aies besoin de connaître, en tout cas.

— Jonathan a enlevé Amelia et a pratiqué des expériences sur elle pendant plusieurs années, dit Lucian. Une autre victime de ses expériences est aussi détenue dans le bungalow de service. Amelia et Tom sont déterminés à la réhabiliter.

— Et Tom est le fils de Jonathan, dit Sethios, ce qui n'était pas une question, mais une affirmation. Et vous lui faites confiance malgré tout ce que son père a fait ?

— Oui, confirma Balthazar alors qu'ils quittaient le chemin pavé pour s'engager sur une étroite passerelle en béton qui les conduirait à la plage. Lui et Amelia ont tué Jonathan ensemble.

— Il a aussi joué un rôle déterminant pour faire tomber la FHC, murmura Lucian.

— Et c'est l'amant qu'Amelia a choisi, intervint Gabriel. Elle est la raison pour laquelle ils lui font confiance.

Amelia sort avec le fils de l'assassin d'Eli ? pensa Sethios, en sifflant pour lui-même. *C'est un peu tordu.*

Cela dit, il n'était pas vraiment apte à juger. Sa relation avec Caro n'avait pas exactement commencé sous les meilleurs auspices. Il avait négocié pour la mettre dans son lit, puis était revenu sur sa parole et avait essayé de la garder. Elle avait été loin d'être emballée par lui.

Tes couteaux te manquent-ils, Caro ? lui demanda-t-il, amusé par le souvenir. *Si tu me parles, je te laisserai peut-être jouer avec quand je t'aurai trouvée.*

Le silence retentissant le fit seulement soupirer.

Je vais te trouver, mon ange, promit-il. *Ensuite, je vais te baiser pendant des mois, juste pour t'entendre crier. Parce que je ne supporte pas de ne pas t'entendre.*

Était-ce ce qu'elle avait ressenti à l'époque où il ne la reconnaissait pas ? L'avait-il ignorée lorsqu'elle avait essayé de le contacter ?

Il considéra ce dont il se souvenait, les coins de sa bouche retombant à chaque souvenir revisité. Sethios ne se rappelait pas une seule fois où elle avait tenté d'entrer en contact avec lui. Il n'avait reçu que des visions mentales de sa noyade et la douleur brûlante de l'avoir vécue avec elle. Mais même cette dernière avait paru de moins en moins douloureuse au fil des années, comme s'il s'était en quelque sorte immunisé.

Ou peut-être que les effets du cycle visuel sur lui avaient diminué à chaque répétition de l'expérience.

Si tout cela était une séquence, comme Gabriel l'avait suggéré, alors c'était absolument artificiel et le lien l'aurait plus ou moins neutralisé. Était-ce pour cela qu'il ne pouvait pas la sentir ? Parce qu'elle avait été vraiment coupée de lui et que les Séraphins n'avaient plus besoin du flux créé entre Caro et Sethios pour occuper celui-ci temporairement ?

— Gabriel, nous devons finir de comparer les rêves, dit-il, interrompant la discussion entre Balthazar et Lucian. Nous n'avons examiné que les tiens.

— Oui, mais si mon hypothèse sur le fait que le Conseil

détient ma mère est exacte, alors revoir les rêves ne servira à rien.

— Pas si elle a essayé de communiquer à travers ses visions, dit Sethios. Je l'ai entendue brièvement avant que le messager arrive. Elle m'a prévenu.

— Tu es sûr que c'était elle et pas une vision forcée ?

— Je pouvais la sentir, Gabriel. C'était sa voix dans ma tête, pas une image floue.

Et maintenant, elle est redevenue silencieuse. *Un ange obstiné.*

Gabriel le dévisagea, puis hocha la tête.

— Voyons à quel niveau mon empathie fonctionne, puis nous parlerons à Stas de ses rêves. Après ça, nous échafauderons un plan et procéderons en conséquence.

GABRIEL

GABRIEL VÉRIFIA son téléphone en entrant dans le bunker. Ezekiel avait envoyé un message pour dire qu'il était arrivé avec Skye et Owen dans un endroit qu'il ne divulguerait pas. Dans la mesure où ce dernier était considéré comme un proscrit, il n'était pas encore vraiment le bienvenu à Hydria.

OK, répondit Gabriel.

Puis il chercha sur son téléphone un message de Vera au cas où elle en aurait aussi envoyé un. Rien. Ses lèvres menacèrent de se crisper, ce qui leur arrivait rarement. Elle aurait déjà dû appeler.

Il n'avait pas encore fait part de ses soupçons aux autres, mais ils grandissaient à chaque minute qui passait. Cela faisait juste trop de coïncidences.

Vera pouvait manipuler les souvenirs, ce qui la rendait apte à créer une boucle mentale avec ceux de Caro. De plus, elle avait accès à Stas et Gabriel pour influencer leur interprétation de ces visions par le biais de rêves. En un mot, elle pouvait insérer des images dans leurs esprits pendant qu'ils dormaient sans qu'aucun d'eux ne s'aperçoive de la perturbation.

Cependant, elle n'aurait pas pu accéder à celui de Sethios. Le fait qu'il n'avait pas rêvé de Caro depuis des années suggérait deux choses : soit l'enchantement circulaire ne fonctionnait pas sur lui, soit le Séraphin qui avait mis en œuvre les visions n'avait pu s'infiltrer dans ses rêves.

Le souvenir du Maine, tout à l'heure, aurait pu lui avoir été envoyé depuis les environs et Gabriel n'aurait pas détecté d'intrusion parce que Vera était la bienvenue sur sa propriété. Ses protections ne l'auraient pas alerté de sa présence.

Le fait qu'elle ne répondait pas à ses messages ou ne se présentait pas pour établir son innocence ne faisait que confirmer les inquiétudes de Gabriel.

Il en parlerait après avoir terminé ce test avec l'Ichorienne emprisonnée. Il voulait que Leela soit là pour la discussion. Ça la disculperait et confirmerait également que le Conseil était au courant de son implication, car Vera leur avait probablement dit.

Le degré de loyauté entre Séraphins pouvait varier. Il ne lui en voudrait pas forcément si elle les avait trahis. Elle aurait vu cela comme une solution pratique.

Tout comme il verrait le fait de la tuer comme une réponse pratique. Ou peut-être émotionnelle. Comme elle finirait par se régénérer, ce n'était donc pas comme si cette punition était définitive.

Il glissa son téléphone dans sa poche et suivit les autres le long d'un court corridor. Les Hydraiens n'avaient qu'une poignée de cellules de détention, toutes protégées par de solides portes. Les prisonniers étaient clairement rares sur cette île.

Deux Hydraiennes se tenaient dans le couloir, l'une

avec des cheveux blond cendré, l'autre avec une crinière de mèches brunes et soyeuses. Cependant, la femme aux cheveux foncés était plus jeune. Il la reconnaissait comme une Novice récente, mais son nom lui échappait.

— Luc, dit l'Hydraienne plus âgée en lui adressant un signe de tête.

Une lueur de séduction apparut dans ses yeux couleur azur lorsqu'elle regarda Balthazar.

— B.

L'Hydraien qui lisait dans les pensées se contenta de baisser le menton, son expression étant inhabituellement vide d'émotions. Il transpirait généralement la sensualité, mais semblait un peu renfermé aujourd'hui. Peut-être redoutait-il la tâche à accomplir. Ce qui poussa Gabriel à se demander dans quoi ils s'engageaient.

— Que fais-tu ici, Eliza ? interrogea Lucian, son attention se portant sur la brune.

Elle eut un mouvement de recul visible devant son hostilité.

— Je... j'étais juste en train de...

— En train de faire quoi ?

Le ton sinistre de sa voix hérissa les poils de ses bras, mais l'expression de la jeune femme passa en un instant de la honte à l'agacement.

— Ash me formait sur les responsabilités des Gardiens, dit-elle sèchement. Je suis une Hydraienne désormais, donc j'ai besoin d'un travail. J'ai pensé que ça pourrait être un domaine où je pourrais être utile.

Lucian pouffa de rire.

— Comme si tu avais ce qu'il faut pour être un Gardien.

Gabriel évalua la femelle, curieux. Elle portait un short en jean et un débardeur clair, révélant des bras fermes et des jambes athlétiques. Cela la rendait probablement légère sur ses pieds. Peut-être même rapide.

— Ses pouvoirs ne sont-ils pas de nature défensive ou offensive ? se demanda-t-il à voix haute.

Parce que son physique général suggérait la force et confirmait son potentiel de guerrière.

— Son pouvoir n'est pas le problème, dit Lucian entre ses dents. C'est son indiscipline.

— Ce qu'il entend par là, c'est que je n'encaisse pas ses conneries, alors il pense que je suis désobéissante, traduisit-elle.

— Je vois.

Gabriel ne savait pas trop quoi dire d'autre. L'évaluation de Lucian était valable : un soldat insubordonné était un soldat inapte.

— Dans quelle cellule se trouve Clara ?

Il voulait en finir avec la prochaine étape le plus vite possible. Pour contrer sa rune défensive, il devait s'imprégner du sang de l'Ichorienne. C'était un marqueur magique qu'il avait modifié dans le bas de son dos pour lui donner une finalité légèrement différente, mais il allait lui être utile.

S'il s'imprégnait de l'Ichorienne, elle serait capable d'utiliser son don sur lui. En retour, il hériterait aussi temporairement de son aptitude. C'était le but premier de sa rune : pouvoir voler des pouvoirs selon ses besoins sur le terrain. Cela avait aussi pour conséquence négative d'amoindrir momentanément ses défenses.

Le pouvoir était tapi dans le sang. C'était donnant-donnant. Et heureusement pour les Hydraiens et les Ichoriens, cette rune n'était pas de celles que beaucoup pouvaient répliquer. C'était la lignée paternelle de Gabriel, en plus du marquage, qui facilitait l'échange.

Sethios possédait une capacité similaire en tant que fils

d'un Séraphin originel. Malheureusement, ce don se diluait à chaque génération, ce qui signifiait que Stas n'avait probablement pas ce talent. Gabriel aurait à lui apprendre davantage de choses sur ces ornements enchantés pour vérifier sa théorie plus tard.

— Par ici, dit Balthazar en prenant le relais.

Lucian ne suivit pas, son regard assombri restant fixé sur Eliza. Elle ne reculait pas, confirmant sa mentalité de guerrière. La femme se révélerait probablement utile une fois qu'elle aurait compris le but de la hiérarchie.

Gabriel se détourna d'elle pour suivre Balthazar. Sethios lui emboîta le pas avec une démarche décontractée alors qu'ils s'approchaient de la dernière porte au bout du couloir.

Balthazar soupira en secouant la tête.

— Elle répète toujours les mêmes paroles dans son esprit. Aucune excuse. Seulement des justifications. Elle ne me laisse pas entendre autre chose que ça.

— Voyons si le fil de ses pensées change lorsqu'elle est face à moi, proposa Sethios en s'avançant.

Balthazar se plaça devant la porte pour l'intercepter.

— Ne lui fais pas de mal. Ce n'est pas comme ça qu'on fait les choses par ici.

— Un sujet toujours en cours d'examen, leur lança Lucian. Certaines violations requièrent la douleur comme punition.

La mâchoire du télépathe se crispa.

— Pas aujourd'hui.

Sethios haussa les épaules.

— Bien. Je peux l'intimider sans vraiment lui faire mal physiquement. Ouvre juste la porte.

— Ou peut-être que je devrais entrer en premier. Je n'ai aucune querelle avec l'Ichorienne. J'ai juste besoin d'emprunter son aptitude.

Une suspicion instantanée reluisit dans les iris de Balthazar.

— Emprunter ?

— Oui.

Gabriel ne jugea pas utile de s'étendre sur le sujet. Il avait utilisé ce terme à dessein.

Le regard brun de Balthazar se plissa.

— Explique-moi comment tu as l'intention de « l'emprunter ».

— Il serait plutôt judicieux de te montrer.

Peu importait à Gabriel qu'ils apprennent l'existence de sa rune. Ce n'était pas comme s'ils pouvaient enlever ou reproduire le charme.

Gabriel fit un pas en avant, mais Balthazar lui bloqua le passage comme il l'avait fait pour Sethios quelques secondes auparavant.

— Est-ce que ça va lui faire du mal ?

— Les égratignures mineures provoquent des douleurs chez certains êtres, donc potentiellement, oui.

Il prévoyait d'utiliser une lame sur sa paume ou son poignet, selon ce qui serait le plus facile.

Plutôt que d'attendre une réponse, Gabriel se volatilisa à travers Balthazar et la porte pour atteindre la prisonnière à l'intérieur. Lucian avait déjà donné sa permission pour cette expérience. Il n'avait pas besoin de celle du télépathe, juste de sa volonté de transmettre les pensées de la captive, ce qu'il lui accorderait une fois qu'il aurait réalisé que la fille était quasiment indemne.

Seulement, en la voyant, Gabriel s'arrêta dès qu'il entra.

Elle était assise dans un coin, ses bras fins entourant ses jambes exposées, la longue chemise qu'elle portait couvrant à peine ses cuisses. Ses yeux bleus cristallins avaient une lueur maniaque qui renforçait son étrange balancement.

D'avant en arrière.

D'avant en arrière.

D'un côté à l'autre.

Et elle recommençait.

Il fronça les sourcils devant cette succession rapide, sa surprise face à l'état de la femme lui faisant perdre de précieuses secondes et laissant à Balthazar le temps d'ouvrir la porte et d'entrer.

Gabriel se matérialisa, mais ne tenta pas d'approcher Clara. Au lieu de cela, il l'étudia, notant l'étrange aura autour d'elle. Ses boucles blondes étaient emmêlées, indiquant que quelques jours s'étaient écoulés depuis la dernière fois qu'elle les avait brossées. Mais ce n'était pas cela qui le troublait, c'était la douche dans la salle de bain attenante à sa cellule qu'elle n'avait visiblement pas utilisée depuis un certain temps. Si jamais elle s'en était déjà servie.

Se rebellait-elle ? Cela expliquerait aussi la nourriture à laquelle elle n'avait pas touché. Mais quel recours pratique cela servait-il ? Elle se faisait plus de mal à elle-même qu'aux autres, comme en témoignaient les poches sombres sous ses yeux.

Les Ichoriens avaient besoin de sang et cette femme n'en avait clairement pas beaucoup bu ces derniers temps. L'inquiétude de Balthazar sur le fait que Gabriel aurait pu lui faire du mal était vaine. Elle s'en chargeait très bien toute seule.

Heureusement, Gabriel n'avait pas besoin qu'elle soit lucide pour emprunter ses aptitudes.

Il se volatilisa, réapparut à ses côtés, une lame à la main, et s'agenouilla.

— J'ai besoin d'un échantillon de ton sang, lui dit-il doucement.

Les mots lui échappèrent sans permission ni préméditation. Elle n'avait pas besoin de savoir ce qu'il voulait, ni pourquoi il avait l'intention de la toucher. Les prisonniers n'avaient aucun droit. Elle avait aussi plus que mérité ce sort. Pourtant, il ressentait tout de même le besoin de s'expliquer.

Plutôt que d'évaluer cette bizarrerie, il passa rapidement le couteau sur son avant-bras. Elle ne bougea pas, ne réagit pas, mais continua juste à se balancer, les yeux fixés sur un point devant elle.

Ses lèvres faillirent se retrousser à cette vue, mais il se concentra plutôt sur le fait de goûter l'essence qui recouvrait sa lame.

Le sang ne l'avait jamais vraiment tenté, bien qu'il s'agisse d'une source primaire de pouvoir pour son espèce. Cependant, l'essence de Clara contenait une saveur acidulée qui piqua brièvement sa curiosité lorsqu'il l'avala. Puis un picotement se fit sentir à la base de sa colonne vertébrale au moment où sa rune s'activa, le distrayant du goût de la femme.

Il rengaina son couteau, attendant que le pouvoir s'enflamme. La dernière fois qu'il avait fait cela, il y avait environ vingt ans, il ne lui avait fallu que quelques secondes pour ressentir les effets de ce nouveau talent.

Cette fois, cela semblait venir progressivement, probablement parce qu'il avait absorbé moins de sang que pour la précédente expérience. Il pourrait en prendre plus si...

Ses genoux faillirent céder sous lui au moment où l'entière force du pouvoir de Clara lui coupa le souffle.

Merde !

La douleur...

Cela lui fit mal au cœur, oppressant l'organe si violemment qu'il ne pouvait plus respirer. Cela le bouleversa et les larmes lui montèrent aux yeux. Il n'avait jamais rien ressenti de tel, comme si quelqu'un avait plongé une dague dans sa poitrine et l'avait enfoncée profondément.

Le vent sifflait dans ses oreilles, rugissant de rage, inondant ses sens et l'invalidant complètement. D'où cela venait-il ? Comment cela était-il possible ?

D'autres larmes coulèrent sur son visage, ses joues endolories par l'agression. Bon sang ! Sa respiration devint bruyante et, un instant plus tard, il se retrouva à terre à côté de la femme. Elle baissa la tête pour le dévisager avec un regard bleu acéré, rempli par la souffrance qu'il ressentait à l'intérieur.

Comment avait-elle pu lui faire ça ? Le paralyser sous cette vague de *douleur* inconnue ?

Des voix graves résonnèrent au-dessus de sa tête, donnant à Gabriel l'impression d'écorcher son corps allongé. Il n'avait jamais connu une telle brutalité et n'en comprenait pas la source.

Quel était ce pouvoir ? Cela lui rappelait la capacité d'Alik à torturer mentalement ses victimes. Mais Gabriel était immunisé contre ce don. À moins que le sang de Clara ne soit lié d'une manière ou d'une autre, mais il en doutait.

Son sang, se dit-il en essayant de retrouver sa concentration. *C'est son sang.*

Non, pas son sang.

Son *pouvoir* !

Il ressentait le résultat de son empathie : *des émotions.*

Ses yeux s'écarquillèrent en réalisant que l'empathie lui faisait ressentir ses émotions *à elle*. Et toutes celles qui les entouraient. En même temps. Une chose à laquelle il n'avait jamais été exposé de toute son existence.

Il voulait seulement tester son propre niveau de sensibilité humaine. Il n'avait pas envisagé ce que l'activation de cette aptitude signifierait pour lui vis-à-vis des autres.

Toutes leurs émotions devenaient siennes.

Et Gabriel n'avait aucun entraînement sur la façon de gérer ces sensations forcées. Il n'avait jamais eu de raison pratique de l'apprendre.

Pourtant, c'était l'angoisse émanant de Clara qui le surprit le plus, ainsi que le fait qu'il veuille l'aider. Parce que personne ne devrait endurer ce genre de souffrance. Jamais.

Sauf que non, elle avait mérité cette douleur.

Mais la méritait-elle vraiment ? se demanda-t-il, troublé par ce qu'il percevait dans l'aura émotionnelle de la femme.

Il secoua la tête, pour essayer de s'éclaircir les idées. Les mots des autres commencèrent à filtrer dans son esprit. Balthazar fit observer que Gabriel avait apparemment plus qu'emprunté l'aptitude de Clara, il l'avait consommée.

Il ne faisait qu'énoncer une évidence.

Ce à quoi ils devraient plutôt prêter attention, c'était à la douleur de Clara. Ne l'avaient-ils pas perçue ? Balthazar n'avait-il pas pu l'entendre ? Personne d'autre ne pouvait-il la *ressentir* ? Ces émotions incendiaient la conscience de Gabriel, l'obligeant à agir. Il fallait que ça s'arrête pour qu'il puisse se concentrer ! Pour se retrouver et attendre la fin des conséquences négatives de cette aptitude.

Une chose devint judicieusement évidente pour lui : il n'était pas à un niveau de risque émotionnel.

Cependant, cela pourrait être le cas après ça. Parce que *merde* !

— Aidez-la, réussit-il à dire, la gorge sèche. Putain !
Faites que ça s'arrête !

Il n'eut pour réponse que le silence.

Une réaction inacceptable.

— Elle souffre.

La mâchoire de Gabriel se crispa sur ces mots et il
serra les poings.

— Remédiez... à ça...

Dès qu'il eut fini de parler, il réalisa ce qu'était la
solution : son esprit séraphique reprit le dessus et le fit se
volatiliser le plus loin possible d'Hydria.

Toutefois, ça le ramena au seul l'endroit où il n'aurait
pas dû se trouver : chez lui.

Où deux messagers séraphins l'attendaient dans le
salon.

Apparemment, il y avait une échéance, après tout.

Et c'était tout de suite.

Sethios

— Qu'est-ce qui vient de se passer, bordel ? demanda Lucian en entrant dans la pièce environ cinq minutes trop tard.

Il avait été tellement préoccupé par cette Eliza qu'il n'avait pas vu la réaction intense de Gabriel au pouvoir de Clara.

Il semblait qu'éprouver des émotions, après avoir passé une vie entière à les ignorer, était un peu trop lourd à supporter pour le Séraphin. Ou, plus précisément, c'était la « souffrance » qu'il avait ressentie de la part de la blonde ichorienne dans le coin.

Sethios examina celle-ci pendant que Balthazar mettait Lucian au parfum en résumant rapidement les événements.

— Gabriel a absorbé un peu de sang de Clara et a ainsi hérité de ses aptitudes empathiques. Il n'a pas eu l'air d'apprécier.

— Il a dit qu'il avait besoin d'un empathe pour tester son niveau émotionnel. J'ai supposé qu'il cherchait quelqu'un qui pourrait lire en lui, pas quelqu'un dont il pourrait littéralement boire le pouvoir.

Lucian devint pensif.

— Je me demande si tous les Séraphins peuvent faire ça.

— Caro ne le pouvait pas, murmura Sethios en se mettant à genoux devant Clara, un filament d'énergie familière attirant son attention.

— Stas ne peut pas manipuler la vision, pourtant elle a manifestement mordu Wakefield, ajouta Balthazar.

Ces mots provoquèrent une image malvenue dans l'esprit de Sethios. Il choisit de l'ignorer et de suivre les lignes enchantées qui laissaient une trace invisible sur les formes sveltes de Clara. Ce n'était pas une essence que beaucoup reconnaîtraient ou qu'ils seraient même capables de percevoir, mais il avait assez d'expérience avec les sorts de ce genre.

C'étaient les créations préférées de son père, après tout.

Celle-ci avait été faite de manière grossière, comme s'il avait jeté cette contrainte sur elle à la hâte ou peut-être sans grand soin. Il avait peut-être prévu que quelqu'un la remarquerait et annulerait la persuasion.

— Astasiya a-t-elle vu Clara depuis qu'elle est en détention ? se demanda Sethios à voix haute, son attention se portant sur les mèches qui retombaient autour du visage de la prisonnière.

— Non, pourquoi ? répondit Lucian.

— Parce que je pense que mon père lui a laissé un cadeau qu'on va devoir défaire.

Ce serait tout à fait son genre de contraindre quelqu'un pour en faire un cadeau d'entraînement. Sethios fit une pause, considérant l'opportunité d'apprendre quelque chose à sa fille, mais décida de ne pas le faire. Il voulait savoir ce que son père avait persuadé cette femme de faire avant de mettre Stas en danger en lui attribuant cette tâche.

Encore quelques filaments, pensa-t-il en dénouant les nœuds avec son esprit. *Et... voilà.*

En réponse, la fille poussa un cri suffisamment strident pour percer leurs tympans. Il faillit lui ordonner de se taire, mais les mots jaillissaient de sa bouche dans un flot roulant d'insultes et d'accusations qui semblaient toutes se mélanger. Rien de tout cela ne lui était destiné, mais était plutôt dirigé vers les deux Anciens derrière lui.

— Comment avez-vous pu ? demanda-t-elle, sa voix se brisant alors qu'elle se perdait dans un sanglot qui fit immédiatement s'agenouiller Balthazar devant elle. Je n'aurais jamais fait ça ! Vous savez que je n'aurais jamais fait ça ! Bon Dieu, et cette excuse ! Issac. C'était une blague ? Aidan était mon père. Ma famille. Je n'aurais jamais... Je n'aurais jamais pu faire ça !

Sethios laissa sa place alors que le télépathe s'approchait de la fille. Il ne voulait pas être au milieu de ce foutu truc.

Ce qui s'avéra un bon choix, car Clara donna un coup de poing à Balthazar une demi-seconde plus tard. Puis elle se mit à pleurer d'horreur, un autre cri s'échappant de ses lèvres.

L'Ancien se massa la mâchoire, ses yeux bruns s'arrêtant sur Sethios.

— Que lui as-tu fait ?

— J'ai retiré la contrainte d'Osiris, répondit-il. Je ne sais pas ce qu'il l'a persuadée de faire, mais c'est fini maintenant.

— Tu peux faire ça ? demanda Lucian, l'air intrigué.

— En général, non. Mais dans ce cas, ça semble avoir été fait exprès. Je pense qu'il voulait qu'Astasiya l'ôte elle-même.

Vu la réaction de la femme, il était content de s'en être occupé à la place de sa fille.

Quelqu'un se racla la gorge à l'entrée. Sethios et Lucian se retournèrent aussitôt.

Alik se tenait debout, les bras croisés, la hanche appuyée contre le cadre de la porte.

— Je suppose que ça signifie que Clara n'était pas vraiment notre taupe, mais qu'elle a été piégée pour ça.

Il ne le formula pas comme une question, mais plutôt comme une affirmation.

— Ce qui signifie que nous avons un problème encore plus grand, conclut-il.

— À moins que Clara puisse nous dire qui a fait ça, leur fit remarquer Lucian.

— Elle ne sait pas, murmura Balthazar, sa main contre la joue de la jeune fille.

Elle s'était un peu calmée, peut-être parce qu'il s'était servi de son aptitude à manipuler les émotions. Sethios n'avait jamais été témoin de ce talent auparavant, mais il pouvait voir son utilité dans cette situation.

— Que sait-elle ? répliqua Lucian.

— Que tous ceux qu'elle aimait l'ont trahie, grogna Balthazar. Que nous avons choisi de croire à une ruse cruelle plutôt qu'à des décennies d'amitié.

— Elle a admis sa culpabilité, dit Alik. Et elle a fourni des motifs.

— Des motifs dont j'ai dit qu'ils étaient stupides, rétorqua Balthazar. Elle n'a jamais eu d'inclination sentimentale pour Wakefield. Nous le savons tous. Nous avons été prompts à faire peser la culpabilité sur elle parce que nous voulions une solution au problème.

— Jonathan a reçu un appel lui transmettant la localisation que nous avions donnée à Clara, dit doucement Lucian. Mateo a dépouillé les relevés téléphoniques.

— Ce n'était pas moi ! s'écria Clara. Pourquoi donnerais-je quoi que ce soit à ce monstre ?

Sethios envisagea de demander ce que tout cela signifiait, mais il avait suffisamment de choses en tête avec Caro et l'endroit où Gabriel aurait pu se barrer.

— Mes services ne sont plus nécessaires ici, dit-il en se dirigeant vers la porte. Appelez-moi quand vous aurez un prisonnier avec lequel je peux m'amuser.

Il n'attendit pas de réponse, ses pas le portant déjà hors de la pièce, lorsqu'Alik s'écarta de son chemin, et dans le couloir.

La femme Gardien était postée au bout, son amie ayant décampé depuis longtemps après ce que Lucian lui avait dit. Sethios lui fit un signe de tête, puis sortit du bungalow et partit à la recherche d'Astasiya. Ils devaient avoir une discussion sur ses rêves. Gabriel finirait par revenir. Dans le cas contraire, Sethios enverrait Leela le chercher.

J'en ai assez de perdre du temps, mon ange, pensa-t-il à l'intention de Caro. *Si tu ne veux pas me répondre, ce n'est pas grave. Mais je vais te trouver. Même si ça signifie que je dois m'incruster dans la salle du Conseil et te traîner à la maison.*

Plus il considérait ce plan, plus il l'aimait.

Que feraient-ils ? Le réformer, lui aussi ?

Il faillit rire.

S'ils n'avaient pas réussi à guérir son père, ils ne pourraient certainement pas le guérir, lui. Et aucun d'eux ne pouvait être tué. Alors pourquoi pas ?

Si seulement j'avais mes ailes, regretta-t-il. *Alors, je pourrais me volatiliser jusque là-bas et m'emparer de toi.*

Tu me manques, lui murmura-t-elle en réponse, ce qui le figea sur la plage.

Caro ?

Était-ce vraiment elle, ou une boucle de mémoire envoyée pour le narguer ?

Chut, le calma-t-elle. *Ils vont t'entendre.*

Qui ça ?

Je ne suis pas censée être ici. Je dois y aller.

Où ça ? demanda-t-il.

Plus rien.

Dans un souffle, il lâcha un grognement, fatigué de ce jeu d'indices sans solutions. *J'en ai assez de ça*, dit-il. *Il est temps de faire les choses à ma façon.*

D'employer la force brute.

La colère.

Et de répandre un sacré paquet de sang.

Il avait juste besoin de connaître l'emplacement du centre de réformation et il savait de qui l'obtenir : le seul Séraphin actuellement sur cette satanée île. *Leela.*

GABRIEL

Il y avait une raison pour laquelle Gabriel préférait vivre juste en dehors des frontières du territoire séraphique : sa vie privée. Le concept n'existait pas à l'intérieur du voile d'eau qui encerclait le principal archipel du Pacifique Sud.

Les barrières avaient été construites pour empêcher les mortels d'entrer. Les navires et les avions étaient détournés de cette zone par des suggestions technologiques et magiques qui maintenaient essentiellement cet endroit du globe secret. Aucun mortel ne l'avait jamais découvert.

Enfin... aucun mortel encore vivant, en tout cas.

Dans un bar, Gabriel en avait entendu un parler du mythe du triangle des Bermudes. Il supposait que la région séraphique était un concept similaire, sauf qu'il était réel et absolument pas documenté. Son espèce faisait en sorte que cela reste ainsi.

Une fois les murs de brume franchis, une agglomération technologiquement avancée et prospère apparaissait, étendue sur des centaines d'îles. Elles étaient toutes de taille différente. Sauf la principale au centre.

La capitale avait été construite à l'intérieur d'un volcan

endormi que les Séraphins gardaient bien sous contrôle. Elle abritait toutes les activités de base de leur monde, y compris la salle du Conseil.

Gabriel se laissa porter au gré d'une brise, choisissant de voler au lieu de se volatiliser directement à leur porte. Il avait besoin de temps pour se débarrasser du pouvoir de Clara. Par bonheur, il ne subirait pas beaucoup de réactions ici, entouré par des Séraphins dénués de sentiments. Le problème était plutôt ce qu'il ressentait lui. En quelque sorte. Il pensait en tout cas que ça pouvait être la cause de cette étrange sensation confuse dans sa poitrine.

Se sentait-il nostalgique ? Non, ça ne pouvait pas être ça.

Inquiet ? Peut-être.

Il fronça les sourcils. *Qu'est-ce que c'est, cette impression tenace ? Et pourquoi les humains supportent-ils toutes ces foutaises ?* Cela le fit dériver vers le bas, le poussant à vouloir éviter sa destination.

Peut-être que c'était la sensation que donnait la peur, cette attraction négative qui lui donnait envie de retourner à Hydria plutôt que d'avancer plus loin sur le territoire des Séraphins. Il ne l'avait jamais vécu comme ça avant.

En général, il faisait son devoir et partait. C'était plus rapide et plus efficace que de flotter dans ces nuages.

Pourtant, la sensation créée par le vent dans ses plumes était plutôt agréable.

Pourquoi est-ce que j'évite ça ? se demanda-t-il en se roulant sur le dos pour planer. *C'est... apaisant.* Les coins de sa bouche retombèrent. *Est-ce que je viens de dire que quelque chose était « apaisant » ?*

— Merde, marmonna-t-il en se passant une main sur le visage et en regardant fixement le soleil éblouissant.

On était plus proche des midis, ici. Peut-être.

Aujourd'hui, sa notion du temps était brouillée par tous les voyages et le manque de sommeil. Il n'avait pas vraiment besoin de repos, mais ça l'aidait à établir une routine. Toutefois, ces derniers temps, cette routine était devenue inexistante.

Avec un soupir, un son qu'il n'avait probablement jamais produit ainsi de toute sa vie, il plongea à travers les nuages et se dirigea vers sa destination.

Ce don d'empathie n'était pas près de le quitter. Il s'en servirait donc à son avantage et verrait si l'un des membres du Conseil montrait des signes d'émotion qu'il pourrait utiliser contre eux. Parce que cette conversation allait en effet être pénible.

Gabriel s'émerveilla en s'approchant des teintes or et argent de l'île principale. Il n'avait jamais remarqué à quel point tout cela était étincelant, les rayons du soleil illuminaient le tout et donnaient aux structures métalliques un aspect majestueux. De grands palmiers et d'autres végétaux décoraient le paysage, ajoutant à l'atmosphère enchantée.

Il y avait des arbres au-dessus et à l'intérieur des bâtiments, car les Séraphins avaient construit autour des éléments naturels. Des branches dépassaient de la myriade de fenêtres sans vitre, le climat de la ville permettant de procurer un certain confort à tout un chacun malgré l'humidité. C'était un antidote magique que Gabriel n'avait jamais vraiment considéré, mais qu'il voyait d'un tout autre œil maintenant.

C'était réellement le paradis.

Même si personne ne le reconnaissait vraiment.

Les conditions de vie permettaient à chacun d'être à l'aise et le bien-être augmentait la productivité. Ce qui était l'objectif quand on vivait à l'intérieur de la barrière : que le monde des Séraphins continue de prospérer.

La communauté était absolument autosuffisante, utilisant l'énergie solaire et hydraulique, et une variété d'avancées technologiques qui permettaient à leur société de rester florissante. La nature humaine s'était développée au cours des millénaires, mais elle n'avait pas encore atteint ne serait-ce qu'un dixième du potentiel de cet endroit.

Bien sûr, le fait que les Séraphins soient des êtres éthérés avec des pouvoirs innés aidait. Les humains avaient en fait été partiellement créés à partir de la génétique séraphique. Ou du moins influencés par elle. C'est pour cela que les abominations d'Osiris ressuscitaient avec des talents accrus. Tout venait des lignées.

La poche de Gabriel se mit à vibrer lorsqu'il atterrit juste à l'extérieur de l'immense amphithéâtre affecté au Conseil. *Tourne à gauche, puis à droite*, disait le message.

Bien sûr, c'était le moment que choisissait Vera pour finalement lui répondre. Elle était probablement au courant de sa convocation et s'attendait à ce qu'il arrive juste devant l'entrée de l'amphithéâtre.

Il plissa le regard en signe d'irritation, puis se souvint de son environnement et masqua son expression. Cette saleté d'empathie allait être un problème. La dernière et unique fois qu'il avait hérité d'un pouvoir de cette manière, il avait fallu plusieurs heures pour que cela se dissipe.

Bordel !

Après avoir rangé son téléphone, il suivit les indications que Vera venait de lui envoyer et la trouva à l'extérieur d'un café, ses éclatantes ailes bleu marine flottant autour d'elle. Là, ses yeux étaient d'un vert bleuté, mais prenaient une étincelante teinte argentée lorsqu'elle retrouvait sa forme corporelle.

C'était un trait peu commun chez les Séraphins. Les iris de Gabriel restaient vert clair, quelle que soit sa forme. Ceux de Leela étaient turquoise pendant sa transition.

Ceux de Stas étaient toujours verts. *Je me demande quel pigment... ?*

Il cligna des yeux, chassant toute pensée au sujet des couleurs de son esprit. C'était totalement hors de propos et sans importance dans la situation actuelle. Bon sang ! Bientôt, il se mettrait probablement à examiner toutes les possibles teintes de plumes.

Gabriel faillit lever les yeux au ciel, puis réalisa que cela n'était pas utile non plus.

Ça suffit !

— Es-tu ici pour faire des aveux ? demanda-t-il, sa voix neutre et vide d'émotion, comme il se devait.

Elle s'esclaffa.

— Pas exactement.

Elle pressa sa petite main sur la joue de Gabriel et l'énergie explosa entre eux.

Il essaya de reculer pour éviter l'impact, mais il était trop tard. Une série de souvenirs se déroula dans sa tête, chacun d'eux apportant une nouvelle explication qui lui coupa le souffle.

— Fais-les disparaître. C'est le seul moyen, dit Gabriel, la voix vide d'émotion.

Pourtant, il ressentit la douleur dans son cœur, la souffrance de devoir faire ce choix.

Elle est mieux ainsi, se promit-il. *Au moins, elle ne se noie pas.*

Cependant, lorsque le souvenir se mit à changer, Gabriel se demanda s'ils n'avaient pas commis une erreur. Et s'il l'avait découvert par d'autres moyens ? Romprait-il tous ses serments pour la sauver ?

— La boucle sera utile, promit Vera. Je ferai ce que je peux pour la régler pour vous tous.

— Je sais, répondit Gabriel. Fais ce que tu dois faire. Fais-moi oublier.

Le Conseil avait trouvé Caro quelques heures après

qu'Osiris l'avait lâchée au fond de l'océan Atlantique. Ils ne l'avaient sauvée que pour la mettre dans une autre sorte de cage, où ils faisaient de leur mieux pour la réformer.

Mais le lien qu'elle partageait avec Sethios ne pourrait jamais être vraiment brisé.

Même un siècle dans cette chambre de réformation ne suffirait pas à détruire cela.

Il la ramènerait.

Il aurait à le faire. Il n'y avait pas d'autre option.

Alors que le souvenir de la captivité de sa mère disparaissait de son esprit, un autre lui vint, celui où Vera lui annonçait que le Conseil avait ramené Caro de sa prison aquatique.

Un débat s'en était suivi. La sauver maintenant pourrait anéantir tout ce à quoi ils travaillaient, pas seulement vis-à-vis d'Osiris, mais aussi vis-à-vis de la protection d'Astasiya. Elle était trop jeune et donc susceptible de subir leur influence. Si les Séraphins la trouvaient maintenant, tout ce que Sethios et Caro avaient abandonné n'aurait servi à rien.

Non, ils devaient laisser faire. La réformation ne lui ferait pas mal. Cela ne ferait qu'envoyer Caro dans les limbes et son esprit serait constamment surveillé pour détecter tout signe d'émotion. Un autre Séraphin serait là pour la ramener, pour reprogrammer en elle la mentalité de son véritable but : vivre une vie pratique.

Elle avait été élevée dans cet environnement. Puis Sethios avait tout changé. Il n'aurait qu'à recommencer.

— C'était le meilleur moyen, chuchota Vera, attirant Gabriel vers elle.

Ensuite, elle lui montra aussi le souvenir qu'elle avait modifié dans l'esprit de Leela, supprimant le fait qu'elle savait ce que le Conseil avait fait, tout en ajoutant de petits changements qui empêchaient qu'elle soit découverte.

Personne n'était au courant qu'ils recherchaient Caro.

Vera avait tout orchestré, transformant la boucle dans l'esprit de la mère de Gabriel pour que les déflagrations régulières passent inaperçues.

— Mais elle continue à tout défaire, marmonna Vera, tirant Gabriel de ses pensées. Ta mère est beaucoup plus puissante qu'elle ne le pense. Elle continue de toucher à cet accès dérobé parce qu'elle y voit une connexion avec ses liens. Je dois la faire déguerpir à chaque fois pour que les autres ne remarquent pas ce que j'ai fait.

— Pourquoi tu me montres ça maintenant ? demanda Gabriel, sa voix devenant rauque à cause de l'électricité qui bourdonnait dans sa tête, retissant les cheminements qui avaient été magiquement modifiés par le Séraphin à ses côtés.

— Parce que tu sais déjà qu'ils ont Caro. Adriel t'a informé de la décision du Conseil de la réformer et tu as accepté.

Un autre souvenir le frappa. Dans celui-ci apparaissaient les cheveux dorés et les ailes rouges de son père, deux traits que Gabriel avait hérités de lui.

Il était arrivé chez Gabriel dans le Pacifique Sud quelques heures seulement après avoir confié Astasiya aux Davenport.

Et quelques minutes juste avant, Vera avait débarqué pour le prévenir du sort de Caro.

Adriel lui avait carrément parlé du choix de Caro, notamment de son lien avec Sethios, de la création d'une vie, puis de la dissimulation de cette vie. Puis il avait conclu par un bref :

— Elle sera réformée et son esprit fracturé sera guéri.

Gabriel avait platement affirmé que c'était la bonne ligne de conduite.

Et c'était tout.

Il avait scellé le destin de sa propre mère.

Puis Vera était revenue pour faire disparaître les souvenirs, avec la permission de Gabriel.

— Utilise ça, dit-elle avec insistance, en jetant un coup d'œil à son poignet où des lumières violettes clignotaient sur un bracelet.

Ah, un brouilleur de fréquence, songea-t-il.

Elle voulait donc que cette conversation reste privée.

— Nous n'avons que trente secondes avant que les équipements de surveillance autour de nous ne se réinitialisent. Ils se remettront ensuite à enregistrer le son et l'image. Tu as assez de matière pour travailler. Ne me déçois pas.

Gabriel la regarda fixement.

— Quels autres souvenirs as-tu altérés en moi ?

Parce qu'il sentait qu'il y en avait d'autres. Beaucoup, beaucoup d'autres.

Elle lui lança un petit sourire énigmatique.

— Qui dit que ceux-ci sont réels et que je ne les ai pas tous inventés ?

Toujours espiègle. Absolument pas un Séraphin typique. C'était pour cela qu'elle et Leela étaient des amies si proches : aucune d'elles n'appréciait la nature stoïque de leur espèce.

— Tu as juré fidélité à Astasiya.

Ce n'était pas quelque chose qu'il pouvait sentir, pourtant il en ressentait intérieurement la vérité. Probablement parce qu'il avait désormais retrouvé le souvenir de ce qui s'était passé. Cependant, c'était arrivé quand Astasiya était bébé, non pas quand elle avait sept ans. Ce qui signifiait qu'il avait d'autres trous de mémoire par rapport à cette période de la vie de sa sœur.

À moins que tout ceci ne soit qu'un mensonge.

Il fronça les sourcils.

Sa sœur serait capable de sentir l'existence d'un gage de fidélité de la part de Vera. Tout comme elle percevrait sa loyauté à lui si elle cherchait assez profondément.

Gabriel considéra Vera, évaluant les chances que cela avait d'être une ruse mentale ou une réalité. Il pourrait lui demander comment il se faisait que le Conseil n'ait pas découvert son changement d'allégeance à elle, mais la même question pourrait lui être retournée. Ils ne savaient pas qu'il avait juré fidélité à sa sœur parce qu'ils n'avaient pas encore rencontré cette dernière. Au moment où ils le feraient, ils sentiraient les liens entre eux et réaliseraient que c'était à elle qu'il avait donné sa loyauté, pas au Conseil.

Cependant, sans raison préalable d'enquêter sur son comportement, personne n'avait encore remarqué cette modification. Cela pourrait très bien être l'objet de la discussion de ce jour.

Vu son comportement bizarre ces derniers temps, ils examineraient probablement son essence plus en profondeur et trouveraient ce changement en lui. Dans ce cas, ils le mettraient au ban de la société séraphique, un châtiment qu'il accepterait volontiers.

Sauf que Vera avait passé beaucoup de temps autour du Conseil ces vingt-cinq dernières années. Cela l'étonnait que personne n'ait remarqué son absence de loyauté envers les Séraphins supérieurs.

À moins qu'elle n'ait utilisé ses dons pour modifier les souvenirs qu'ils avaient de cette découverte.

La seule personne qui pouvait confirmer son serment était Astasiya et il n'avait aucun moyen de lui poser la question pour le moment. D'ailleurs, il faudrait l'entraîner pour qu'elle soit capable de sentir le lien. Et il n'y avait plus assez de temps, maintenant que le Conseil requérait sa présence.

— Si tout ça n'est qu'un tour de passe-passe, alors mon destin est de toute façon décidé, ajouta-t-il. Je dois juste choisir de te faire confiance.

— Sage décision, répondit-elle en chuchotant, ses iris se transformant en orbes bleu-vert tandis que ses plumes se dépliaient autour d'elle. Bonne chance, Gabe.

Son bracelet émit un petit bip juste avant qu'elle ne se volatilise.

Il ravala sa salive, puis jeta un coup d'œil à la structure massive derrière lui.

Il pensait ce qu'il avait dit. Son destin était déjà décidé. Si la manipulation de Vera s'avérait être un mensonge, il finirait dans une chambre de réformation, aux côtés de sa mère.

Cependant, si les souvenirs étaient authentiques, il avait maintenant une vraie carte à jouer.

SETHIOS

— Tu ne peux pas juste entrer comme ça, Sethios. Les protections te neutraliseront et tu te retrouveras sans défense sur le rivage.

Leela se tenait debout, les mains sur ses hanches galbées, ses cheveux blonds attachés en queue de cheval.

Sethios était tombé sur elle chez Balthazar et il se demandait ce qu'elle pouvait bien y faire, puisqu'elle y était seule. Il n'avait pas pris la peine de l'interroger, sa première et unique question étant de savoir où se trouvait Caro.

Astasiya et Issac l'avaient suivi. Ils étaient assis sur le canapé du salon, regardant Sethios lutter contre la logique de Leela.

Lutter et perdre, songea-t-il, irrité.

— Je ne peux pas rester les bras croisés ici, Leela. Nous savons où elle se trouve. Volatilise-moi simplement dans sa cellule et je me chargerai du reste.

— Oui, ça suppose que je sache dans laquelle elle se trouve, répondit-elle en levant les yeux au ciel. Oh, et comme je l'ai déjà dit trois fois, il faudrait que je te fasse passer les barrières. Ce qui est *impossible*. Tu n'es pas un membre intronisé de la société. Les gardes te tireront dessus par mesure de précaution. Ils ne te tueront peut-être pas, mais ils te briseront.

— Gabriel est sur le coup.

La voix se fit entendre alors que des plumes bleu foncé apparaissaient dans la vision périphérique de Sethios.

— Il est devant le Conseil en ce moment même, ajouta Vera en reprenant sa forme corporelle instantanément. Aussi...

Elle toucha la tête de Leela, ce qui fit sursauter celle-ci.

— Qu'est-ce que tu fais ? demanda Balthazar, son regard se posant sur Leela alors qu'il entrait dans la maison avec Lucian juste derrière lui.

Il se dirigea vers Vera, mais elle leva une main, celle qui ne touchait pas Leela, pour le stopper. L'autorité de son aura fit que les deux Anciens s'arrêtèrent à côté du canapé.

— Pourquoi ne nous as-tu pas dit que le Conseil avait Caro ? lui demanda Sethios, prêt à se battre. Et qu'est-ce que tu fais ici maintenant ?

— On lui a demandé d'effacer nos souvenirs, souffla Leela, ses yeux turquoise bordés de larmes. Oh, Vera...

— Ouais, ouais. J'ai presque fini.

— Elle peut manipuler les souvenirs ? demanda Balthazar, le regard plissé.

Vera lui adressa un sourire.

— Tu n'es pas le seul à pouvoir jouer avec les esprits, mon chéri.

La suspicion tourbillonnait dans ses iris bruns tandis qu'il regardait Leela.

— Nous nous sommes déjà rencontrés.

Sethios jeta un coup d'œil à l'un et à l'autre, les sourcils froncés. Puis il secoua la tête.

— Vera, parle-moi de Caro. Maintenant.

Il renforça chaque mot avec sa persuasion et le Séraphin manipulateur de mémoire se mit à bafouiller avec un air agacé.

— Elle est née en...

— Dis-moi où elle se trouve en ce moment, reformula-t-il, ne voulant pas entendre la biographie de Caro, mais son emplacement actuel.

— Dans une chambre de réformation séraphique que tu ne peux atteindre, alors ne songe même pas à essayer.

— Je pourrais t'obliger à me conduire à elle, grogna-t-il, sa patience ayant disparu depuis longtemps.

Elle haussa les épaules.

— OK. Mais ça va nous tuer tous les deux.

— On va se régénérer.

— Oui. Dans nos propres salles de réformation, dit-elle en levant les yeux de la même manière que Leela il y a quelques instants. Utilise ton bon sens, Sethios. Je vais t'expliquer quelque chose. Et si tu as toujours envie de me persuader de t'emmener auprès de Caro après ça, alors nous partirons en guerre et nous verrons qui de nous est le plus fort au combat. Mais garde à l'esprit que tu es beaucoup plus jeune que moi. Et j'ai pu neutraliser ton père assez longtemps pour que ta fille puisse te sauver.

— Je veux entendre ce qu'elle a à dire, intervint doucement Astasiya avant que Sethios ne puisse réagir.

Sa mâchoire se crispa et l'agacement coulait à flots dans ses veines.

Ils avaient perdu tellement de temps pendant que son ange souffrait. Maintenant qu'ils savaient où elle se trouvait, il voulait la sauver. C'était un calvaire physique de ne pas pouvoir la rejoindre. Mais un regard à sa fille le fit acquiescer. Parce que son côté tendre, qui n'existait que pour elle et Caro, comprenait l'aspect pratique de sa demande.

— Parle vite, grogna Sethios à travers ses mâchoires serrées.

— La mission de Caro, il y a vingt-cinq ans, était de trouver Osiris et de lui remettre un édit. Elle a échoué et n'est jamais rentrée. Le Conseil n'a jamais essayé de la localiser à cause de sa lignée dissimulatrice. Ils savaient que ce serait vain. Alors, ils se sont réunis pour discuter de l'opportunité de réveiller ou non sa mère. Cependant, la prophétie des Devins concernant Astasiya a changé ce débat.

— Et tout ça s'est passé il y a vingt-cinq ans ? demanda Sethios.

— C'est arrivé peu de temps après la naissance d'Astasiya, quand toi et Caro vous êtes liés, murmura Leela, les yeux écarquillés par ce qui était probablement un nouveau souvenir, grâce à l'altération de Vera. Le Conseil a réalisé que Caro n'allait pas ramener l'enfant avec elle, ce qui, nous le savons tous, était la véritable raison de sa mission. Et ils se sont réunis pour discuter de leurs options pour la localiser. Seulement, la prophétie a changé.

— Oui, confirma Vera. J'ai été témoin de tout ça et je vous en ai tous informés.

— Puis tu as demandé à Vera de supprimer nos souvenirs, ajouta Leela.

— J'ai *quoi* ?

Ouais, ça lui paraissait être des foutaises totales.

— Pourquoi j'aurais fait ça, bordel ?

— Pour protéger Astasiya, répondit Vera. Les membres du Conseil n'ont pas réveillé Chanara pour trouver Caro. Ils l'ont fait pour localiser ta fille.

Ses lèvres remuèrent, mais aucun son ne sortit. Il ne se souvenait absolument pas de tout cela. Parce qu'apparemment, il avait demandé à ce que ce soit effacé de son esprit.

— Toi et Caro, vous ne vouliez pas courir le risque que le Conseil découvre ce que vous saviez sur Chanara, expliqua Leela. Nous avions conscience que Chanara s'en prendrait à Caro quand elle échouerait à trouver Astasiya. C'est pour ça que tu as manipulé Osiris comme tu l'as fait. Presque sept ans après, le Conseil a ordonné le réveil de Chanara.

— Le temps requis pour réveiller un ancien Séraphin endormi, précisa Vera. Tu as toujours su qu'Osiris te trouverait. La question n'était pas de savoir s'il le ferait, mais quand. Et nous avons tous utilisé ça à notre avantage.

— Ton sacrifice a été encore plus fort que tu ne le penses, chuchota Leela, impressionnée. Le Conseil a essayé de localiser Astasiya à travers Caro parce que Chanara échouait toujours. Je veux dire, elle était capable de trouver Caro, mais jamais ta fille.

— La rune, intervint Lucian. Elle ne bloque pas seulement les dons ichoriens.

— Correct, dit Vera avec un sourire. À l'origine, il était prévu de ne bloquer que les Ichoriens à cause d'une prophétie de Skye. Mais quand nous avons appris le réveil de Chanara, Caro a fait quelques modifications pour dissimuler Stas aussi à sa propre lignée.

— Donc tu as supprimé les souvenirs concernant la décision de réveiller Chanara et les plans qui ont suivi, afin que le Conseil ne soit pas au courant de la rune de protection, traduisit Lucian pour le reste de la pièce. C'est une stratégie brillante. Mais comment as-tu orchestré le fait qu'Osiris les trouve ?

— Par Gabriel et Ezekiel. Comme je l'ai dit, nous savions tous que c'était inévitable. Et il a aussi fourni une couverture parfaite pour distraire le Conseil. Astasiya a disparu pendant qu'Osiris tenait Caro, ce qui ne permettait pas à Caro de dire ce qui était arrivé à sa fille ce jour-là.

— Parce que tu as altéré le souvenir de l'arrivée de Gabriel, dit Sethios, faisant de cette déclaration une affirmation plus qu'une supposition.

C'était la solution évidente. Sinon, les Séraphins auraient découvert l'affiliation pendant l'interrogatoire. Les Ichoriens et les Hydraiens n'étaient pas les seuls à avoir des télépathes, les êtres angéliques qui avaient donné naissance à l'humanité en avaient aussi.

— J'ai altéré tous ses souvenirs de Gabriel, confirma-t-elle. Le Conseil n'a, ou plutôt *n'avait*, aucune idée qu'il était impliqué dans tout ça. Jusqu'à maintenant.

— Mais comment ont-ils pu ne pas le suspecter ? demanda Astasiya, totalement déconcertée. C'est mon frère. Qui d'autre m'aurait emmenée ce jour-là ?

— Parce qu'il ne leur a jamais donné de raison de mettre en doute sa loyauté, répondit Vera. Lorsque le Conseil l'a informé de leur intention de réformer sa mère, il leur a donné son accord, déclarant que c'était une décision nécessaire après tout ce qu'elle avait fait. Le Conseiller, son père, n'a pas cru devoir interroger Gabriel et l'a laissé poursuivre tranquillement sa mission de suivi des projets de la FHC.

— Il a délibérément pris cette mission afin d'avoir une excuse pour être en contact avec les humains, dit Leela. Personne n'a plus fait attention à lui. Il a joué son rôle à la perfection.

— Jusqu'à ce qu'il soit démasqué cette semaine, avec toutes les abominations chez lui. Owen était déjà assez difficile à cacher. Mais avec tous les autres, eh bien, il a pratiquement abandonné, dit Vera avec un haussement d'épaules. Il savait que le Conseil le convoquerait et c'est arrivé. Et j'ai essayé de lui rendre autant de souvenirs que possible, mais j'ai retenu les informations sur Chanara. Je voulais qu'il soit vraiment surpris de la voir. Personne ne lui a jamais parlé de son réveil, alors j'ai dû faire en sorte que ça reste ainsi.

— Donc, tu as joué avec tous nos souvenirs, dit Sethios, à la fois amusé et irrité.

Principalement irrité, en fait. Bien sûr, il avait donné son accord ou l'avait peut-être même suggéré. Mais ça ne voulait pas dire qu'il devait en aimer les conséquences.

— Qu'as-tu modifié d'autre, Vera ?

Il savait qu'il ne devait pas croire tout ce que disait le Séraphin. Elle cachait toujours des informations.

— J'ai créé la boucle de mémoire que Stas et Gabe ont vue dans leurs rêves. Je vous ai aussi envoyé la vision plus tôt dans la journée pour vous faire bouger.

— Donc c'était une boucle de mémoire. Elle n'est plus en train de se noyer, dit Astasiya qui semblait soulagée, mais son expression se fit incrédule. Et tu as fait ça pour nous empêcher de trouver Caro.

Ce n'était pas une question, mais une affirmation.

Pourtant, le Séraphin la lui confirma.

— Oui, c'était le seul moyen de s'assurer que Gabe n'essayerait pas de la sauver du Conseil, ce qui était son idée, d'ailleurs. Il devait rester hors de leur radar pour garder votre position cachée.

— Parce qu'ils ne l'ont jamais soupçonné de nous aider, clarifia Astasiya.

— Exact, convint Vera. Il n'y a jamais eu de raison de soupçonner qu'il avait quelque chose à voir avec ta disparition.

— La loyauté familiale n'est pas un concept de la société séraphique, précisa Leela. Nous sommes créés à la suite de l'attribution par les Devins d'un partenaire de fornication et d'une date. C'est tout sauf romantique et ça ne favorise pas non plus la construction d'une relation adéquate.

— Un mécanisme de contrôle solide, commenta Lucian pensivement.

Il n'avait pas bougé de sa position près du canapé, mais l'autre Ancien avait disparu dans la cuisine. Il était sans doute en train d'écouter chaque mot tout en s'occupant d'autres choses.

Probablement à cuisiner.

Si Sethios avait appris quelque chose au cours de cette dernière semaine chez Gabriel, c'était que les Hydraiens passaient leur temps à manger.

— Comme tu l'as dit, poursuivit Lucian, il est difficile de nouer des liens ou des relations lorsque tout est dicté par une structure gouvernementale. Ça garantit le fait que tu continues à faire preuve de loyauté envers la hiérarchie et non envers quelqu'un d'autre. Par conséquent, ils n'avaient aucune raison d'attendre de Gabriel qu'il aide sa mère.

— Et le fait qu'il n'ait pas réagi à la nouvelle de sa réformation venant d'Adriel, si ce n'est pour l'approuver, n'a fait que confirmer son manque d'implication, convint Leela.

— Pourquoi vous nous dites ça maintenant ? demanda Astasiya avec un scepticisme que Sethios connaissait très bien parce que c'était le même ton que Caro avait souvent utilisé avec lui. Pourquoi pas il y a une semaine ?

— Ce n'était pas encore le bon moment, répondit Vera.

— Le bon moment, c'était quand on a commencé à chercher Caro la semaine dernière, soutint Astasiya. Au lieu de ça, tu nous as embobinés avec des visions qui ont conduit mon frère et mon père directement dans le piège d'Osiris.

Son inquiétude réchauffa le cœur de Sethios d'une manière qu'il n'avait jamais ressentie dans sa très longue vie. Avoir une fille avait réveillé certains côtés de lui dont il ignorait l'existence. Et il semblait qu'elle n'avait pas fini d'altérer sa vision du monde.

J'aimerais que tu sois là pour la voir, Caro. Elle est vraiment magnifique. Tout comme toi, pensa-t-il, incroyablement fier malgré le sujet troublant en cours.

— Peut-être, mais qu'auriez-vous fait ? répliqua Vera, en arquant un sourcil brun sous ses cheveux foncés. Vous seriez allés au Conseil et auriez demandé sa libération ?

Astasiya ne répondit pas, elle plissa juste son regard vert.

Elle a mes yeux, mais aussi ton esprit ardent, mon ange, pensa-t-il, son cœur se serrant à la vue du côté têtu de sa fille. *Nous avons créé un chef-d'œuvre.*

Vera se mit à ricaner en voyant le regard d'Astasiya.

— Ce n'est pas comme ça que notre société fonctionne, jeune fille. Ils ont besoin d'une raison rationnelle pour plier, ce que Gabriel est sur le point de leur donner. S'il utilise les souvenirs que je lui ai fournis, en tout cas.

— À moins que l'empathie ne l'affecte, dit Balthazar en entrant, une sorte de boisson alcoolisée fruitée à la main.

— Quelle empathie ? demanda Vera.

— L'aptitude de Clara dont il s'est imprégné, expliqua Balthazar en se concentrant sur Leela.

Il lui tendit la boisson, les yeux brillants de savoir.

— Rhum et punch. Ça paraît être quelque chose que tu aimes.

Le Séraphin avait pâli, ses doigts s'enroulant autour du verre tandis qu'elle répondait :

— En fait, je préfère le vin.

— Menteuse, l'accusa-t-il. Tu aimes les breuvages fruités. Les mimosas aussi, si je me souviens bien.

Elle pâlit, puis fusilla Vera du regard.

— Comment ça, il s'est imprégné d'une aptitude ? demanda l'autre femme, comme si sa meilleure amie ne venait pas de lui lancer un regard meurtrier.

Bon. Sethios en avait assez de ces va-et-vient. Il avait perdu patience il y a des heures et n'en avait plus rien à foutre. Le moment était venu que Vera lui donne tous les détails et arrête de lui faire perdre son temps avec des informations insignifiantes.

— Il a taillladé la veine de Clara et léché la lame, ce qui lui a procuré la capacité de ressentir des émotions. C'est en tout cas ce que nous avons conclu de ce que nous avons vu, répondit-il rapidement. Maintenant, rends-moi mes souvenirs.

Il ne formula pas cela comme une demande, mais comme une exigence impérieuse.

— La seule raison pour laquelle je ne vais pas me battre avec toi là-dessus, c'est que je sais que ça va faire mal, grogna-t-elle en appuyant sa paume sur sa tête. Bon courage !

CARO

Q̲U̲E̲L̲Q̲U̲E̲ ̲C̲H̲O̲S̲E̲ ̲S̲E̲ ̲T̲R̲A̲M̲A̲I̲T̲. Caro ne pouvait pas déterminer ce que c'était, mais elle sentait la souffrance associée au changement au plus profond d'elle-même.

Elle suivit le fil ténu, curieuse de découvrir la source de cette intrusion. À un moment, elle était tout à fait bien. Elle flottait, seule. L'instant d'après, cette piqûre lui avait transpercé le cœur et tordu les entrailles en un nœud qu'elle ne parvenait pas à défaire.

Qu'est-ce que c'est ? se demanda-t-elle en suivant le cordon scintillant. Elle reconnut en partie que ce n'était pas réel. Un ruban fantôme d'origine inconnue. Ce n'était vraiment pas pratique de le suivre. Cependant, elle supposa que mettre fin à la douleur serait néanmoins une excuse raisonnable.

Caro nageait, cherchant encore et encore.

C'était une nuisance si alarmante. Elle était en paix, entourée de soleil et de néant, attendant simplement d'exister. Et puis, cette chose dans sa poitrine avait commencé à lui faire mal.

Elle trouva l'essence vaporeuse et ses extrémités

intangibles. Parce qu'elles n'existaient pas, bien sûr. Pas dans un sens physique, en tout cas. Son esprit les reconnut, pas son corps.

Une étrange expérience qui défiait sa logique. Ce qui était précisément la raison pour laquelle elle en suivait le cheminement. Il était utile d'en déterminer l'origine et de signaler cette sensation bizarre.

La signaler à qui ? se demanda-t-elle. À quand remontait la dernière fois où elle avait parlé à un autre être, en dehors de ceux qui étaient dans son esprit ?

Elle songea à la dernière personne, un baryton riche et profond qui s'infiltrait constamment dans ses pensées. Caro aimait bien sa voix, ce qui l'inquiétait un peu. Parce qu'elle ne devrait rien aimer du tout. À quoi servait le plaisir ? À rien, vraiment.

Pourtant, elle se surprenait à attendre qu'il parle et il lui manquait quand il se taisait. Il lui disait des choses étranges sur leur fille.

Leur fille. Elle s'interrogea sur ces mots, curieuse de savoir ce qu'ils signifiaient. Elle avait procréé, mais les souvenirs étaient flous.

Hmm. Elle les repoussa, poursuivant la douleur dans son cœur pour en localiser la source.

Et elle plongea tête la première dans une réalité qui n'avait pas beaucoup de sens pour elle.

Elle tournait en rond et s'arrêta un instant devant la chaleur d'une cheminée. Pas celle du soleil. Non, le clair de lune scintillait sur la neige au-dehors. Ses lèvres s'entrouvrirent à cette vue. C'était si beau, si...

— Caro ?

Ce profond grondement masculin provenait de derrière elle.

— J'ai presque fini, s'entendit-elle dire.

Elle fronça les sourcils, ne comprenant pas comment

elle avait pu parler sans bouger les lèvres. Puis elle se retourna pour se voir sur le canapé à côté d'un bel homme brun. Il tenait un petit enfant dans ses bras.

Cependant, ce n'était pas une façon habituelle de porter un nourrisson.

Il la tenait dans le mauvais sens, sa grande main soutenant doucement le visage du bébé à quelques centimètres au-dessus de sa cuisse. La moitié inférieure de son corps était allongée sur ses genoux. L'enfant dormait profondément, ce qui était plutôt bizarre, car sa position ne semblait pas confortable. À moins qu'elle n'ait l'habitude de dormir sur le ventre.

Caro s'approcha pour voir ce que faisait l'autre femme.

C'est moi, songea-t-elle. *Qu'est-ce que je fais ?*

C'était très étrange de s'observer de cette manière, mais elle était trop fascinée par ce phénomène pour s'interroger sur cette anomalie. Au lieu de cela, elle contempla la magie qui s'échappait du bout de ses doigts et caressait le bas du dos de l'enfant.

Une rune, réalisa-t-elle, les yeux écarquillés. *Je suis en train de créer une rune.*

— Tu l'as transformée en un cœur, dit l'homme d'un air songeur.

— Oui, je la masque, répondit-elle avec un sourire dans la voix. Ça paraît approprié, vu qu'elle est notre petit cœur.

Les lèvres de l'homme affichèrent alors un sourire à couper le souffle, ce qui fit réfléchir Caro un instant. *Je reconnais ce regard.* Il faisait naître une chaleur étrange en elle, qui semblait se répandre dans toutes ses veines.

C'était bien mieux que la douleur qui était tapie en elle.

— Ça la protégera toujours des Ichoriens, comme le

voulait la marque originelle de Leela. Mais dorénavant, ça la dissimulera également à ma lignée familiale.

Ma voix a-t-elle toujours été aussi douce ? se demanda Caro en s'écoutant parler.

— Il faut que Vera modifie nos souvenirs pour ne retenir que cette partie, pas la dissimulation.

— Nous devrons en faire de même pour Gabriel, murmura l'homme.

— Oui, convint Caro. Et Leela aussi.

Elle soupira, l'enchantement scintillait tandis qu'elle scellait la rune d'un dernier coup de stylet. C'était un petit objet en forme d'aiguille qui laissait couler une encre altérant la peau. Elle le posa sur le côté et croisa le regard de l'homme.

— C'est fait.

— Combien de temps lui faudra-t-il pour guérir ?

La voix de l'homme contenait une touche d'inquiétude qui envoya une autre vague de chaleur dans les entrailles de Caro.

— Quelques heures tout au plus.

— Doit-on mettre un pansement ?

— Non, mais on devrait garder la zone propre, dit-elle en jetant un coup d'œil vers l'escalier. On va la mettre dans le couffin et la laisser dormir.

— Elle ne va pas se réveiller tant que je n'aurai pas libéré la contrainte, répondit-il en faisant soigneusement tourner la petite enfant dans ses bras pour la tenir correctement.

Ses yeux verts lui souriaient, sa fierté rayonnant à travers le lien.

— Comment une chose aussi minuscule peut-elle être destinée à une telle grandeur ? s'étonna-t-il.

Caro suivit son regard et son cœur éprouva une légère nostalgie. Elle n'aimait pas trop la douleur que ce simple regard provoquait. Pourtant, elle se retrouva à avancer, ayant besoin de voir l'enfant de plus près.

Si belle, songea-t-elle.

— Parce que c'est nous qui l'avons créée, s'entendit-elle dire.

Avec un froncement de sourcils, Caro jeta un œil à la femme et constata qu'elle la fixait directement.

— Elle est à nous.

À nous ?

Le souvenir se dissipa et se déplaça jusqu'à la chambre à l'étage. L'homme ôtait la robe de la femme et l'allongeait sur le lit tandis que le bébé dormait tranquillement dans une chambre d'enfant adjacente.

Qu'est-ce que tu fais ? se demanda-t-elle, déconcertée par ce changement. *Où est la robe de cérémonie ? Quel enfant es-tu en train de créer cette fois ?*

Parce qu'ils avaient clairement l'intention de s'accoupler. Pourtant, il semblait qu'ils le faisaient pour leur épanouissement personnel, et non pour des raisons pratiques.

Pourquoi ferais-je une telle chose ?

Un gémissement s'échappa de ses propres lèvres alors que l'homme léchait son corps en descendant vers son entrejambe. Les jambes de Caro se crispèrent comme si cela lui arrivait à elle aussi, ce qui était en quelque sorte le cas, supposa-t-elle.

Quelle étrange sensation que de regarder quelque chose se produire de l'extérieur de son propre corps et de le ressentir au plus profond de soi !

Son estomac se serra alors que la femme sur le lit se tordait, l'homme la dévorant dans une tornade d'extase et de force.

Oh, pensa-t-elle, son esprit brûlant au souvenir de la sensation que cela produisait. *Oh, j'aime ça !*

Cela fit trembler ses genoux, son corps s'enflamma d'un désir qu'elle n'avait pas ressenti depuis si longtemps. *Oui, encore.* Elle ferma les yeux, faisant comme si elle était la femme sur le lit. Avec les gémissements et les halètements si familiers à ses oreilles, elle pouvait presque être elle, sentir les dents de l'homme contre ses plis sensibles et sa langue sur son clitoris.

Elle se cambra, le ravissement se déversant d'elle dans un raz-de-marée de sensations.

Elle cria son nom... *Sethios*... et jouit si intensément qu'elle aurait cru mourir.

Mais lorsqu'elle rouvrit les yeux, elle se retrouva sous lui, l'adoration et la sensualité tourbillonnant dans son regard sombre tandis qu'il se glissait en elle, l'emmenant vers de nouveaux sommets et la forçant à négliger la nature peu pratique de tout cela.

Pendant quelques instants, elle oublia sa propre existence, cessa de penser que ça ne pouvait pas être réel et expérimenta seulement la tendresse et l'amour de l'homme, et la *douleur*.

Ses dents étaient dans son cou, s'abreuvant d'elle, lui donnant la chair de poule et transperçant toutes ses défenses. Elle poussa un cri, tombant tête la première dans un autre oubli alors qu'il s'enfonçait en elle, la prenant avec une force qui lui faisait mal d'une belle manière, une force qui touchait son âme même.

C'était sa vie.

Son but.

Sa motivation.

Elle aimait cet homme. Ce Sethios. Celui qui avait ébranlé toutes ses croyances et avait brisé les plus fortes de ses résolutions.

Caro s'accrochait à lui en pleurant, le temps passé avec lui étant trop court. Le sacrifice qu'ils allaient faire allait changer l'avenir du monde. Mais que se passerait-il s'ils ne pouvaient s'en remettre ?

Elle n'exprimerait jamais cette peur, le fait de savoir ce qui allait arriver.

Parce que sa mère la trouverait lorsqu'elle aurait échoué à localiser Astasiya.

Caro aurait à subir la réformation.

Et elle survivrait.

C'était son but, son unique secret, dont elle ne s'était jamais départie. Avec Sethios gravé à jamais dans son âme, le Conseil ne pouvait les séparer. Ils essayeraient et échoueraient. Elle reviendrait à lui. Toujours.

— Je t'aime, lui chuchota-t-il, ses lèvres se faisant une caresse contre son oreille. Je t'aimerai toujours.

— Je t'aime aussi, souffla-t-elle.

Et cette fois, c'était elle. Sa voix. Son cœur. Son corps. Son âme. Elle était tombée dans le souvenir, enchantée et prise au piège, sans jamais le lâcher.

Le regard de Sethios brûlait dans le sien.

— Reviens-moi, Caro.

— Je suis juste ici.

— Reviens-moi, mon ange.

Elle fronça les sourcils.

— Je suis ici.

— Tu me manques.

Ça n'avait aucun sens. Comment pouvait-elle lui manquer ? Il était en elle, lui faisant l'amour. À ce moment-là, tout commença à se brouiller, le souvenir lui glissant entre les doigts et la ramenant littéralement dans une cage de verre.

Elle fronça les sourcils. *Où suis-je ?*

Des fils étaient accrochés à ses bras, ses jambes et autour de sa poitrine. Un léger bip résonnait dans sa chambre. La pièce était sombre, froide. Elle sentait l'antiseptique et le désinfectant.

Caro frissonna. Ce n'était pas là qu'elle voulait être. Elle désirait la chaleur du corps de Sethios. Son toucher. Sa langue. Sa voix.

Elle ferma les yeux, s'efforçant de retourner auprès de lui, mais son environnement glacial s'infiltrait dans son esprit, l'étouffant sous une vague de rude réalité.

La réformation.

C'était ce que signifiait cette capsule de verre.

Il n'y avait pas de soleil ici. Pas de paix. Tout cela n'était qu'une invention de son esprit, une ruse destinée à lui donner un faux sentiment de calme pendant qu'ils la reprogrammaient de l'intérieur.

Mais elle avait été réveillée par un souvenir si puissant qu'il avait brisé les chaînes incarcérant son esprit et l'avait poussée vers la pleine conscience.

Combien de temps avait-elle dormi dans cette chose ?

Elle fit l'inventaire physique de ses muscles atrophiés et de son corps exposé. C'était tout ce qu'il lui fallait pour comprendre qu'elle était ici depuis un moment.

Caro s'efforça de se rappeler son dernier vrai souvenir, mais le nombre d'années ou de décennies passées obscurcissait son jugement. Elle se raccrocha donc à celui qui était frais dans son esprit, celui où elle savait que tel serait son destin et qu'elle avait fait tout ce qui était en son pouvoir pour y parvenir.

Pour Astasiya.

Où était-elle maintenant ? Était-elle en sécurité ? Leur plan avait-il fonctionné ?

Merde ! rageait Sethios dans son esprit, la secouant à l'intérieur de sa capsule de verre. *Je déteste ça, mon ange. Je déteste ça, bordel !*

Tu détestes quoi ? lui demanda-t-elle, surprise par son emportement.

Le fait que tu m'ignores.

Elle fronça les sourcils. *Je ne t'ignore pas.* Ce qui était assez évident vu qu'elle lui répondait à l'instant même.

Appelle ça comme tu veux. Mais tu me parles pendant une demi-seconde et tu disparais. Quand je te retrouverai, je ferai en sorte que tu ne t'arrêtes jamais de parler.

Quelle ironie ! pensa-t-elle avec un rire moqueur. *Si je me souviens bien, tu m'as ordonné de ne pas parler lors de notre première rencontre.*

Il se tut à ce moment-là, ce qui fit que sa bouche tomba un peu plus.

Sethios ?

Caro ?

Où es-tu allé ?

Je pourrais te poser la même question, bordel ! Es-tu vraiment là, ou est-ce que Vera joue encore avec mon esprit ?

Pourquoi Vera... ?

Caro s'interrompit, ses yeux s'écarquillèrent alors qu'une idée lui trottait dans la tête. Cela avait quelque chose à voir avec la manipulatrice de mémoire qui était à l'intérieur de son esprit. Mais elle ne pouvait pas vraiment identifier la source de ce souvenir.

Attends, où es-tu ?

À Hydria, marmonna-t-il, son ton indiquant ses sentiments à ce sujet.

Avec les Hydraiens ?

Oui.

Cela semblait contre-productif vis-à-vis de leurs objectifs.

Pourquoi es-tu à Hydria ?

Parce que notre fille est ici.

Pourquoi ? demanda-t-elle à nouveau.

Pourquoi Astasiya irait-elle à Hydria ? À moins que...

Est-ce que le moment est enfin arrivé ?

Tu es vraiment ici ?

Non, je suis dans une capsule, dit-elle, déconcertée par sa question. *Réponds-moi. Est-ce le moment ? Attends, tu as échappé à Osiris ?*

Son cœur se mit à battre la chamade au souvenir de ce que son père avait fait, sur la façon dont il avait effacé son essence de l'esprit de Sethios sous ses yeux.

Tu te souviens de moi ? demanda-t-elle, les larmes brouillant sa vision déjà obscurcie. *Tu vas bien ? Sain et sauf ? Astasiya est aussi en sécurité ?*

Oh, mon ange, souffla-t-il, sa voix se faisant une caresse qui fit accélérer le cœur de Caro et les bips autour d'elle.

Parce qu'elle était complètement réveillée alors qu'elle ne devrait pas l'être.

Un Séraphin serait bientôt ici pour vérifier que tout allait bien.

Oh, non... ils vont me remettre en stase !

Elle n'avait pas le temps pour des retrouvailles émotionnelles. Elle avait besoin de réfléchir.

Mais attends... Dis-moi si c'est le moment.

Parce que si c'était le cas, alors elle se préparerait à se battre. Si ce n'était pas le cas...

Caro ravala sa salive.

... elle leur permettrait de la renvoyer en réformation.

Il est grand temps, mon ange. Je t'ai cherchée toute la semaine.

Elle fronça les sourcils.

Ça ne fait pas si longtemps, Sethios.

Tu n'as pas idée.

Plutôt que de le corriger, elle se concentra sur le sens de ses paroles.

Je peux me libérer.

Elle n'avait pas besoin d'y retourner.

Tu peux ?

Elle ne comprit pas sa question jusqu'à ce qu'elle réalise ce qu'elle avait dit.

Je veux dire, j'ai l'occasion de me libérer.

Elle devait donc travailler sa force musculaire, ce qui était un problème dans cette capsule. Ses membres fins n'avaient plus été utilisés depuis un certain temps et son corps était incapable de se volatiliser à cause de tous les enchantements qui l'entouraient dans cette tombe équivoque.

Elle pinça les lèvres pendant qu'elle réfléchissait à ce qu'elle devait faire. Puis une sorte de picotement étrange se déclencha dans le bas de sa jambe, une chaleur qu'elle n'avait jamais expérimentée auparavant. Elle l'examina avec son esprit, essayant de déterminer sa source et son but.

Une demi-seconde plus tard, elle laissa échapper un petit cri.

Je suis en train de me guérir.

Qu'est-ce que tu veux dire ? demanda Sethios. *Qu'est-ce qui doit être guéri ?*

Mon corps. Mes muscles sont inexistants après être restée allongée ici pendant... combien de temps ?

Ça fait presque dix-huit ans qu'Osiris nous a trouvés, murmura-t-il.

Oh...

Ça expliquait sa condition physique. Bien qu'elle ne puisse pas se rappeler comment ou quand les Séraphins l'avaient trouvée.

Elle n'allait pas perdre de précieuses secondes à essayer de s'en souvenir. Elle devait guérir et se préparer à ce qui allait suivre, car dès qu'ils se rendraient compte qu'elle s'était réveillée, ils reviendraient pour la soumettre une fois de plus et elle devait se tenir prête.

Comment te soignes-tu, mon ange ?

Mon pouvoir dormant, souffla-t-elle. *Il semble qu'il ait enfin pris vie.*

Celui dont les Devins ont dit que tu aurais besoin un jour ?

Oui.

Elle lui avait raconté l'histoire de sa lignée, la façon dont les Devins choisissaient toujours un couple en fonction des potentiels pouvoirs de la progéniture. Ils avaient prédit qu'elle aurait un jour besoin du don de guérison. Restait à savoir si c'était dans ce but ou dans un autre.

Pourquoi t'aideraient-ils alors que c'est à cause d'eux que tu es en réformation ?

C'est le Conseil qui est à l'origine de ma situation actuelle, pas les Devins, répondit-elle, son attention étant partagée entre parler et guérir. *Les Devins se contentent de prédire des choses. Le Conseil choisit ce qu'il faut interpréter, et comment l'interpréter.*

Elle remua ses orteils et eut l'impression qu'on piquait ses jambes avec des aiguilles, ce qui la fit grimacer. La sensation n'était pas agréable, mais cela indiquait que son don fonctionnait comme prévu.

Comme c'était habile de la part des Devins de lui permettre cette petite défense. Cela signifiait-il qu'ils favorisaient l'issue de son évasion ? Jouaient-ils un jeu qui leur était propre ?

Le front de Caro se fronça alors qu'elle considérait les implications. Les Devins appartenaient essentiellement au Conseil et très peu de Séraphins étaient autorisés à toucher la ruche de leurs esprits. Elle n'avait jamais considéré ce que cela signifiait pour leur existence jusqu'à cet instant précis. Peut-être méprisaient-ils la façon dont on se servait d'eux. Mais cela impliquerait une sorte de sentiment, ce qui n'existait pas dans ce monde.

Secouant la tête, elle décida d'y réfléchir un autre jour

et de consacrer tous ses efforts mentaux à accélérer sa guérison, car les bips se faisaient de plus en plus rapides à l'extérieur de sa prison.

Comme aucune lumière extérieure ne perçait l'obscurité de la pièce autour de sa tombe de verre, elle ne distinguait rien. Cependant, sa vision augmentée lui permit de voir juste assez dans le noir pour comprendre son environnement.

C'était une petite pièce avec une porte et rien d'autre à l'intérieur que sa capsule et une série de machines. Pas même une chaise.

Elle n'avait jamais pénétré dans le centre de réformation, mais elle imaginait que c'était semblable à l'endroit où dormaient les anciens. De petits locaux soignés avec des équipements destinés à injecter des nutriments dans l'organisme pour le maintenir bien nourri.

Ce qu'ils ne faisaient pas, c'était d'aider le corps à récupérer physiquement. Cependant, ce n'était pas vraiment nécessaire, étant donné la vitesse à laquelle les Séraphins pouvaient se régénérer.

Mon ange ?

Oui ?

Je vérifie juste que tu es toujours là, dit Sethios, sa voix étrangement soulagée.

Où irais-je ? lui demanda-t-elle. *Je suis coincée dans une capsule de verre.*

C'est la plus longue conversation qu'on a eue depuis qu'Astasiya m'a libéré.

Caro marqua une pause.

Notre fille t'a libéré ? Des griffes d'Osiris ?

C'était ce qui était prévu depuis le début, mais entendre que cela s'était réellement produit fit jaillir une étincelle de vie dans les veines de Caro.

Ils se sont battus ? A-t-il péri ? demanda-t-elle en fronçant alors les sourcils. *Est-ce que j'ai tout raté ?*

Tu n'as rien raté, promit-il. *Mais oui, ils se sont battus. Vera l'a aidée. Elle m'a sauvé et depuis, on essaye de découvrir comment te retrouver. On croyait que tu te noyais dans l'océan.*

Quoi ? Pourquoi ? Je n'ai pas été dans l'eau depuis... En fait, je ne suis pas sûre depuis combien de temps, admit-elle. *J'y réfléchirai davantage après m'être libérée.*

Son esprit paraissait incapable de faire plusieurs choses à la fois, peut-être à cause de sa longue stase. Elle ne se sentait pas très bien, son corps était toujours en train de se remettre et son esprit fourmillait de pensées et de souvenirs chaotiques qui semblaient ne pas vouloir se maintenir dans un ordre logique.

Plutôt que d'essayer de tout reconstituer, elle s'efforça de faire bouger ses pieds. Des picotements aigus se propagèrent le long de ses membres inférieurs, rivalisant avec ceux de ses bras, tandis qu'elle remuait ses doigts et ses mains. *J'y suis presque*, pensa-t-elle, ses muscles commençant à fléchir et à se mouvoir pendant qu'elle reconstruisait ses ligaments et renforçait ses articulations.

Les secondes se transformèrent en minutes, la présence de Sethios dans son esprit et dans son cœur faisant l'effet d'une ancre qui l'aidait à rester consciente.

Régulièrement, il appelait son nom et elle répondait par le sien pour se remémorer que c'était réel, qu'elle n'était pas retombée dans cet horrible coma.

Sa gorge eut du mal à ravaler sa salive, son cœur battait à une cadence régulière dans ses oreilles et les bips accéléraient dans un crescendo.

Personne ne venait, ce qui l'amena à se demander à quel point les Séraphins surveillaient ses signes vitaux. Peut-être qu'elle devait juste débrancher quelques-uns de ces cordons.

Elle les considéra alors que ses bras se déplaçaient à l'intérieur de la petite boîte. Il y avait un tube connecté sur le côté qui injectait de l'oxygène dans le conteneur. Elle ne voulait pas toucher à celui-là. Elle aimait mieux respirer. Un souvenir lui dit pourquoi, mais elle le repoussa, ne voulant pas penser à la noyade en ce moment.

Au lieu de cela, elle se concentra sur les fils électriques qui semblaient fixés à sa poitrine et à sa tête. Comme ils allaient de toute façon devoir être enlevés, elle pouvait tout aussi bien les débrancher maintenant.

Elle arracha le premier de sa tempe et la douleur la fit crier lorsque le métal se délogea de son esprit. La voix de Sethios se réverbéra dans ses pensées, mais ses mots restèrent inintelligibles à cause de la souffrance qui parcourait sa colonne vertébrale.

— Purin ! cria-t-elle dans un râle qui ne reflétait pas l'angoisse qui se cachait derrière.

Oh, aïe, aïe, aïe, répondit Sethios, mais elle ne put le comprendre.

Et oh, elle en avait un autre dans son autre tempe.

Autant l'arracher maintenant et se remettre des deux à la fois.

Elle poussa un hurlement lorsque l'aiguille fut libérée d'un coup violent, l'électricité bourdonnant dans son crâne. Des larmes coulèrent de ses yeux. Sa bouche émettait des mots sans son.

L'agonie la broya, mais son nouveau don s'était mis en marche et une sensation de chaleur traversa son esprit, apaisant la douleur avec un baiser d'une tiédeur curative.

La gratitude la fit pleurer, son corps tremblant sous l'assaut de ce tourment inattendu. Caro aurait dû l'anticiper, mais dans sa hâte de s'échapper, elle n'avait pas envisagé les répercussions.

Non, ce n'était pas exactement ça.

Elle avait juste choisi de ne pas les reconnaître parce qu'il n'y avait aucune raison pratique de les redouter. Les aiguilles devaient être ôtées pour la libérer, quelles que soient les conséquences.

Après quelques mots doux à Sethios, lui promettant qu'elle allait bien, elle se mit à s'occuper des aiguilles logées dans sa poitrine. Chacune d'elles eut sa propre variété d'effets atroces, mais rien n'était comparable aux sondes métalliques dans son esprit. Celles-ci mirent plus longtemps à guérir, les Séraphins ayant utilisé une technologie avancée pour littéralement contrôler son cerveau.

Cela expliquait tant de choses sur le temps qu'elle avait perdu.

Heureusement, ils n'avaient pas de harnais pour son âme. C'était pourquoi son esprit avait pu la forcer à se réveiller malgré les machines de réformation attachées à sa forme physique.

J'y suis presque, chuchota-t-elle, plus pour elle-même que pour Sethios.

Puis un éclat de lumière l'aveugla. La porte de sa chambre s'ouvrit sur un Séraphins aux cheveux blancs et blonds et aux ailes d'un bleu saisissant.

Chanara.

GABRIEL

Il y avait tant de couleurs dans l'amphithéâtre, un fait que Gabriel n'avait jamais remarqué jusqu'à aujourd'hui. Il était simplement impressionné par tout cela, le battement des ailes provoquant un vacarme qu'il trouvait plutôt agréable à l'oreille.

Ses lèvres menacèrent de laisser apparaître un sourire, cette sensation réchauffant son cœur.

Puis l'absurdité de cette pensée lui donna un coup dans le ventre. Il était entouré de Séraphins qui l'étudiaient tous en attendant une réaction et il était à deux doigts de *sourire* !

Reprends-toi, se réprimanda-t-il. *Admirer la façon dont le soleil joue sur les plumes qui décorent l'auditorium à ciel ouvert n'est ni pratique ni utile.*

Sauf que c'était plutôt beau.

Arrête ça !

Son père se racla la gorge depuis le deuxième rang, assis sur un siège sans dossier et ses ailes rouges repliées derrière lui.

Dans cette salle, tout le monde prenait sa forme

éthérée, à l'exception de la personne mise en examen. Dès lors, Gabriel se tenait debout, seul au centre, dans sa forme corporelle, tandis que tous les autres étaient volatilisés sur leur siège.

Des centaines de Séraphins l'entouraient, tous assis à des hauteurs différentes dans une myriade de gradins encerclant le sol de l'auditorium. Au-dessus de lui, il y avait un ciel bleu pur. Aucun nuage. Juste le soleil qui illuminait la cascade de couleurs des plumes qui battaient dans les airs.

— Veux-tu faire une déclaration, Gabriel ? demanda son père en guise d'introduction.

— J'attendrai d'être formellement accusé, répondit-il sur un ton aussi neutre que possible.

Il préférait d'abord entendre ce qu'ils savaient sur lui plutôt que de livrer des informations sans autre forme de cérémonie.

Son père hocha la tête, respectant son cheminement logique.

— Cavalina, appela-t-il avec un signe de la main dans l'air devant eux.

Des séries d'images apparurent dans un nuage de brume, toutes projetées par le regard violet du Séraphin. Elle appartenait à la lignée de la Mémoire, une famille de Séraphins capable de collecter et de retenir des informations, puis de les présenter visuellement devant une assemblée. Cette femme servait essentiellement de banque de preuves pour les débats.

Le flux visuel s'afficha dans la salle, se décomposant en images de la taille d'une tablette qui s'envolèrent vers chaque membre du Conseil pour se dérouler devant leurs yeux comme un écran de télévision flottant.

Gabriel regarda le spectacle avec une expression ennuyée, pas du tout surpris qu'ils présentent les Hydraiens et les Ichoriens sur sa propriété. Il avait abandonné l'idée de les cacher depuis une semaine. Ce destin était inévitable depuis le jour où Sethios et Caro s'étaient rencontrés.

À cette époque, Gabriel n'avait pas compris l'objet de la mission de sa mère, il l'avait jugée dangereuse et improductive, jusqu'à ce qu'il apprenne sa grossesse par les Devins. C'était le jour où sa perception du Conseil avait changé. Il ne faisait plus confiance à leurs directives et cela incluait malheureusement celles de son propre père.

Osiris avait été un problème depuis des millénaires. Pourquoi envoyer Caro il y a vingt-cinq ans pour remettre un édit inutile ? Parce qu'ils avaient besoin d'elle pour créer Stas. Alors, pourquoi ne pas simplement lui dire ça ? En tant que Séraphin, elle était dévouée. Elle aurait joué son rôle sans les mensonges et les supercheries.

C'était ainsi qu'il avait compris qu'il devait y avoir une pièce manquante dans ce puzzle.

Ils voulaient utiliser Stas d'une manière que Caro n'aurait jamais approuvée, malgré sa fidèle obéissance.

C'était la raison pour laquelle il avait juré fidélité à sa sœur et il ne doutait pas que le Conseil était désormais au courant.

Son père serait capable de sentir cela d'une simple poussée à travers leur lien. Mais son expression et son aura ne laissaient rien transparaître.

La salle entière était étrangement vide de réactions émotionnelles. Aucune colère, aucune déception, juste un air de néant.

Les Séraphins ne trouvaient aucune raison ou logique aux émotions.

Gabriel avait toujours été en accord avec cela. Cependant, le pouvoir de Clara l'avait éveillé à une nouvelle façon de comprendre, même lorsqu'il s'agissait de s'évaluer lui-même.

Il trouvait cela intéressant jusqu'à un certain point. C'était la raison pour laquelle il s'était rallié à Stas, avait aidé Sethios et Caro il y a vingt-cinq ans, enduré Ezekiel et éprouvé un agacement tenace plus tôt, quand il avait songé que Vera les avait trahis.

Gabriel *ressentait* des émotions.

Elles étaient différentes de celles des humains et a fortiori de celles des Hydraiens, mais dans son cœur, il était intensément loyal envers ceux qu'il considérait comme les siens.

Sa sœur.

Sa mère.

Ses alliés.

Il les avait tous pris sous son aile, les soutenant tous, et de cela découlait un degré de sensation qu'il n'avait jamais vraiment compris jusqu'à aujourd'hui.

— Ta loyauté ne nous est plus acquise, dit son père d'une voix d'automate. À qui l'as-tu donnée ?

— Au Séraphin Astasiya, répondit Gabriel, sans prendre la peine de le cacher. Elle avait besoin de ma loyauté pour survivre. Je la lui ai donc offerte.

Un silence.

Les Séraphins ne savaient pas trop comment interpréter sa réponse, ce qu'il avait anticipé.

— *Une puissance inconnue émerge. Elle possédera la force et la volonté de nous détruire tous, à moins que certaines mesures ne soient mises en place pour freiner ses inclinations*, récita-t-il à voix haute. J'ai fourni certaines de ces mesures.

— Qui a prononcé cette prophétie ? demanda son père, le front légèrement plissé.

— La Prophétesse Skye. Je crois que le « nous » s'applique aux abominations qui errent sur la terre. Par conséquent, si c'est Astasiya qui débarrassera enfin la planète du fléau d'Osiris, elle a ma loyauté.

Des chuchotements se firent entendre autour de lui, mais il maintint son regard posé sur son père. Ce serait Adriel qui déterminerait son destin, car il était son créateur et l'aîné de sa lignée. Bien que le Conseil puisse avoir son mot à dire, ce serait les paroles d'Adriel qui compteraient le plus.

— Est-ce la Prophétesse dont tu parles ? demanda Tulan, le Séraphin originel des Ténèbres.

Il envoya l'une de ses images enroulées à Gabriel, la photo d'une femme aux cheveux noirs et aux yeux bleu acier, portée par Ezekiel sur la plage. Cette seule image confirmait que la propriété de Gabriel était sous surveillance depuis la semaine dernière au moins. Honnêtement, c'était surprenant qu'il leur ait fallu autant de temps pour remarquer les activités dans sa villa.

— Oui, c'est la Prophétesse Skye, confirma-t-il.

D'un geste du poignet, il retourna l'image à Tulan qui la fit ensuite circuler dans la salle en une série de clics.

Des murmures plus forts éclatèrent.

Puis son père s'éclaircit la gorge.

— Sais-tu qui elle est ?

— Une Ichorienne qu'Osiris a retenue prisonnière depuis un siècle, répondit Gabriel.

— Non, c'est un Devin égaré, le corrigea Tulan.

Les lèvres de Gabriel faillirent se retrousser, mais il les en empêcha à temps pour mettre fin à l'infraction.

— Elle n'est pas un Séraphin.

— Les Séraphins n'ont pas tous des ailes, dit son père, son expression se durcissant. En particulier ceux qui sont exilés.

C'était une nouveauté pour Gabriel. Il n'avait jamais rencontré un Séraphin sans plumes.

— Osiris a des ailes.

Tulan croisa ses longs doigts sur ses genoux, son

manteau de cérémonie bleu flottant autour de ses chevilles nues.

— Osiris est un Séraphin originel. Nous ne pouvons pas lui interdire de se volatiliser.

— Oui. Les plus jeunes Séraphins sont susceptibles d'être réprimandés, confirma Adriel. Les plus âgés ne le sont pas. Dans le cas de Skye, elle était d'un âge où lui ôter son essence éthérée convenait au crime.

— Pourquoi n'ai-je jamais entendu parler de cela ? demanda Gabriel.

Et quel crime avait-elle commis pour mériter un châtiment aussi sévère ? s'interrogea-t-il.

— Tu n'as pas entendu parler de cette pratique parce que tu n'es pas au courant des affaires du Conseil, répondit Tulan. La manière dont nous punissons les nôtres et les raisons de nos punitions découlent de nos décisions, pas des tiennes.

— Nous nous éloignons du sujet, déclara platement Silvia.

La femme à la peau sombre recherchait l'ordre en toutes choses, en tant que Séraphin de la Justice.

— Il a prêté allégeance à un jeune Séraphin, poursuivit-elle. Le châtiment encouru est la mise au ban de la société.

— À la différence qu'il a fait cela pour l'aider à éliminer Osiris et ses abominations, intervint Adriel. Je pense que cela mérite discussion.

— Il aurait dû en parler au Conseil avant d'agir cavalièrement de son propre chef, répondit Silvia. Cela démontre un manque de respect pour nos lois et devrait être jugé en conséquence.

— Et s'il amende son serment ? s'enquit Tulan, ses yeux fouineurs se faisant pensifs.

— Je ne peux pas, répondit Gabriel qui ne voulait pas

perdre de temps en tractations inutiles. Je ne retirerai ou ne réévaluerai pas mon engagement jusqu'à ce que son droit naturel soit accompli.

Sa formulation était précise, adéquate et parfaitement planifiée. Ils supposeraient qu'il voulait l'aider à tuer Osiris. Et c'était exactement ce qu'il cherchait à leur faire penser.

— Explique ton raisonnement, dit son père qui tombait dans le panneau.

— Comme je l'ai signalé il y a plusieurs décennies, Osiris a financé les projets de la FHC. Ces projets et celui qui dirigeait cette organisation, Jonathan Fitzgerald, ont été officiellement anéantis, une mission qu'Astasiya a contribué à mener à bien. Cependant, la tâche qui l'attend est bien plus importante et, du fait de son implication dans la FHC, Osiris connaît désormais son existence.

Il les laissa digérer cette information avant d'ajouter :

— Elle va avoir besoin de toute l'aide disponible pour la guider sur le chemin de la prophétie. Retirer mon engagement pourrait être préjudiciable à notre avenir.

D'autres murmures suivirent sa déclaration, mais il garda son attention sur Adriel, qui continuait à ne rien laisser paraître dans son regard vert clair.

La seule émotion dans la salle semblait provenir de Gabriel. Soit le pouvoir d'empathie qu'il avait emprunté déclinait, soit les Séraphins ne ressentaient vraiment rien pour cette affaire ou tout ce qu'il avait accompli.

Cela ne le surprenait pas, même s'il eut un petit pincement au cœur devant tout ce qu'il avait fait pour ces êtres sans même recevoir une once de gratitude.

— Où est Astasiya ? demanda Tulan. Elle aurait dû arriver avec toi, conformément à l'édit.

— Elle a décliné votre invitation, répondit-il, impassible.

Cela suscita une plus grande réaction de la part de la foule, sous forme de cris de surprise et de chuchotements plus sonores.

Ses lèvres menaçaient de frémir. Il ravala plutôt l'émotion.

— Comment ça, elle a *décliné* notre invitation ? demanda Silvia. On ne refuse pas un édit.

Il faillit leur faire observer qu'Osiris avait rejeté chacun de leurs édits sans autre réprimande et qu'ils l'avaient laissé continuer à s'épanouir sur Terre et à corrompre l'humanité.

— C'est un nouveau Séraphin qui ne comprend pas encore nos usages, répondit Gabriel.

— Alors, apprends-lui, dit Silvia sur un ton sec.

— Elle refusera tout de même de respecter votre commandement, promit-il.

Les yeux de Silvia s'écarquillèrent.

— Pourquoi donc ?

Merci beaucoup d'avoir posé la question, Séraphin Silvia, pensa-t-il, satisfait.

— Parce que vous détenez sa mère dans une chambre de réformation.

C'était une chance que Vera lui ait rendu le souvenir de la visite de son père. Jusque-là, son plan lui avait demandé de feindre la confiance. Cette fois, il n'y avait rien de faussé dans sa proclamation. Il *savait* qu'ils la détenaient.

— S'il se trouve que je peux être d'accord sur les raisons de sa reprogrammation mentale, Astasiya ne le sera pas, poursuivit-il. Elle a été élevée par des humains et sa mentalité ne s'aligne pas sur notre façon de penser.

Quelques Séraphins se regardèrent les uns les autres, un soupçon de surprise troublant leurs auras.

Ah, ils peuvent donc être choqués. Merci, Clara, de m'avoir permis d'en être témoin. Car sans son don, il aurait pris leurs réactions pour de simples regards douteux. Mais l'empathie qu'il avait recueillie lui permettait de voir au-delà de l'acte et de comprendre le véritable objectif.

L'aura de son père dégageait un soupçon de curiosité.

Alors que Silvia semblait agacée.

Et Tulan était juste Tulan, aussi stoïque que d'habitude.

Ils étaient tous assis en rang sur le deuxième gradin, ce qui permettait de les déchiffrer facilement. Ceux du niveau le plus bas n'étaient pas membres du Conseil, mais des travailleurs comme Cavalina.

Des rangées et des rangées s'étendaient vers le haut, comme dans un théâtre, les lignées les plus faibles à l'arrière, et les plus anciennes et les plus fortes à l'avant. D'après ce que Gabriel comprenait, Osiris avait organisé les réunions de son Conclave de façon identique.

— Suggères-tu que nous libérions Caro ? demanda Silvia, ses fins sourcils noirs atteignant quasiment la racine de ses cheveux tout aussi sombre.

C'était probablement le visage le plus expressif qu'il ait jamais vu sur cette femme millénaire. Elle s'était réveillée peu avant la naissance de Gabriel, après une « sieste » de sept siècles. Et ce n'était pas non plus la première fois qu'elle dormait dans son existence immémoriale.

— Si vous voulez qu'Astasiya apprenne et accepte nos usages, alors oui. Elle a besoin d'un mentor et Caro convient à cette tâche puisque c'est elle qui l'a procréée. En supposant qu'elle soit complètement réformée.

Gabriel ajouta cette dernière partie comme un test, curieux de connaître l'état mental de sa mère. Il soupçonnait qu'elle combattait le processus, sans doute pas extérieurement, mais intérieurement. Néanmoins, son absence de communication avec Sethios indiquait qu'elle avait peut-être perdu cette bataille.

D'autres regards furent échangés. Silvia pinça les lèvres. Mais son père se montrait toujours curieux et demanda :

— Penses-tu que Caro puisse aider Astasiya sur le chemin de sa destinée ?

— Oui, répondit Gabriel. Comme je l'ai dit, Astasiya a été élevée dans l'esprit des mortels. La famille est une valeur importante dans sa vie.

— Et où étais-tu pendant qu'elle était élevée par des humains ? s'interrogea Silvia.

— À New York où je poursuivais ma mission de surveillance des projets de la FHC.

C'était la vérité. Il omit juste de mentionner la partie concernant ses fréquentes visites dans le Montana pour prendre des nouvelles de sa petite sœur.

— Savais-tu où elle se trouvait pendant que tu étais à la FHC ?

Cette question directe vint de Tulan. Toujours astucieux et attentif. Une partie de son don résidait dans l'art du subterfuge. Donc, lui mentir n'était pas une option.

— Oui, admit-il.

— Et tu ne t'es pas présenté pour donner cette information ? demanda Silvia.

— On ne m'a jamais posé de questions sur Astasiya, seulement sur Caro, leur fit observer Gabriel.

— Tu savais ce que nous désirions, l'accusa Silvia.

— Comme Tulan l'a fait remarquer il y a peu, je ne suis pas au courant des affaires du Conseil.

Une étrange sensation de bouillonnement s'empara de la gorge de Gabriel quand il finit de parler, sa poitrine grondant quelque peu en conséquence. Il lui fallut une seconde pour réaliser qu'il voulait rire de son bon mot. Ses lèvres se retroussèrent presque, mais il ravala de force cette réaction inepte et maintint une façade ennuyée.

Ou aussi ennuyée qu'il le pouvait avec l'humour qui débordait en lui.

Il s'autoriserait à glousser plus tard, une fois la situation terminée.

Avec un peu de chance, ce serait après la disparition de son empathie, ce qui rendrait le besoin inutile.

Silvia ne fut pas impressionnée, mais les autres personnes de sa rangée étudiaient toutes Gabriel intensément. Ils étaient trente-neuf au total, constituant le cercle le plus solide de cette salle de théâtre.

Silvia, Séraphin de la Justice.

Tulan, Séraphin des Ténèbres.

Adriel, Séraphin des Guerriers.

Ruben, Séraphin de la Violence.

Stahr, Séraphin de l'Esprit.

Il regarda chacun d'eux. La plupart étaient les premiers anges de leurs lignées, ou leurs seconds si les premiers étaient perdus dans le sommeil. Leurs noms et leurs aptitudes lui revinrent à l'esprit en un éclair, sa petite enfance ayant été consacrée à les mémoriser tous ainsi que leurs dons. Il était destiné à prendre le siège de son père, qui se trouvait à deux places d'une chaise vide.

Cette place particulière n'avait pas été occupée depuis des millénaires, car elle appartenait au Séraphin de la Vie et de la Résurrection. *Osiris.* Il n'y avait personne d'autre dans sa lignée pour occuper le poste en son absence.

Seulement Sethios.

Et Sethios n'avait pas encore d'ailes.

Mais Astasiya en avait.

Les Séraphins avaient besoin d'elle, Gabriel en était certain. Ce qu'il ne savait pas, c'était pourquoi. Elle servait un but plus important qu'Osiris, un but que le Conseil connaissait et refusait de dévoiler. Il sentait au fond de lui qu'ils cachaient quelque chose.

C'était la seule raison pour laquelle ils débattaient de son sort en ce moment, sans lui adresser un édit lui enjoignant de ramener Astasiya par la force, si nécessaire.

Ils voulaient qu'elle vienne à eux de son plein gré. Tout comme Osiris voulait qu'elle s'engage à ses côtés de manière volontaire.

Alors, que peut-elle faire de particulier pour que vous soyez tous obsédés par elle ? se demanda-t-il. Il avait été témoin d'une partie de sa puissance lorsqu'elle avait affronté son grand-père, mais elle était loin d'avoir gagné ce match d'entraînement. Il l'avait ménagée, passé plus de temps à la narguer et à la tester qu'à vraiment essayer de lui faire du mal.

D'accord, le spectacle avait été impressionnant pour quelqu'un de si jeune.

Cependant, les Devins avaient dû prédire quelque chose de bien plus grand pour elle. Quelque chose... de terrifiant.

Oui.

Il pouvait voir la peur chez certains des Séraphins autour de lui. Subtile, mais présente. Un soupçon d'anxiété porté par le vent.

Gabriel inhala l'arôme âcre, confirmant l'exactitude de son évaluation grâce au talent de Clara.

Ils la craignent.

Alors, peut-être que la prophétie ne concernait pas seulement les Hydraiens et les Ichoriens, mais eux tous, Séraphins inclus.

Mais comment cela était-il possible ? Les Séraphins ne pouvaient pas périr. À moins que Stas ne détermine un jour la véritable origine de la vie. Plus précisément, de la vie des *Séraphins*.

Il repassa les paroles de Skye dans sa tête une fois de

plus, ses tripes se serrant en réalisant à quel point sa sœur pouvait devenir dangereuse.

— Y a-t-il d'autres questions ? demanda Adriel qui s'adressait au Conseil, pas à Gabriel.

— Serais-tu prêt à te soumettre à la réformation ?

La voix féminine plus aiguë venait de derrière lui.

Dara, reconnut-il, *Séraphin de la Fertilité et de la Génétique*.

C'était la mère de Leela.

Plutôt que de se tourner vers la femme, il dit :

— Pas pour l'instant.

— Et quand tu auras accompli ta mission d'assistance auprès du Séraphin Astasiya ? insista son père.

Gabriel réfléchit à sa réponse avant de dire :

— Si c'est une mesure nécessaire à ce moment-là et si je sens une faille inadéquate dans la programmation de mon âme, je prendrai la recommandation en considération et suivrai le protocole.

Il choisit ses mots avec soin, car il n'accepterait une telle action que s'il la jugeait vraiment indispensable.

Ce qui n'arriverait probablement jamais.

Mais dans la mesure où son espèce se concentrait principalement sur la logique, et non sur le bien-être émotionnel, ils prendraient sa déclaration comme une vérité et approuveraient cette réponse rationnelle.

— Accepterais-tu de rediriger ta fidélité vers tes Anciens ? s'enquit Tulan. Après l'accomplissement de la prophétie, j'entends.

S'ils exigeaient de lui un vœu de sang, il le rejetterait. Mais à la place, il dit :

— Je discuterais de l'alignement approprié de ma fidélité à ce moment-là, oui.

Il se doutait qu'il la réserverait à sa sœur. Mais tout cela dépendait des événements futurs, que le Conseil cachait et essayait d'influencer.

Était-ce pour ça qu'ils avaient puni Skye ? Parce qu'elle avait refusé d'assimiler leurs protocoles ? Ezekiel connaissait-il les véritables origines de celle-ci ?

Les questions assaillirent ses pensées tandis que les Séraphins autour de lui étaient complètement silencieux, leur enquête semblant terminée.

C'était toujours la manière dont ces procès se déroulaient : rapide et efficace. Ils avaient rassemblé la majorité de leurs preuves avant de l'appeler ici. Cette partie de la discussion avait simplement porté sur les vérités qu'il était prêt à révéler.

Son père jeta un coup d'œil autour de lui, puis hocha la tête de manière catégorique.

— Comme il n'y a pas d'autres clarifications, le Conseil se réunira en temps voulu. Pour l'instant, tu peux disposer, Gabriel. Nous te rappellerons quand nous aurons pris notre édit final.

— Merci, Adriel, répondit Gabriel, utilisant le prénom de son père en signe de respect pour la lignée familiale.

Il s'inclina profondément, puis prit congé, conscient que c'était peut-être le dernier après-midi où il était autorisé à se promener à l'intérieur des murs de la cité séraphique.

Il jeta un coup d'œil autour de lui.

Puis il haussa les épaules.

Il préférait passer le temps qui lui restait à emballer le peu d'affaires qu'il avait, parce qu'apparemment Hydria était sur le point d'hériter d'un nouveau résident séraphique.

Ses ailes s'animèrent autour de lui au moment où une alarme retentit à une centaine de mètres sur sa droite. Les Séraphins s'envolèrent dans un tourbillon, leur formation défensive s'enflammant dans un effort pour protéger le Conseil.

Seulement, la menace ne venait pas de l'extérieur des murs.

Mais de l'intérieur.

Sous la forme d'un Séraphin nu, aux yeux bleus furieux.

Gabriel relaxa ses plumes et arqua un sourcil.

— Mère, salua-t-il. Veux-tu emprunter ma chemise ?

— Conduis-moi à Sethios.

Sa voix n'était qu'un râle, confirmant qu'elle venait de se réveiller. Et vu son corps ensanglanté, il soupçonnait que ce n'était pas avec la permission du Conseil.

Plutôt que de l'interroger, il lui tendit la main.

Il semblait qu'il ne ferait pas ses bagages, après tout.

Et Hydria n'allait pas gagner un résident séraphique, mais deux.

CARO

Quelques minutes plus tôt

PARLE-MOI, *mon ange*, dit Sethios, sa voix mentale contenant une touche d'inquiétude.

C'était une réaction justifiée, compte tenu de l'essence ardente qui se tenait dans l'embrasure de la porte.

Ma créatrice est ici, lui chuchota Caro.

Quand le Conseil l'avait-il réveillée ?

Elle chercha la réponse dans son esprit, mais ne trouva rien. Les dernières années ou décennies se confondaient en une mer de soleil et de néant.

Parce que le Conseil l'avait mise dans une capsule de réformation.

Une partie d'elle avait toujours su que cela arriverait, mais elle ne pouvait pas identifier d'où venait cette impression. Peut-être un souvenir qui ne s'était pas formé. Ce serait peu surprenant, étant donné son état actuel. Les Séraphins étaient connus pour effacer l'esprit pendant le processus de réforme.

C'était un miracle qu'elle se souvienne de Sethios.

Ou, du moins, de certaines choses sur lui.

Comme le fait qu'ils étaient liés.

D'autres aspects étaient embrumés. Avec un peu de chance, ils se dégageraient avec le temps.

Nous créerons de nouveaux souvenirs, mon ange, lui promit-il.

Ses pensées avaient dû parvenir à Sethios par leur connexion. Plutôt que d'essayer de l'éteindre, elle s'accrocha à ce lien tout en regardant la femme qui l'avait mise au monde.

Le Séraphin ailé lui répondit en clignant des yeux, puis entra dans la pièce sous sa forme corporelle, sa robe blanche dansant autour de ses genoux.

— Il n'est pas encore l'heure de te réveiller, dit-elle, impassible. Je vais arranger ça.

Caro ne répondit rien.

« Arranger ça » nécessitait d'ouvrir le conteneur, ce qui signifiait qu'elle n'avait plus qu'à attendre. Plus elle semblait calme, mieux c'était. Elle aurait besoin de l'élément de surprise pour que ça marche. Surtout parce qu'elle n'était pas encore certaine de sa force après tout cela et que sa mère était plus âgée qu'elle de quelques millénaires.

Mais Chanara ne s'attendait pas à ce qu'elle réagisse. Il n'était pas du tout pratique de lutter contre le processus de conditionnement.

Malheureusement pour sa mère, Caro n'avait pas beaucoup de sens pratique en ce moment.

Elle voulait sortir de cet enfer.

Pour s'échapper.

Pour voler.

Pour *sentir*.

La chair de poule parcourut ses bras et ses jambes, et ses membres picotaient à l'idée d'avoir un but. Elle était restée allongée ici jusqu'à l'atrophie, son esprit presque reprogrammé pour oublier toute son existence.

Des parties de celui-ci brillaient encore dans l'ombre, des taches sombres sur sa conscience autrement blanche. Mais c'était suffisant pour attirer son attention, pour la forcer à agir. Parce que quelque chose existait en dehors de ces murs et elle y tenait.

Sethios.

Je suis là.

Je sais, souffla-t-elle, son cœur faisant un bond.

Elle pouvait le voir dans son esprit, ce regard vert saisissant, ces fossettes séduisantes quand il souriait. Pourtant, le temps passé avec lui était sporadiquement flou, une brève période qu'elle comprenait un instant et oubliait celui d'après.

Elle tourna son pouvoir de guérison vers le haut, cherchant les brins fracturés de son esprit afin de les ressouder.

Mais un mouvement dans sa vision périphérique lui fit marquer une pause.

Sa mère préparait les ustensiles nécessaires pour forcer Caro à retrouver un sommeil paisible.

Il serait si facile de le permettre, de succomber à l'engourdissement une fois de plus.

Mais un tiraillement dans son âme la ramena au présent, lui rappelant pourquoi elle devait se battre.

Le but de Caro n'était pas d'exister dans une capsule.

Je suis destinée à quelque chose d'autre.

Oui, convint Sethios. *Tu es à moi.*

Elle pouffa presque de rire. Pourtant, les mots de l'homme remplissaient un vide en elle, envoyant dans ses veines une chaleur qui se mêlait aux picotements de ses membres. Cela la faisait se sentir vivante, renouvelée, ressuscitée.

— Oui, merci. J'ai besoin d'Adeline, s'il te plaît, dit Chanara.

— Elle sera là dans cinq minutes, répondit une voix profonde dans l'air qui les entourait.

Chanara avait dû appuyer sur le bouton d'un interphone pour communiquer, ou peut-être avait-elle appelé un Séraphin télépathe.

Adeline serait employée pour renvoyer Caro dans son sommeil, son don pour les états de rêve étant bien connu de ses pairs. Si elle arrivait avant l'ouverture de ce conteneur de verre, ce serait un problème.

Combattre sa mère était une chose.

Abattre un Séraphin connu pour induire des comas par la seule pensée en était une autre.

Respire, se dit Caro pour calmer son cœur qui s'emballait.

Elle ne devait pas paraître menaçante. Cela encouragerait sa mère à ouvrir la capsule et à commencer les préparatifs pendant qu'elles attendaient l'arrivée d'Adeline.

Les Séraphins ne ressentent rien.

Les Séraphins ne réagissent pas.

Les Séraphins acceptent la réformation comme une mesure corrective.

Caro scanda les mots dans sa tête, ayant besoin d'incarner et de croire temporairement ces déclarations.

Sethios répondit par un grognement et elle le fit taire à travers le lien.

J'ai besoin de me concentrer.

Si tu m'abandonnes à nouveau, je vais contraindre Vera à me volatiliser vers toi. Rien à foutre des protections. Rien à foutre des défenses. Je vais te chercher, mon ange. Que tu sois prête ou non.

La chaleur l'envahit à cette idée, rendant difficile la

possibilité de le tenir à l'écart. Mais c'était le seul moyen pour que ça marche.

Elle ferma les yeux, prit plusieurs inspirations profondes et fit semblant de somnoler. Sa mère supposerait qu'elle s'était épuisée en retirant les sondes, que Caro s'était simplement replongée dans un sommeil léger en attendant que les Séraphins réparent sa capsule.

Un, compta-t-elle, faisant de son mieux pour se concentrer sur les chiffres et la profondeur de sa respiration. *Deux. Trois.* Elle continua ainsi, l'esprit totalement absorbé par la tâche, restant absolument immobile alors que les crochets commençaient à être détachés autour d'elle.

Lorsqu'elle arriva à quarante-sept, un souffle d'air balaya ses oreilles.

À soixante-cinq, la vitre se déplaça.

Et à quatre-vingt-neuf, les doigts de sa mère effleurèrent son pouls.

Maintenant, se dit Caro en tendant les mains vers sa créatrice pour l'attraper par le cou. La surprise fit haleter Chanara, le son s'évanouit lorsque Caro les envoya toutes les deux à terre dans un tourbillon de membres et de mouvements inexercés.

Mais son corps se souvint rapidement comment fonctionner, ses muscles étant entièrement guéris. La seule partie qui lui restait à récupérer était son esprit, ce qui prendrait plus de temps.

Elle y travaillerait plus tard.

Pour l'instant, elle devait tuer sa mère. Pas de façon permanente – la mort éternelle était impossible pour un Séraphin – mais temporairement. La prise autour du cou de sa mère se resserra, ses cuisses ceinturèrent les hanches de Chanara pour la maintenir au sol sous elle.

Aucune d'elles ne pouvait se volatiliser, l'installation étant fortement surveillée et souterraine.

Et leurs dons séraphiques n'étaient pas de nature guerrière.

Caro avait des années d'entraînement au combat à son actif, son désir d'apprendre des manœuvres défensives avait été un cours pratique qui lui rendait maintenant service. Sa créatrice s'était concentrée sur des leçons intellectuelles, pas sur des expériences de combat.

On pouvait parier qu'à cet instant, celle-ci regrettait de ne pas avoir suivi au moins un cours d'autodéfense.

Ses yeux bleus se retournèrent, son visage pâle prenant une teinte violacée. Mais Caro ne lâcha pas prise. Elle continuait à compter.

Elle en était à plus de deux-cents maintenant.

Bientôt trois-cents.

Cela signifiait qu'Adeline serait là d'une minute à l'autre, peut-être d'une seconde à l'autre.

Les Séraphins étaient toujours ponctuels.

Lorsqu'elle atteignit le chiffre de trois cent dix-neuf, elle libéra sa mère et se remit aussitôt sur pieds, à la recherche de tout ce qui pouvait servir d'arme. Mais dans cette pièce, il n'existait que des équipements de contrôle reliés à sa capsule. Pas même un scalpel.

Elle utiliserait donc ses mains.

Elle s'agenouilla à nouveau, prit la tête de sa mère entre ses mains et la tordit selon un angle qui devait lui briser le cou.

Le craquement résonna dans la pièce trop silencieuse.

Puis tout redevint calme.

Caro se releva d'un bond et se dirigea droit vers la porte, refusant de perdre une seconde. Celle-ci n'était pas verrouillée, ce qui visait à faciliter le travail des Séraphins qui devaient entrer et jeter un œil à la capsule de la victime à l'intérieur.

Ils avaient construit cette installation avec l'idée que les capsules maintiendraient les prisonniers en place. Par conséquent, des mesures supplémentaires n'étaient pas nécessaires.

C'était pourquoi elle trouva le couloir vide et la cage d'escalier du bout non verrouillée et non gardée.

Elle testa le poids de son corps et trouva son pied léger alors qu'elle gravissait les marches, son corps rajeuni, grâce à son don fraîchement éveillé. Mais le soleil la fit hésiter lorsqu'elle atteignit le rez-de-chaussée, ses yeux n'étant pas habitués à tant de lumière.

Son don se déclencha, guérissant ce dont elle avait besoin pour voir, puis elle se remit en mouvement.

Est-ce que tu viens juste de tuer Chanara, mon ange ? demanda doucement Sethios.

Oui.

Elle ne prit pas la peine de préciser que sa mère irait mieux dans une heure ou deux. Sethios saurait déjà cela.

Sans tes couteaux ?

Oui, répéta-t-elle.

Hmm.

Elle fronça les sourcils en entendant ce bourdonnement dans son esprit.

Qu'est-ce qui ne va pas ?

Je suis juste intrigué, admit-il, une note chaleureuse dans la voix. *On jouera plus tard.*

Je viens de m'échapper d'une capsule de réformation et tu parles de jouer.

Ça te surprend ?

Elle réfléchit à cela.

Non, en fait, pas vraiment.

Alors que ses souvenirs n'étaient toujours pas

complètement reconstitués ou ne lui étaient pas revenus, son instinct guidait le fil de ses pensées.

Une double porte vitrée était tout ce qui la séparait de l'extérieur.

Elle se précipita vers elle et fit irruption dehors, prête à décoller, quand une myriade d'alarmes se déclenchèrent autour d'elle. Caro fit un tour sur elle-même, puis engagea sa capacité de volatilisation, se préparant à quitter les îles principales.

Seulement, la vue d'une personne familière, à une centaine de mètres, la fit réfléchir.

Gabriel. Elle se dirigea vers lui sous sa forme angélique, utilisant ses ailes pour se propulser. Inutilisées depuis longtemps, elles la firent d'abord souffrir, mais sa magie se déclencha à nouveau pour entamer la guérison, ce qui interrompit le travail sur son esprit.

C'était bien trop. Elle avait besoin d'un endroit sûr pour récupérer complètement. Un endroit où elle pourrait dormir afin de faire passer le mal de tête qui se formait derrière ses yeux.

Son fils lui dit quelque chose à propos d'une chemise. Elle l'ignora et lança :

— Conduis-moi à Sethios.

Sa voix était étonnamment forte malgré le fait qu'elle ne s'en était pas servie pendant tant d'années.

— Je préférerais qu'on le retrouve ailleurs, répondit son fils en sortant un petit appareil de sa poche.

Il étudia l'écran, ses doigts se déplaçant dessus en succession rapide avant de remettre l'objet dans son jean et d'ajouter :

— Allons-y.

Gabriel est-il toujours dans notre camp ? demanda-t-elle à Sethios, déconcertée par le comportement de son fils.

À moins que le Conseil lui ait fait changer d'avis dans les dernières heures, il est avec nous.

Le Conseil ?

Elle savait qu'il parlait du Conseil supérieur des Séraphins, mais voulait plus de détails.

Il a reçu l'ordre de se présenter à eux. Il avait plus ou moins l'intention de les piéger pour qu'ils te libèrent.

Mais ils ne m'ont pas libérée, répondit-elle. *Je l'ai fait moi-même.*

Cela signifiait-il qu'elle ne pouvait pas lui faire confiance ?

Et si...

Le feu l'encercla, la chaleur s'abattant sur sa peau et provoquant un sifflement entre ses dents. Elle s'en éloigna en se volatilisant, mais fut engloutie dans un filet de flammes qui lui arracha un cri.

Caro ! cria Sethios dans son esprit. *Envoie-moi un visuel. Montre-moi où tu es.*

C'était une exigence qui la força à obéir, ses yeux s'ouvrant pour capturer les bâtiments autour d'elle, le tout mêlé à des braises ardentes qui lui brûlaient les rétines.

La persuasion la quitta en un instant, son compagnon sentant immédiatement la douleur qu'il avait causée. Il ne s'excusa pas, son esprit tourbillonnant à travers le sien alors qu'il essayait de trouver un moyen de l'atteindre, de l'aider, d'abattre ceux qui lui faisaient du mal.

Elle tomba à genoux, ses poumons brûlant du besoin d'engloutir de l'air pur.

Mais au souffle suivant, tout avait disparu.

La chaleur.

Le feu.

Tout.

Elle ouvrit les yeux qui se mirent à cligner en voyant

Gabriel en mode guerrier, terrassant une horde de Séraphins d'un seul mouvement d'épée.

Ils hurlèrent, les cris de douleur emplissant l'air, mais il était sur le sentier de la guerre et avait enclenché son côté destructeur. Ce n'était pas une véritable épée qu'il avait brandie, mais une arme faite de *pouvoir*. Il l'avait appelée à lui en utilisant les talents de sa lignée paternelle.

Caro fut envahie par l'admiration en voyant son fils anéantir les autres sans un seul faux pas.

C'est moi qui l'ai créé, pensa-t-elle, en haussant les sourcils. *Les Devins l'ont ordonné.*

La plupart des Séraphins avaient plus de cinq cents ans avant que leur corps ne soit considéré comme propre à la procréation. Caro était beaucoup plus jeune quand elle avait été appelée pour s'accoupler avec Adriel. Elle avait suivi l'édit parce que c'était la réponse attendue.

Elle n'avait jamais remis en cause sa finalité, mais en voyant maintenant son fils dans toute sa splendeur de combattant, alors que son nouveau talent s'éveillait en elle, elle commença à se demander si les Devins n'avaient pas orchestré tout cela pour une raison. Un but qui dépassait le Conseil.

— *Assez,* hurla une voix profonde lorsqu'Adriel apparut, ses ailes rouges déployées autour de lui dans une cape d'énergie pure.

Le combat cessa, mais Gabriel ne baissa pas son épée. Il fit plutôt face à son père avec une expression qu'elle n'avait jamais vue sur le visage de son fils auparavant. Une émotion féroce émanait de lui : une colère palpable qui menaçait de tous les brûler vifs.

Le père et le fils se regardaient fixement, leurs esprits guerriers se testant l'un l'autre alors qu'ils flottaient sous leur forme éthérée.

— Bannis-nous si tu le dois, dit Gabriel, son ton

renforcé par l'autorité. Mais je ferai ce qui est nécessaire pour que la prophétie s'accomplisse. Et pour l'instant, j'ai besoin que Caro aide Astasiya.

Qu'est-ce qui ne va pas avec Astasiya ? demanda Caro à travers le lien.

Elle va bien, promit Sethios. *Pourquoi ?*

Gabriel vient de dire qu'il a besoin de mon aide pour s'assurer que la prophétie se réalise.

Il utilise cette raison pour convaincre le Conseil de te libérer, répondit Sethios.

Elle médita cela.

Oh. C'est une manœuvre pragmatique.

Oui, convint-il.

— Tu choisis la prophétie plutôt que ta loyauté envers moi ? Envers les tiens ? Envers le Conseil ? demanda Adriel, apparemment indifférent à la puissance que son fils brandissait devant lui sous la forme d'une épée déchaînée.

— C'est ma loyauté en tant que Séraphin qui me pousse à prendre cette décision. C'est la seule voie que je puisse suivre, Adriel. Même si cela signifie que je dois t'affronter.

Gabriel affermit sa prise sur son arme et prit une position audacieusement hostile.

— À toi de décider.

— Je pourrais te faire dépouiller de tes ailes.

— Tu pourrais en effet, rétorqua Gabriel. Et tu perdrais.

— Je suis le guerrier originel, *fiston*. Tu ne peux pas me détrôner.

— Ce n'est pas là mon but, *père*. Je souhaite simplement voir cette prophétie s'accomplir. N'est-ce pas pour cela que les Devins m'ont créé ?

Donc il le sent aussi, pensa Caro. *Il sent que les Devins se jouent du Conseil.*

Qu'est-ce que tu veux dire ? demanda Sethios.

Il y a trop de coïncidences. J'ai donné le jour à deux enfants en un siècle, ce qui ne devrait pas être possible puisque les Séraphins ne peuvent procréer que tous les cinq-cents ans environ. J'ai également créé deux des plus puissantes progénitures qui existent aujourd'hui. Et moi aussi, j'ai été mise au monde dans un but précis. Tout est aligné, seulement je ne pense pas que les Devins aient avoué au Conseil la vraie raison de notre existence.

Je ne te suis toujours pas, mon ange, murmura-t-il dans l'esprit de Caro. *Es-tu en train de suggérer que les Devins ont en quelque sorte dupé le Conseil ? Que vous n'avez pas tous été créés pour faire tomber mon père ?*

Je ne sais pas.

Il y avait quelque chose qui la tourmentait encore, un puzzle qu'elle n'avait pas encore réussi à reconstituer. Cependant, elle sentait qu'elle était sur la voie d'une plus grande révélation.

Le Conseil pensait qu'ils étaient tous destinés à détruire Osiris.

Et si ce n'était pas du tout le but ?

C'était quoi la prophétie déjà ? demanda-t-elle, essayant en vain de s'en souvenir. *Qu'est-ce que nous sommes voués à faire ?*

Elle prédit qu'Astasiya sera celle qui nous détruira tous, c'est-à-dire les Ichoriens et les Hydraiens, puisque c'est Skye qui l'a exprimée.

Caro fronça les sourcils.

Quelque chose à ce sujet semble... Il y a quelque chose que nous ratons.

Un éclair d'énergie la tira de ses pensées, la ramenant à l'endroit où Gabriel et Adriel s'affrontaient, à environ trois mètres du sol. Plusieurs autres Séraphins s'étaient joints au leader des Guerriers, mais cela ne semblait pas impressionner son fils. Au contraire, il avait l'air impatient.

— Je me suis battu pour devenir commandant en second, Adriel. Je suis plus que capable de le refaire.

Il fit tournoyer son épée tandis qu'une autre apparaissait dans sa main opposée, un feu angélique faisant flamboyer les lames de duel.

Gabriel exsudait la puissance, sa naissance se manifestant dans le vert ardent de ses iris. Il ne reculerait pas. Et dans cet état, seul Adriel serait capable de le vaincre.

À moins que les autres anciens Séraphins n'arrivent. Et Caro soupçonnait que c'était la raison de ces manœuvres dilatoires.

Elle testa subtilement sa capacité à se volatiliser et la trouva à nouveau intacte, son corps ayant spontanément guéri des cordons de feu qui avaient menacé de la river au sol.

— Le Conseil n'a pas encore rendu son verdict, répondit Adriel. Jusque-là, Caro devrait reprendre sa réformation.

Gabriel secoua la tête.

— C'est ta décision qui compte. Alors, rends ton verdict, Adriel. Autrement, ce serait une perte de temps et je n'en ai plus trop à accorder. Du côté d'Osiris, les choses s'intensifient et j'ai laissé Astasiya sans protection. Elle est peut-être capable de se débrouiller seule, mais elle a toujours besoin de mes conseils. Et ceux de sa mère aussi.

Il est magnifique, pensa Caro, la fierté fleurissant en elle à la vue de son fils qui refusait de céder d'un pouce face à son père. Il était encore si jeune et pourtant, il semblait absolument ancien à ce moment-là.

Si Adriel ressentait la même chose, il ne le montrait pas. Au lieu de cela, il jaugea son fils, le savoir et le pouvoir illuminant ses iris couleur menthe.

— Tu devras convaincre Astasiya de répondre à notre édit, annonça-t-il. Une fois que ce sera fait, nous discuterons de ton avenir parmi les Séraphins.

— Tu ne vas pas l'exiler ? demanda une voix féminine alors que Silvia apparaissait dans un tourbillon de plumes jaune clair qui contrastait fortement avec son teint plus sombre.

— Pas encore. Il a quatre semaines pour obéir à mon édit. Si Astasiya ne se présente pas devant le Conseil dans ce délai, alors nous nous réunirons à nouveau pour discuter de notre verdict.

— Et Caro ? insista-t-elle.

Adriel baissa son regard vers la femme en question, son expression ne laissant rien transparaître.

— Elle accompagnera Gabriel et s'efforcera de guider l'enfant séraphin de manière appropriée. Nous discuterons également de son sort dans quatre semaines.

Gabriel hocha la tête, ses épées se dissolvant dans les airs.

— Alors nous ferions mieux de nous mettre au travail, dit-il en se volatilisant aux côtés de Caro pour attraper sa main. Je serai de retour dans quatre semaines, que ce soit avec Astasiya ou seul.

Il n'attendit pas de confirmation. Son pouvoir enveloppa Caro d'un manteau d'énergie protecteur et la força à se déplacer avec lui dans le temps et l'espace.

Caro ?

Je vais bien, dit-elle. *Gabriel s'est volatilisé avec moi et je n'aime pas cette sensation.*

Ça, je peux le comprendre, répondit-il.

Ses mots suscitèrent en elle un amusement provenant de nulle part, certainement parce que c'était lié à un souvenir auquel elle ne pouvait pas encore accéder.

Je viens à toi, mon ange, lui dit-il.

Tu viens à moi ? Comment ?

Tu verras, chuchota-t-il. *Tiens-toi prête.*

SETHIOS

— Conduis-moi à Caro, demanda Sethios en tendant la main. Tout de suite.

Vera plissa vers lui ses yeux argentés qui devinrent turquoise lorsque ses plumes s'animèrent.

— J'espère que ça va faire mal.

— Ça va en effet faire mal, lui promit-il. Mais ça en vaut la peine.

Elle retint alors un sourire.

— Oui. Sur ce point, peut-être, nous sommes d'accord.

Elle pressa sa main contre la sienne, leur faisant subitement quitter Hydria pour les amener à l'endroit qu'Ezekiel leur avait indiqué dans un message quelques instants auparavant.

Pour une raison quelconque, Gabriel voulait qu'ils se retrouvent tous chez Ezekiel, pas à Hydria. Pendant que Caro et lui s'étaient battus contre le Conseil, ou quoi qu'il se soit passé d'autre, Sethios, Vera et Leela avaient discuté de la façon de procéder.

Ils avaient convenu qu'Astasiya devait rester à Hydria

avec son amie et Issac pendant que Sethios évaluait l'état psychique de Caro.

D'après ce qu'il avait compris jusqu'ici, ses souvenirs n'étaient pas totalement revenus. En conséquence, même si elle avait conscience du lien, il ne semblait plus l'intéresser autant. C'était quasiment comme si elle avait oublié que son cœur lui appartenait.

Il le lui rappellerait avec bonheur dès qu'il la verrait. Et si elle se défendait, il prendrait plaisir à la ramener au début de leur relation avec quelques ordres soigneusement élaborés.

L'effet de la volatilisation se dissipa et révéla un ciel nocturne parsemé d'étoiles. L'heure semblait aussi tardive qu'en Grèce, sauf que ses pieds étaient maintenant couverts de neige.

Il fronça les sourcils alors que son estomac se retournait, son corps subissant le contrecoup de la téléportation provoqué par son « vol » avec le Séraphin. Cela lui donnait toujours la nausée.

— Où sommes-nous ? demanda-t-il, la voix cassée, tandis qu'il luttait contre l'envie de vomir.

Pouah ! Il détestait le fait que cela l'affaiblisse. Un jour, il maîtriserait ça. Avec de la chance, ce serait le jour où il aurait ses propres ailes.

— À environ une heure à l'est de Reykjavik, répondit Ezekiel après l'avoir traqué et être arrivé à ses côtés, au milieu de ce qui ressemblait à un champ en complète jachère.

Son meilleur ami laissa passer un instant, puis hocha la tête.

— Bien, nous devons faire un autre saut.

Cette fois, il attrapa Sethios et le fit tournoyer dans l'espace jusqu'à leur dernière destination – ou ce qu'il espérait être la dernière. Au moins, l'aptitude d'Ezekiel ne lui donnait pas envie de vider son estomac partout. Peut-être était-ce parce que le duo voyageait de cette manière depuis des années.

Ils se matérialisèrent dans la cuisine d'une maison chaleureuse, à côté de Skye qui retirait une bouilloire sifflante de la cuisinière.

— Du thé ? proposa-t-elle sans leur jeter un œil.

— Oui, s'il te plaît, dit Ezekiel, sa voix douce trahissant une touche d'émotion.

Il y a quelques décennies, Sethios l'aurait chambré. Ce soir, cependant, il laissa l'assassin à son problème d'amour non partagé.

Ce n'était pas nécessairement que Skye ne l'aimait pas en retour, mais plutôt qu'elle ne pouvait pas lui rendre son affection. Elle semblait tout simplement ne pas pouvoir éprouver cette émotion. Son esprit se perdait constamment dans les soucis de l'avenir et paraissait incapable de rester dans le présent suffisamment longtemps pour *ressentir* quoi que ce soit.

Vera apparut dans le petit coin repas de la cuisine, les yeux plissés.

— Merci de m'avoir indiqué le chemin !

Ezekiel haussa une épaule.

— Il faut t'accrocher, Séraphin.

— Et si je n'avais pas été capable de capturer ce souvenir assez vite, tu m'aurais laissée geler au milieu de l'Islande ou quoi ?

— Au sud de l'Islande, rectifia-t-il en sortant une bière du frigo pour la lui passer. Et je suis sûr que tu aurais trouvé un endroit plus chaud où attendre de nouvelles instructions.

— Et on est toujours en Islande ? se demanda Sethios à voix haute.

Il possédait ici une maison qu'il n'avait pas visitée

depuis un certain temps. En fait, il en possédait plusieurs. Ou du moins, c'était le cas avant. Il lui faudrait vérifier plus tard dans quelles conditions elles étaient ou si elles existaient même encore.

— Oui, dans le nord de l'Islande. Je voulais juste m'assurer que vous n'étiez suivis par personne.

Ezekiel ouvrit un placard pour en sortir du sucre et le posa sur le comptoir à côté des grandes tasses que Skye avait disposées. Elle avait déposé de petits sachets de thé dans chacune d'elles, son attention concentrée sur l'eau qu'elle versait dedans.

Sethios fronça les sourcils en comptant huit tasses. *Ezekiel, Skye, Vera, moi, Caro, Gabriel...*

— Qui d'autre attendons-nous ?

— Oh ! J'ai failli oublier ! répondit Skye.

Elle se précipita vers le four pour l'éteindre juste avant que la minuterie ne sonne. Elle enfila une paire de gants et sortit une pizza au pepperoni.

— Personne ne touche à ça. C'est pour Jacque.

Sethios et Vera échangèrent un regard tandis qu'Ezekiel disparaissait sans un mot.

— Jacque est à Hydria, dit Vera.

— Ah oui ?

Skye fit cligner ses grands yeux bleus vers le plafond, puis elle inclina la tête sur le côté comme pour écouter quelque chose. Après un instant, elle secoua la tête et ajouta :

— Il sera ici sous peu.

Sethios haussa les épaules. Cette femme pouvait voir l'avenir. Qui était-il pour la contredire ?

— Je dois préparer votre chambre, poursuivit Skye en faisant glisser son regard de Sethios à l'horloge. Ensuite, je ferai couler un bain à Caro.

Leurs regards étaient fixés sur elle lorsqu'elle sortit de la cuisine.

Quand la voyante aux cheveux noirs fut hors de vue, il haussa un sourcil en direction de Vera.

— Pourquoi Caro aurait-elle besoin d'un bain ?

— Elle n'en a pas pris depuis plusieurs années à cause de sa réformation, mais les Séraphins gardent les capsules relativement propres. Peut-être que Caro et Gabriel ont dû se battre pour sortir ?

Tu vas bien ? demanda-t-il à son ange.

Elle ne répondit pas, ce qui fit bondir son cœur.

Caro ?

Rien.

Il s'apprêtait à formuler une exigence dans son esprit au moment où un tumulte se fit entendre dans le salon. Un cri familier le fit accourir vers la source, mais il s'arrêta net en voyant la scène.

Non seulement elle était nue, mais elle avait à la main l'un des couteaux d'Ezekiel qu'il reconnut grâce à son manche caractéristique.

— Mon ange ? demanda-t-il doucement, ne comprenant pas pourquoi elle avait la lame pointée sur son meilleur ami.

— Tu nous as trahis ! accusa-t-elle, ne voyant qu'Ezekiel.

Celui-ci avait levé les deux mains en signe d'apaisement.

— Ma jolie, j'ai fait exactement ce que nous avions prévu.

— Ce n'était pas ça, le plan. Rien de tout ça n'était prévu, lui cria-t-elle, ce qui fit froncer encore plus les sourcils de Sethios.

Que veux-tu dire, mon ange ? lui demanda-t-il mentalement.

Elle l'ignora. Tout comme elle refusait de le regarder pour l'instant.

Gabriel se matérialisa à côté d'elle, sa chemise déchirée et émaillée de taches de sang assorties à ses plumes rouges. Ces dernières disparurent quand il reprit sa forme corporelle et son attention se porta sur Caro.

— Elle a attrapé le couteau d'Ezekiel en cours de route.

— Évidemment, répondit Sethios, à la fois impressionné et complètement déconcerté.

Pourquoi aurait-elle fait ça ?

Il fit un pas vers elle, mais se figea quand elle produisit un sifflement par-dessus son épaule à son intention.

— Caro, c'est moi.

— Des mensonges, dit-elle, ses yeux bleus fous de rage. Ce ne sont que des mensonges !

— Que s'est-il passé, bon sang ? insista Sethios.

— Ouais, j'aimerais bien le savoir aussi, renchérit Ezekiel en voulant s'éloigner de Caro.

Elle lui répondit par un grognement, ce qui le figea sur place.

Au moins, physiquement, elle semblait en forme. Tout son corps était tel que dans ses souvenirs : des jambes et des bras musclés, un ventre plat, de beaux seins, une taille souple, de longs cheveux blonds qui lui tombaient jusqu'au milieu du dos et un visage façonné par Dieu lui-même.

Il voulait l'étreindre, l'embrasser, lui dire à quel point elle lui avait manqué.

Mais elle semblait ne faire aucunement attention à lui. Comme s'il ne représentait rien pour elle. Comme si elle avait oublié tous les éléments clés de leur lien.

Et tout ce qui la motivait à cet instant était un besoin furieux de faire du mal à Ezekiel.

— Pourquoi penses-tu qu'on ment ? lui demanda-t-il à voix basse, son ton se voulant apaisant.

— Tu n'es pas là, dit-elle entre ses dents. Et toi, tu nous as livrés à Osiris.

Les sourcils d'Ezekiel atteignirent la racine de ses cheveux.

— Elle a besoin de ses souvenirs, leur dit une voix chantante du haut des escaliers. Vera, s'il te plaît... Ensuite, tu l'aideras à prendre son bain, Sethios. Oh, par contre, reste derrière elle, sinon elle va se cogner la tête en tombant.

Skye fila dans le couloir de l'étage, les laissant tous se regarder les uns les autres.

— Mes souvenirs, dit Caro en jetant un œil autour de la pièce et en plissant les yeux vers la brune appuyée contre le mur. *Toi !*

— Bien, dit Vera en s'éclaircissant la voix, avant de se redresser et de s'avancer vers elle. Je vais avoir pas mal de choses à défaire.

— Ne me touche pas !

— J'ai bien peur que ce soit nécessaire, dit Vera en jetant un œil à Sethios. Un coup de main peut-être ?

— Et tu veux que je fasse quoi exactement ? demanda-t-il.

— Contrains-la à rester immobile et à ne pas se battre contre moi.

— Non, répondit-il avec un petit rire.

L'agacement brouilla les traits de Vera.

— Tu veux que je remédie à ça ou non, Sethios ?

— C'est toi qui as créé ce bazar. Débrouille-toi, lui lança-t-il en retour.

Mais, au moment où les mots quittèrent sa bouche, un autre souvenir chatouilla ses pensées : un souvenir qui lui rappela le jour où lui et Caro avaient demandé à Vera d'effacer leurs esprits.

Dans un souffle, il lâcha un juron.

— Très bien, dit-il.

Cela ne lui plaisait pas d'avoir à le faire, mais il en comprenait la nécessité.

— Caro, lâche ton couteau, ne bouge pas et ne te volatilise pas.

Il fit passer la contrainte à travers ses mots, ce qui lui valut un grognement furieux de la part de la femme maintenant figée.

La lame tomba aux pieds de Caro sur le tapis, ses dernières aspirations à se battre s'échappant de ses membres désormais immobilisés.

Il s'approcha par-derrière et se pencha pour récupérer le couteau.

Elle poussa un autre grognement, ce qui le fit sourire.

Ça me rappelle notre première rencontre, chuchota-t-il dans son esprit. *Tu ne pouvais pas bouger non plus.*

Tout en se redressant, il fit glisser la pointe de la lame le long de la jambe de Caro.

— Je garde ça, informa-t-il Ezekiel en le faisant tourner entre ses doigts, puis en l'empochant dans son jean.

Il se tint ensuite consciencieusement derrière son ange, prêt à la rattraper au cas où elle tomberait.

Ses lèvres réprimèrent un sourire à l'image accidentellement créée dans son esprit : *son ange déchu* – en fait, elle avait déjà chu depuis longtemps dans les fosses de l'enfer grâce à lui. La chaleur qui émanait alors d'elle semblait confirmer leur position commune.

Mais c'était la colère qui grondait qui attira vraiment son attention.

Tu me fais bander, mon ange, lui dit-il, conscient qu'elle ne lui répondait pas du tout. *Je dois ressortir le couteau pour jouer ?*

Tu es déjà nue devant moi. On trouvera peut-être une fenêtre contre laquelle baiser, pour voir si ça te rafraîchit la mémoire.

Libère-moi, dit-elle, furieuse.

Jamais, jura-t-il en serrant les hanches de Caro pour bien lui faire comprendre. *Tu es à moi, tout comme je suis à toi.*

Je vais te tuer pour ça.

Tu me l'as déjà promis auparavant, lui rappela-t-il en se penchant pour déposer un baiser sur son épaule. *J'attends toujours.*

Retire ce sort que je te règle ton compte.

Une fois que Vera aura terminé, j'y réfléchirai, répondit-il.

Puis il jeta un coup d'œil au Séraphin effaceur de mémoire.

— Elle est prête.

Vera lui lança un regard incrédule.

— Elle a plutôt l'air prête à nous tuer, pas à obéir.

— Elle ne peut pas briser ma contrainte, murmura-t-il, sa prise se resserrant sur ses hanches. Et si elle y arrive, c'est moi qu'elle essayera de tuer, pas toi.

— Ce ne sera pas un « essai », répondit sombrement Caro.

Cela le fit ricaner.

Tout ça m'a manqué, mon ange. C'est comme si je devais à nouveau t'apprendre à ressentir les choses.

Ça ira bien, merci.

Oui, la colère. Je peux facilement la transformer en quelque chose de bien plus sexy, répondit-il en embrassant encore son cou, avant de lui mordiller l'oreille. *Continue à me provoquer, mon ange. Et vois ce qui se passera.*

Comment sommes-nous connectés ? demanda-t-elle.

Tu ne te souviens pas ? répondit-il en fronçant les sourcils.

Elle se tut.

L'humeur libertine de Sethios s'envola et son attention se reporta sur Vera.

— Guéris son esprit. Elle a perdu de vue qui je suis pour elle.

Il pouvait sentir l'incertitude dans leur lien, la façon dont elle vacillait entre eux : un instant, Caro se souvenait indéniablement de leur union et, celui d'après, cela disparaissait.

— Tu peux donc demander des choses sans contraindre les gens, déclara Vera en se plaçant devant Caro. Fascinant...

— Tu préfères être persuadée ? Parce que j'y prendrai plaisir.

— Tu ne feras rien du tout, murmura-t-elle en levant sa paume vers la joue de Caro. Ce n'est pas quelque chose que tu veux que je bâcle, pas avec tout ce que j'ai modifié dans son esprit.

Elle ferma les yeux, sa voix se faisant plus douce à chaque mot qu'elle ajoutait :

— J'ai non seulement dû faire en sorte qu'elle ne retrouve plus ses souvenirs, mais j'ai aussi dû les cacher aux autres membres de ma lignée et à tous les Séraphins. Il n'y a pas qu'à elle que ça va faire du mal, Sethios. À moi aussi.

Il était sur le point de dire qu'il approuvait la réciprocité de cette douleur. Cependant, ce serait un mensonge. Maintenant qu'il avait retrouvé tous ses souvenirs, il réalisait les sacrifices qu'ils avaient tous endurés, y compris Vera, pour protéger Astasiya.

Et pour cela, il leur serait toujours reconnaissant.

C'est pourquoi il n'ajouta rien et se contenta de hocher la tête. C'était sa façon à lui de dire qu'il comprenait ce qui devait être fait et qu'il ferait tout son possible pour l'aider. Il glissa ses bras autour de la taille de Caro, la serrant par-derrière, et la maintint en place pendant que Vera travaillait sur son esprit.

Son ange se mit à crier, le son irradiant le lien et

parcourant tout son être. Elle ne l'avait pas fait à voix haute, mais en elle-même, et c'était déchirant. La souffrance de Caro faillit le terrasser. Elle le fit trembler et les larmes lui montèrent aux yeux. Mais il encaissa tout ce qu'elle avait à envoyer, son emprise persuasive toujours résolue.

Elle ne bougerait pas tant que ce ne serait pas fini, peu importait qu'elle crie ou pleure. Et il accepterait son angoisse comme une punition.

Il ferma les yeux, grimaçant face aux hurlements qui résonnaient en lui, face à la souffrance pure qui enflammait leur connexion.

Elle lui en voulait.

Elle le détestait.

Elle exécrait son existence.

Elle pleurait mentalement.

Elle volait en éclats.

Elle se reconstruisait, puis se fracturait à nouveau.

Encore et encore, chaque émotion le percutant comme si c'était la sienne. Il *sentit* Vera fouiller dans ses souvenirs, les décortiquer et les recomposer. C'était pire que ce qu'elle avait fait pour lui, la quantité de tramage et de détramage était si importante qu'il fut abasourdi par le fait que Caro ait même été capable de fonctionner.

Et ça ne concernait pas seulement ses souvenirs, mais aussi le temps qu'elle avait passé en réformation.

Il entendit les psalmodies, les règles, les édits selon lesquels les Séraphins étaient censés ne rien ressentir, ne tenir à rien ni à personne ou ne pas considérer autre chose que la logique.

Bordel, c'était cruel. Comment des êtres pouvaient-ils exister sans ne serait-ce qu'une once d'humanité ou de remords en eux ? Toutes les décisions n'étaient pas forcément motivées par la raison. Les émotions comptaient. Ce qu'il lui montra à travers le lien, lui disant combien il l'aimait, combien elle lui manquait, combien il voulait qu'elle lui revienne.

Elle se referma à lui.

Puis le laissa à nouveau entrer.

Et lui claqua encore une fois la porte au nez.

C'était une danse psychique qui le faisait trembler contre elle, ses bras s'accrochant, son corps lui servant de pilier dans un monde où elle ne voulait pas retourner.

Il n'y a pas d'autre choix, mon ange, murmura-t-il, la voix tourmentée par la douleur qui mettait à l'épreuve leur lien. *Reviens-moi. Ensuite, on les abattra tous.*

Parce que cette expérience lui avait montré quelque chose de fondamental, un fait autour duquel ils avaient tous dansé pendant des années : les Séraphins étaient un problème aussi important que son père. Peut-être même pire, car leur société était régie par des règles sévères et des édits stoïques.

Ils avaient créé Osiris et l'avaient laissé faire ce qu'il voulait sur Terre. Et maintenant, ils cherchaient à utiliser Astasiya pour éliminer ce salaud.

Une *fillette* de vingt-cinq ans.

Qu'elle soit unie à quelqu'un ou non, elle était toujours une enfant dans le grand système de l'univers. Ils l'étaient tous, comparés aux anciens de ce foutu Conseil. Et ils voulaient qu'une jeune femme s'attaque à l'un des plus vieux êtres connus ?

Pour eux, elle peut être sacrifiée, chuchota Caro, leur connexion plus vivante que jamais.

Ou du moins, c'est ce qu'ils ressentaient après toutes ces années de séparation.

Il la libéra de sa persuasion et la fit tourner dans ses bras, se retrouvant face à son regard empli de connaissance et d'*histoire*. Tout était écrit là, dans son expression :

l'amour qu'ils avaient ressenti, le lien qu'ils avaient tenu pour sacré et l'inévitable chagrin que cet éloignement leur avait fait endurer.

Ils veulent l'utiliser parce qu'elle peut être sacrifiée, répéta-t-elle, le ramenant à ses pensées sur les Conseillers et leurs intentions. *Elle n'est qu'un soldat pour eux.*

C'est vrai, admit-il. *Nous le sommes tous.*

Les genoux de Caro fléchirent, mais il la rattrapa facilement et la souleva dans ses bras. Vera s'assit sur une chaise juste à côté et ferma les yeux.

— C'est fait ? lui demanda-t-il.

Elle ne répondit pas, ce qui lui fit froncer les sourcils.

— Vera ?

— Elle se repose, dit Gabriel depuis l'autre côté de la pièce, également assis.

Ezekiel, quant à lui, n'était nulle part en vue.

— Combien de temps ça a pris ? demanda Sethios en remarquant la lumière du soleil à l'extérieur, une rareté en Islande durant la saison hivernale.

Cela indiquait qu'il était presque midi.

— Plusieurs heures, confirma Gabriel. Skye a dit que votre chambre était à l'étage, la deuxième porte à gauche. Jacque et Owen sont de l'autre côté du couloir. Je vais dormir ici.

Il s'allongea sur le canapé de quatre places et passa ses mains derrière sa tête.

— Demain, nous devons parler.

Et sans ajouter un mot de plus, il ferma les yeux.

Ouais, Sethios imaginait qu'ils avaient tous pas mal de choses à dire. Mais sa priorité était de s'occuper de la femme endormie dans ses bras. Elle avait posé sa tête contre son épaule, ses cheveux blonds emmêlés et non lavés. Cela ne l'empêcha pas de déposer un baiser sur son front.

Tu es avec moi, mon ange, lui dit-il.

Je sais, répondit-elle en soupirant contre lui.

Il prit un moment pour l'observer, étonné de la *tenir* dans ses bras.

Elle était là.

Sa Caro.

Sa vie.

Son cœur.

Dans ses bras, contre sa poitrine, chaude et fragile, et belle et forte. Une telle énigme. Il sentait sa vulnérabilité, son épuisement et son esprit exposé, et pourtant, une certaine puissance était tapie sous la surface, sa guerrière refusant de se laisser abattre même au plus fort de sa faiblesse.

Je t'aime, Caro.

Je t'aime aussi, murmura-t-elle, la fatigue dans sa voix mentale rivalisant avec celle dégagée par son corps.

Il la porta à l'étage, dans la chambre que Gabriel lui avait indiquée comme étant la leur pour le moment. À l'intérieur, il trouva un bain chaud déjà prêt, les senteurs d'eucalyptus fortes et encourageantes.

Allongeant Caro sur le lit, il se déshabilla et cacha la lame dans la table de nuit. Puis il souleva son ange et l'emmena prendre un bain.

Elle ne remua pas, même quand il utilisa le pommeau de la douche pour lui laver les cheveux. Ce ne fut pas une tâche facile : son corps était un poids mort contre le sien. Mais il prit son temps, la nettoyant soigneusement et la coiffant ensuite. Puis il la déposa entre les draps et se glissa à ses côtés, bien décidé à ne plus jamais la lâcher.

Tu es mienne pour toujours, Caro. Quand tu te réveilleras, je te rappellerai ce que ça signifie. Pour l'instant, dors bien.

ISSAC

— Ce n'est pas Clara, la taupe.

La déclaration de Balthazar résonnait dans la tête d'Issac alors qu'il réfléchissait à ce que cela impliquait. Quand Lucian et le télépathe avaient annoncé qu'ils voulaient avoir une conversation avec lui et Astasiya, il ne savait pas à quoi s'attendre. Avec tout ce qui se passait, la requête aurait pu porter sur n'importe quel sujet. Mais cette affirmation n'avait même pas fait partie de sa liste de possibilités.

Qu'est-ce que ça disait de lui si la femme qu'il avait adorée comme une sœur ne lui était pas venue à l'esprit ?

Que tu as beaucoup de choses en tête, répondit doucement Aya. *Comme nous tous.*

— Comment sais-tu qu'elle n'est pas la taupe ? demanda-t-elle à voix haute.

— Sethios a annulé la contrainte qui l'enveloppait.

Lucian se tenait debout, les bras croisés, son tee-shirt gris s'étirant sur ses biceps prononcés.

Il avait canalisé son chagrin, après la mort d'Aidan, en passant plus d'heures à faire de l'exercice qu'à dormir.

Amelia avait exprimé à Issac son inquiétude sur le fait que son grand frère ne faisait pas son deuil correctement. Il commençait à être d'accord avec elle. Et pas seulement à cause des poches sombres sous les yeux émeraude de Lucian.

— Il a dit que c'était grossièrement fait et soupçonnait qu'Osiris l'avait produite pour que tu t'entraînes à la démanteler, ajouta Balthazar.

— Clara a-t-elle pu nous donner des pistes sur la possible identité de la taupe ? demanda Issac.

Les deux Anciens secouèrent la tête.

— Mais maintenant que nous savons que ce n'était qu'une ruse, nous pouvons l'utiliser à notre avantage, répondit Lucian. Nous l'avons laissée dans sa cellule, mais dans des conditions beaucoup plus confortables. Pour tout le monde, elle est toujours coupable et il est interdit de lui parler.

— Personne n'est au courant, sauf Alik, annonça Balthazar en passant sa main dans ses cheveux noirs pour réparer ce que la brise avait fait à ses mèches savamment désordonnées. On le dira à Jay quand il sera moins préoccupé.

— Ça signifie donc que celui ou celle qui rapportait à Jonathan est toujours parmi nous, dit Aya en fronçant les sourcils. Ou que le coupable a essayé de fuir ?

— Jacque est le seul à ne pas être sur l'île en ce moment, mais il est avec Owen et tes parents dans un lieu gardé secret par Ezekiel, dit Lucian qui n'avait pas l'air d'aimer ça. Sinon, tous les autres sont encore là.

— Qui soupçonnez-vous ? demanda Issac. À l'origine, vous avez insisté pour tester Nadia, Clara et Tristan.

— Nous avons aussi soupçonné Ezekiel. Ash et Jacque ont également été mentionnés.

Le ton de Balthazar était dépourvu d'émotion, ce qui

n'était pas caractéristique du télépathe. Peut-être ne voulait-il pas laisser transparaître son opinion sur le sujet.

Le regard de Lucian se rétrécit.

— Nous savons que ce n'est ni Jacque ni Ash.

— Nous savions aussi que c'était Clara, lui rappela Balthazar. Et finalement, ce n'était pas elle.

Les deux Anciens échangèrent un long regard, la tension palpable entre eux.

Issac s'éclaircit la voix.

— Bon, nous avons commis une erreur. Réparons-la en trouvant le coupable.

— Une putain d'erreur, marmonna Balthazar.

— Et nous passerons les prochaines années ou les prochains siècles à nous réconcilier avec elle, jura Issac. Mais d'abord, nous devons trouver le vrai coupable pour pouvoir aller de l'avant. Pour l'instant, nous sommes coincés dans ce cycle perpétuel de reproches et ce n'est sain pour personne.

— Il a raison, dit Aya dont les yeux verts brillaient de puissance. Ce dont nous avons besoin en ce moment, c'est de pouvoir nous faire confiance, pas de nous pointer du doigt inutilement. Alors, dites-nous qui vous suspectez et on partira de là.

— C'est bien le problème : seuls les membres du cercle restreint étaient au courant de notre test, répondit Lucian, son expression se faisant douloureuse. Quelqu'un a dû orchestrer le fait qu'Osiris contraigne Clara pour qu'elle passe pour une ordure.

Issac réfléchit à cela avant de dire :

— Sauf si elle a toujours été le bouc émissaire. Ça a du sens d'attendre le bon moment pour jouer cette carte. La compulsion d'Osiris n'est pas toujours immédiate. Et maintenant que nous savons qu'il est le créateur des Hydraiens et des Ichoriens, il est possible qu'il ait laissé des filaments de persuasion en chacun de nous, afin de pouvoir tirer les ficelles quand il en a besoin.

— Ce qui veut dire qu'il aurait pu la contraindre il y a des mois ou des années, mais il n'a fait appel à ce filament que récemment, comme tu dis.

Lucian porta sa main à sa mâchoire carrée pour gratter la barbe blonde naissante de son menton.

— Vous croyez que notre vraie taupe est également contrainte ?

— C'est possible, dit Issac. Mais qui que ce soit, il ou elle a dû l'appeler pour lui faire savoir qu'il devait activer son lien avec Clara.

— En fait, ce que j'essaye de comprendre, c'est plutôt la connexion entre Osiris et John, dit Aya. Si Osiris a obligé Clara à servir de bouc émissaire, alors c'est lui qui tire les ficelles de la taupe, pas John. Et si on a raison en disant que cette personne fait partie du cercle restreint, Osiris a par conséquent laissé John mourir.

Les yeux de Lucian prirent cette lueur lointaine qu'ils avaient toujours quand son omniscience se mettait en marche, son esprit travaillant sur les différentes pièces du puzzle pour les arranger en une réponse claire qu'ils pourraient tous entendre.

Pour Issac, ce regard lui rappelait Aidan et la façon dont il avait l'habitude de se perdre dans les connaissances millénaires qu'il gardait en tête, sans jamais oublier un seul détail. C'est pourquoi tout le monde considérait le duo comme omniscient. Ils avaient vécu tellement de choses qu'ils savaient littéralement tout.

— Osiris nous voit tous comme des pions dans une guerre qu'il a l'intention de mener avec les Séraphins, dit lentement l'Ancien. Je n'arrive pas à imaginer qu'il était ravi que Jonathan détruise ses atouts les plus précieux.

— Osiris et Aidan étaient plutôt proches, répondit

Issac, se rappelant tous les moments dont il avait été témoin entre les deux hommes au cours des quelques derniers siècles. Et il aimait bien Anya aussi.

— Et Jonathan a détruit la FHC, ajouta Balthazar. C'est lui qui l'a fait exploser. Je ne peux pas croire qu'Osiris ait apprécié que toutes ses expériences soient anéanties dans le processus.

— Donc John ne lui était plus utile, dit Aya, puis elle ajouta d'une voix douce : Plutôt que d'essayer de le sauver, il nous a laissés retirer la pièce problématique de l'échiquier et a ensuite déclenché la contrainte de Clara afin de lui faire porter le chapeau pour la fuite d'informations.

— Il l'a vue comme un pion idéal, elle ne peut que ressentir les émotions, pas les contrôler, précisa Lucian dont la nature pragmatique reprenait le dessus, son ton n'étant plus irrité, juste neutre et direct. Elle n'était pas indispensable pour lui. Ce qui signifie que sa vraie taupe a beaucoup plus de valeur.

— Jacque est utile, dit Balthazar. Tout comme Ash, Tristan et même Nadia.

— Ce n'est pas Tristan, répondit Issac, confiant. C'est mon meilleur ami.

— Et puis il n'était pas au courant pour le test.

Aya rayonnait de certitude à travers leur lien, confirmant qu'elle était d'accord avec la confiance d'Issac en l'innocence de Tristan. Il passa son bras autour d'elle, la serrant imperceptiblement pour lui montrer sa gratitude. Elle et sa progéniture ne s'appréciaient guère, mais la loyauté d'Aya envers Tristan signifiait beaucoup pour lui.

— Nous sommes donc d'accord pour dire que c'est quelqu'un qui était au courant du test, dit Balthazar.

Lucian hocha la tête.

— Oui. À moins qu'Osiris ait un espion parmi nous qui ne soit pas perceptible par nos sens.

— Grâce à la technologie ? suggéra Aya. Ou tu veux parler d'un Séraphin ?

Issac fronça les sourcils, les questions d'Aya déclenchant un déluge de possibilités dans son esprit.

— Attends... Je pense que tu pourrais être sur quelque chose là.

Il se mit à passer en revue les faits, rassemblant tout ce qu'ils savaient.

Les relevés téléphoniques de Clara indiquaient qu'elle avait parlé à Jonathan à de nombreuses reprises. Cela avait été fait dans le but qu'ils la soupçonnent d'avoir appelé Jonathan pour le prévenir du mariage sur la plage. Ils avaient aussi supposé qu'elle l'avait averti de l'attaque du siège de la FHC. Tout comme elle était censée l'avoir appelé pour l'informer de l'emplacement qu'ils lui avaient donné − un leurre que seule une poignée de personnes connaissaient.

Mais ils avaient tracé tous ces soupçons à travers une unique chose : la technologie.

Son cœur tressaillit.

Il n'y avait qu'une seule personne sur cette île qui avait la capacité de contrôler la technologie. Il se trouvait que cette personne avait également participé à toute la planification, qu'elle était au courant des tests et qu'elle aurait pu fournir les détails à Jonathan pour qu'il agisse.

Seulement, les commentaires d'Aya sur le fait que le coupable travaillait vraiment pour Osiris lui donnaient à réfléchir.

— Nous sommes tous d'accord pour dire que le traître a tout rapporté à Jonathan, comme les détails du mariage et l'assaut imminent du siège de la FHC. Mais nous pensons aussi qu'Osiris n'appréciait pas ce que faisait Jonathan.

Les pièces du puzzle refusaient de s'assembler dans la tête d'Issac.

— La taupe n'a pas pu rendre compte aux deux, car les objectifs destructeurs de Jonathan différaient de ceux d'Osiris.

Ils se turent tous un moment.

Puis Aya rompit le silence.

— Peut-être que John était l'intermédiaire. Il ne me semble pas qu'Osiris soit si facile à contacter. Alors, peut-être que la taupe lui communiquait des informations par le biais de John.

— Et Jonathan a choisi de s'en servir, plutôt que de les transmettre, ajouta Issac. Ce qui lui a valu une condamnation à mort en bonne et due forme.

Lucian et Balthazar grognèrent leur accord.

— Donc, pendant tout ce temps, notre taupe travaillait pour Osiris, mais faisait son rapport par l'intermédiaire de Jonathan, poursuivit Issac. La question est de savoir s'il a été ou non contraint, ou s'il nous a tous trahis pendant des décennies.

— Il ? demanda Lucian en haussant un sourcil.

— Mateo, dit Balthazar. C'est lui qu'il soupçonne.

Issac ne fut que légèrement agacé que le télépathe exprime ses pensées à voix haute. Ils avaient de plus gros problèmes. Surtout si les soupçons d'Issac s'avéraient exacts.

— Il faisait partie du cercle restreint et il a les moyens de tout manipuler. Comme la technologie qui nous entoure. C'est aussi lui qui a fourni les relevés téléphoniques de Clara et c'est lui qui s'occupait des radios à la FHC...

— Celles qui sont tombées en panne, ajouta Balthazar.

— Oui. Et il serait le seul à pouvoir envoyer des infos à Jonathan sans être découvert, puisqu'il gère l'infrastructure technologique de l'île.

Plus Issac y pensait, plus ses soupçons s'intensifiaient.

— Ça expliquerait aussi pourquoi il n'a pas pu accéder aux documents classés secrets de la FHC, murmura Aya. C'était son idée que je retourne là-bas, tu te souviens ? Il voulait que j'accède à l'ordinateur de John.

— Pour que tu acceptes de devenir une Sentinelle.

Issac réprima un juron furieux. Tout devenait clair. Il avait tout orchestré, les guidant dans la direction qui convenait au jeu d'Osiris.

— Osiris était intrigué par toi, le soir du Conclave, poursuivit-il. Il voulait voir quelle personne surnaturelle tu deviendrais. Et donc il t'a conduit à la FHC où Jonathan pouvait te tenir à l'œil.

— Osiris nous a fourni juste assez d'informations pour nous permettre d'avancer, mais à un rythme qu'il nous a imposé.

Une note de respect soulignait les mots de Lucian. En tant que maître stratège, il trouvait tout cela fascinant.

— Où est-il maintenant ? demanda Balthazar.

Les quatre froncèrent les sourcils.

— Je ne l'ai pas vu depuis qu'il a quitté la propriété de Gabriel l'autre jour, dit Issac. Il est avec Nadia dans la maison des Novices, non ?

L'expression de Lucian se durcit.

— Avec Eliza, oui.

Il fit quelques pas sur le chemin, laissant les autres sur la plage derrière lui.

— Attends ! l'appela Aya. Si c'est vraiment la taupe, alors il envoie encore des informations à Osiris. On ne devrait pas utiliser ça à notre avantage ? Il se croit au-dessus de tout soupçon, non ?

Issac et Balthazar échangèrent un regard. L'inquiétude s'afficha sur le front du télépathe. Amelia avait raison. C'était bien pire que ce qu'Issac avait réalisé. Lucian ne faisait jamais rien sans avoir réfléchi à un plan et ce coup-ci, il était clairement sur le point de réagir à l'information sans avoir établi de manœuvres appropriées.

Il voulait juste du sang.

Le sang de *Mateo*.

Heureusement, les mots d'Aya lui redonnèrent la clarté dont il avait besoin pour reconsidérer sa décision irréfléchie.

Le roi d'Hydria se tourna lentement vers eux, son visage dénué d'émotion.

— Comment allons-nous utiliser ça ? demanda-t-il à Aya.

— Je ne sais pas. On pourrait s'en servir pour trouver Osiris ? Ou piéger Osiris ? suggéra-t-elle en fronçant les sourcils. Je... Il doit y avoir un moyen de reprendre l'avantage grâce à cette connaissance.

— Nous pouvons l'utiliser pour donner à Osiris de fausses informations sur nos plans et nos déplacements, proposa Balthazar. Ou nous pouvons attendre qu'une bonne occasion se présente. Quoi qu'il en soit, c'est un avantage que nous n'avions pas auparavant.

Issac hocha la tête.

— Oui. Osiris a toujours eu dix longueurs d'avance sur nous. Peut-être que notre tour est enfin arrivé.

Lucian leur fit face, ses yeux brillaient de savoir et de pouvoir.

— J'ai une idée.

CARO

CARO SE RÉVEILLA dans le noir.

Aucune lumière.

Aucun son.

Aucune vie.

La capsule. Un cri menaçait de s'échapper de sa gorge, mais elle s'efforça de le réprimer. Si elle leur faisait savoir qu'elle était réveillée, ils utiliseraient leurs aptitudes pour la forcer à retourner dans un sommeil durable, à écouter les mantras répétés sur les Séraphins et leur but dans ce monde.

Elle ne voulait pas de ça.

Elle voulait de la chaleur, de l'amour, des *sensations*... Sept ans d'émotions l'avaient détruite. Elle ne serait plus jamais stoïque, trop froide, trop ennuyeuse, trop inanimée.

Elle désirait la chaleur, la passion, la *vie*. Elle avait besoin de respirer, de voler, d'aimer.

Son cœur battait fort dans ses oreilles, se répercutant sur la carapace qui l'entourait. Tout en verre. Une pièce blanche et stérile. Le sous-sol d'une morgue perpétuelle.

Quand les Séraphins l'avaient sortie de l'océan, elle

avait su que c'était son destin. Elle n'avait accepté cela que pour cacher la vérité, une vérité qu'elle avait oubliée grâce à l'aide de Vera.

Cependant, elle se souvenait maintenant de la raison de tout cela.

Astasiya.

Le cœur de Caro s'arrêta de battre. Reconnaître son nom était une bonne chose, mais tous les secrets qu'ils avaient juré de garder se bousculaient également dans son esprit. Même le souvenir de Vera qui les effaçait tous.

Oh, non... ils savent !

Son cœur se remit à battre dans sa poitrine, ses poumons la forcèrent à prendre une bouffée d'air contre son gré. Mais s'ils savaient, alors elle devait lutter. Elle ne pouvait pas les laisser s'emparer d'Astasiya. Pas encore. Ce n'était pas le moment ! Ce n'était pas...

— Caro.

La voix familière lui fit marquer une pause.

Sethios ?

Quelque chose d'acéré toucha sa clavicule.

— Mon ange.

Le tranchant froid glissa sur sa peau.

— Tu te souviens de la dernière fois où nous étions au lit ensemble ? Ce matin-là, tu as pressé un couteau sur ma gorge avant d'embrasser mon corps en descendant vers ma bite.

Des lèvres chaudes arrivèrent sur son oreille, sa voix était douce comme un murmure.

— J'ai promis de te rendre la pareille plus tard dans la journée, mais les choses ne se sont pas passées comme prévu. Dois-je le faire maintenant, ma chérie ?

Son sang s'échauffa à cette perspective et ses mamelons se hérissèrent par instinct.

Ce n'est pas réel, se dit-elle. *C'est un autre tour pour m'apprendre à ne rien ressentir.*

Oh, c'est très réel, murmura Sethios dans sa tête.

— Permets-moi de le prouver, ajouta-t-il à voix haute, la pointe de la lame descendant vers sa poitrine pour faire le tour de son pic raidi.

Elle tressaillit lorsqu'il l'enfonça dans sa peau sensible. L'odeur subtile du fer chatouilla son odorat, confirmant qu'il l'avait fait saigner. Puis sa bouche scella la blessure et la sensation de plaisir et de douleur qu'il provoquait avec sa langue lui arracha un gémissement.

Ses cuisses se resserrèrent, son corps s'éveillant sous cet assaut familier. Elle inspira profondément, son eau de Cologne boisée emplissant ses narines et lui donnant envie de pleurer.

Tu es là, souffla-t-elle. *À moins que...*

Les dents de Sethios s'enfoncèrent dans sa poitrine, la morsure enflammant son sang. Elle se cambra contre lui et ses yeux s'ouvrirent soudain pour révéler l'obscurité qui les entourait.

Mais ce n'était pas l'obscurité de sa capsule.

Ils se trouvaient dans une chambre dont les fenêtres laissaient entrevoir un magnifique ciel nocturne.

Elle essaya de comprendre ce qui l'entourait, de se rappeler comment elle était arrivée ici, mais un mouvement de la bouche de Sethios lui fit à nouveau fermer les yeux et un gémissement s'échappa de ses lèvres. La sensation était si fraîche et nouvelle, et si *naturelle.*

Combien de temps avait-elle passé sans cela ? Sans lui ? Ses souvenirs étaient des fragments bruts et brisés qui dessinaient des déchirures dans son cœur.

Non.

Elle ne voulait pas penser à eux en ce moment.

Elle était ici, avec Sethios, au lit, et celui-ci buvait

l'essence de ses veines et envoyait des vagues de chaleur renouvelée dans toutes les fibres de son être. Oui, c'était plus important. C'était lui qui comptait le plus. Cette félicité, cette étreinte, cette expérience.

— Embrasse-moi, le supplia-t-elle. J'ai envie que tu...

Il la fit taire avec sa langue, sa bouche exigeante et vraie, et c'était exactement ce dont elle avait besoin.

La menthe poivrée envahit ses sens, suivie de son odeur boisée.

Le pin, songea-t-elle. *Non, le cèdre. Peut-être les deux.*

Ça n'avait aucune importance.

C'était *lui*, son Sethios, son amour. Son homme impossible, qui la rendait furieuse et l'enchantait dans un même souffle.

Il était son ancre, lui permettait de se sentir vivante, créait l'air dans ses poumons et forçait son cœur à battre.

Elle enroula ses bras autour de son cou, le retenant contre elle alors qu'il s'installait fermement entre ses cuisses. Ils étaient tous les deux nus, excités, entièrement consumés par la flamme qui se ravivait entre eux.

Cela faisait si longtemps. Trop longtemps. Une éternité.

Son corps avait besoin de lui.

Son âme mourait d'envie de se reconnecter.

J'ai besoin de toi, lui dit-elle. *J'ai besoin de nous.*

Mais il ne lui donna pas ce qu'elle désirait. Au lieu de cela, il interrompit leur baiser et se mit à descendre le long de son corps, le couteau toujours dans la main alors qu'il faisait glisser la pointe acérée contre son sternum, créant un chemin que sa langue suivait.

Pas de sang, juste une fine ligne rouge. Cela picotait, mais sa bouche embrassait cette sensation.

C'était bien un truc de Sethios. Elle attrapa sa chevelure noire, ses doigts glissèrent dans les mèches pour tenter de le ramener vers elle. Il sourit contre son bas-ventre, puis murmura dans son esprit : *Libère-moi*.

Elle obéit, parce qu'il ne lui laissait pas le choix, et lâcha un grognement en réponse.

— Hmm, cette flamme m'a manqué, dit-il, ses lèvres caressant son monticule jusqu'au sommet entre ses cuisses. Presque autant que tout ça m'a manqué.

Sa langue ouvrit ses plis et lui arracha un petit cri de surprise.

Puis il lui rappela ce qu'il pouvait faire avec sa bouche.

C'était l'homme qui l'avait tentée et fait déchoir. Il l'avait forcée à ressentir les choses, à aimer, à *prendre du plaisir*. C'étaient des sensations que les Séraphins n'étaient pas censés valoriser. Le processus de réformation avait énoncé que cet acte n'était pas pragmatique et ne valait pas la peine d'être recherché.

Eh bien, ça en valait certainement la peine à cet instant.

L'électricité bourdonnait sur sa peau, hérissant tous les poils de ses bras. Tout son corps vibrait. Son estomac se resserrait. Ses orteils se recroquevillaient. Son corps tremblait. De ses lèvres sortirent des mots, une supplication qu'elle ne reconnut pas, et Sethios la mordit.

Elle explosa dans un cri, l'extase inondant chaque parcelle de son être et brisant son emprise sur la réalité. Elle brûlait. Elle frémissait. Elle percevait des *sensations*.

Oh, quel sentiment magnifique !

Elle avait passé trop de temps dans une capsule sans tout cela, vainement contrainte à écouter des mantras stoïques en boucle dans son esprit.

Mais ça... c'était réel. C'était florissant. C'était ça... d'exister.

Le goût de sa propre félicité se déposa sur sa langue alors que Sethios l'embrassait, la forçant à accueillir le plaisir qu'il venait d'imposer à son esprit. Elle accepta le baiser, le lui rendit et l'entoura de ses bras comme elle l'avait fait auparavant.

Il le lui permit.

Il s'installa entre ses jambes et s'avança pour unir leurs formes en une seule.

Cela lui fit mal, son corps n'étant plus habitué à accepter le sien, mais elle accueillit cette douce douleur, chaque mouvement des hanches de Sethios lui rappelant ce qu'ils étaient l'un pour l'autre. Une unité. Indissociable.

C'était son Sethios, celui qui lui avait appris à vraiment voler et qui lui rendait ses ailes une fois de plus. La liberté avait un goût et c'était celui-là.

Il l'avait enfin retrouvée.

Il l'avait ramenée au monde des sensations, du ravissement et de la vraie survie. Elle le remercia avec ses hanches, répondant à son rythme dans un accouplement brutal renforcé par l'adoration et le respect mutuel.

Elle ne voulait jamais plus que ça s'arrête.

Seulement, la passion en elle atteignait à nouveau un point d'ébullition, enflammant son sang et provoquant des tremblements plus violents dans son corps déjà convulsif.

— Sethios, souffla-t-elle en enfouissant son visage dans son cou.

— Mords-moi, dit-il sans la contrainte habituelle dans ses mots.

Il voulait qu'elle en fasse le choix, qu'elle ravive leur lien, qu'elle alimente le brasier qui couvait déjà entre eux.

C'était pour la réaccueillir dans la réalité. Sa façon à lui de s'assurer qu'elle savait que tout cela se passait dans la vraie vie, et pas seulement dans sa tête. Il voulait qu'elle sente le déclic de leur connexion, qu'elle expérimente le pouvoir qui se cachait dans son sang.

Elle accepta le défi, ses incisives perçant la peau de Sethios pour boire l'ambroisie de ses veines.

Il poussa un grognement, le va-et-vient de ses hanches s'accéléra, devint plus rude, plus *violent*.

Elle ressentit son besoin, la rage qu'il avait refoulée de ne pas l'avoir eue toutes ces années et l'accumulation intense de son désir après trop de temps passé sans elle.

Des souvenirs se répandirent à travers leur connexion, des souvenirs de tourments et de douleur, où Osiris avait testé les limites de leur relation. Les visions lui faisaient physiquement mal, la faisant grimacer devant la torture qu'il avait endurée et l'angoisse des épreuves qu'il avait affrontées.

— Ne fais pas ça, chuchota Sethios. Ne fais pas ça, Caro.

— Ce n'est pas moi, répondit-elle doucement, son rythme ralentissant alors que les événements continuaient à se dérouler entre eux.

Il enfouit son visage dans sa gorge, son corps tremblant sous l'assaut d'une exquise agonie.

Son père avait essayé de le forcer à copuler avec d'autres femmes, mais il n'avait pas pu s'y plier. Même lorsqu'il y était contraint, son corps ne fonctionnait pas, ce qui créait la pire des souffrances pour Sethios.

Il avait méprisé le filament qui l'empêchait de forniquer. Pour ensuite être autorisé à se souvenir d'elle pendant un atroce moment où il se détestait tellement plus qu'il n'aurait jamais pu la détester, parce qu'il ne pouvait pas croire qu'il l'avait oubliée si facilement.

Et puis Osiris lui ôtait à nouveau tout pour recommencer.

Elle ressentait tout cela, voyait chacun de ces horribles moments se dérouler entre eux, la souffrance de Sethios devenant une force palpable qui menaçait de les détruire tous les deux.

Son cœur se brisa devant les épreuves qu'il avait endurées. Mais il récupéra quand elle fit l'expérience de son amour et de son adoration. Elle comprit que ce n'était pas lui qui avait fait ces choses, c'était Osiris.

— Ne le laisse pas exister entre nous, dit-elle en passant ses doigts dans les cheveux de Sethios pour l'éloigner de son cou.

Des larmes brillaient dans ses yeux verts, son purgatoire représentant un coup de fouet pour ses sens.

— Je te pardonne, Sethios.

— Tu ne devrais pas.

— Mais ce n'était pas toi, souligna-t-elle en prenant son visage entre ses mains. Je refuse de lui permettre d'altérer notre lien. Si je peux sortir de la réformation et continuer à t'aimer, alors tu peux échapper à cette boucle du passé et te rappeler comment m'aimer.

Elle remua ses hanches sous lui pour prouver qu'elle avait raison. Il bandait toujours en elle, son corps enragé par le besoin de s'accoupler et de détruire.

Cela faisait si longtemps. Il avait passé toutes ces années sans aucune forme de plaisir, vivant dans un perpétuel état d'agonie qu'il n'avait pas pleinement ressenti jusqu'à cet instant. C'était provoqué par leur lien ravivé et par son âme qui avouait tout à la sienne dans un tourbillon de minutes.

Elle en absorbait le poids, lui rendant la pareille en le bombardant de ses propres souvenirs. Sauf que les siens étaient tous isolés dans une boîte. Elle ne s'était noyée que quelques heures avant que sa mère ne la trouve.

Et puis Vera avait altéré l'esprit de Caro, démolissant toutes ses connexions, abâtardissant ses liens familiaux avec de violentes séquences en boucle.

Tout s'était dénoué à son arrivée ici, quel que soit l'endroit où ils se trouvaient, entourés par l'obscurité et la neige. Peu lui importait de savoir où il l'avait emmenée, seul comptait le fait qu'elle était avec lui, qu'ils avaient survécu et qu'ils étaient enfin réunis.

— Rappelle-moi qui nous sommes l'un pour l'autre, Sethios, chuchota-t-elle. Oublie le passé. Oublie la douleur. Oublie tout ça. Existe juste avec moi. Apprends-moi à ressentir les choses, comme tu l'as fait la première fois. Fais-moi savourer tout.

Il l'avait déjà éblouie une fois depuis leur réveil, mais elle savait qu'il pouvait faire mieux. Avec le sang de Sethios qui coulait dans ses veines, les résultats auraient l'effet d'un cataclysme et c'était exactement ce dont ils avaient tous deux besoin pour survivre.

— Prends-moi, Sethios.

— Mon ange, souffla-t-il, ses lèvres passant de sa joue à son cou.

Il l'adorait avec sa bouche, son toucher léger comme une plume contre sa peau. Elle n'avait aucune idée d'où était passé le couteau, perdu quelque part entre les draps, mais si elle le trouvait, elle ferait couler le sang.

— Encore, exigea-t-elle.

— Patience, répondit-il.

Sa gorge vibra d'agacement. Elle avait été patiente pendant bien trop longtemps.

— Non.

Elle enroula ses jambes autour de sa taille, ses cuisses l'enserrant dans une prise mortelle.

— Baise-moi.

Ces deux mots dans sa bouche avaient toujours excité Sethios.

Sa bite palpitait en elle, son corps frémissant en réponse.

— *Caro.*

— Baise-moi. Tout de suite.

— Qui t'a appris ces vilains mots ? lui dit-il à l'oreille. Je croyais que tu préférais *faire l'amour.*

— Je te préfère *toi*, rétorqua-t-elle. Arrête de tourner autour du pot et donne-moi ta bite, Sethios. Fais en sorte que ça fasse mal. Fais-moi saigner. Fais-moi *tienne.*

— Bon sang, Caro ! chuchota-t-il, en frissonnant de nouveau. Tu n'as pas l'air d'un Séraphin qui a besoin d'apprendre à ressentir les choses, mon cœur.

Il se glissa quasiment hors d'elle et revint, la faisant crier de surprise et de plaisir.

— C'est comme si quelqu'un t'avait déjà donné une leçon d'extase.

— Plusieurs, gémit-elle. Mais j'en ai besoin de plus.

Il répéta l'action de sortir jusqu'au bout et de revenir en force en elle.

— Tu es accro à moi, mon ange ?

— Oui, siffla-t-elle, se cambrant contre lui. Tu es à moi.

— J'espère bien, approuva-t-il, sa bouche trouvant la sienne et les faisant taire tous les deux alors que son corps se remettait à remuer.

Leur danse était destinée aux étoiles, créant une nouvelle histoire renforcée par la survie, le sang et l'affection interdite.

Caro lui permettait de chasser les pensées réformatoires de son esprit qui se réjouissait de la connexion qui se réverbérait entre eux.

Elle sentit fondre sa culpabilité et son chagrin, remplacés par une envie de les rassasier tous les deux. Son cœur battait avec le sien. Ses respirations se mêlaient aux siennes. Son âme épousait la sienne.

Les larmes lui piquaient les yeux devant la beauté de

tout cela, le tourment ravageur qui les envahissait et les forçait à prendre un nouveau départ. Elle renonça à tenter d'assimiler le tout et se laissa consumer.

Sethios l'embrassa.

Elle lui rendit son baiser.

Son corps se mouvait, tout comme le sien.

C'était un accouplement intemporel, une union renforcée par les émotions les plus pures, et elle se délectait de tout cela.

Il chuchota dans son esprit, lui disant combien cela lui avait manqué, lui rappelant leur amour et lui promettant un avenir d'éternité. Elle lui rendit ses paroles, les joues baignées par les pleurs, le corps tendu par la libération imminente.

Les picotements parcouraient tout son être.

Elle se volatilisa, reprit sa forme corporelle, se volatilisa à nouveau.

Sethios sourit contre son cou, puis la mordit encore. Elle cria, ses mamelons tendus et fermes contre son torse musclé.

— Encore, le supplia-t-elle. Donne-m'en encore.

Il ne se retint pas, libérant sur elle toute sa puissance, toute sa fureur et ses besoins refoulés, toutes ses émotions brisées et son amour.

Elle s'accrocha à lui, ses ongles s'enfonçant dans ses épaules, se cramponnant alors qu'il la ravageait jusqu'à l'achèvement total qui lui ôta le souffle de ses poumons. Son nom fut émis en silence dans l'air, son oxygène épuisé par la force de ses poussées, son essence suffoquant sous l'assaut de son exquise torture.

Il la suivit au bord de l'extase avec de violents frissons, tirant encore plus de plaisir de son corps déjà rassasié.

Cela semblait durer éternellement, la marée euphorique les portant au large et refusant de les relâcher.

Elle serait heureuse de se noyer à nouveau si c'était ce qu'elle ressentirait. L'épuisement la fit retomber, la plongeant dans un sommeil béat, baignée par la chaleur de Sethios et le rappel de ce qu'ils étaient l'un pour l'autre.

À ce moment-là, rien d'autre ne comptait.

Seul le fait qu'ils existaient.

Ensemble.

À tout jamais.

Demain, ils affronteraient leur avenir. Pour l'instant, ils se contenteraient... d'être.

GABRIEL

GABRIEL ÉTIRA ses ailes et fit rouler ses épaules, le corps endolori par le fait d'avoir dormi dans la même position trop longtemps. Lorsque Vera en eut fini avec l'esprit de Caro, elle s'était attaquée au sien et cela lui avait laissé un sacré mal de tête.

Il ne voulait plus jamais que quelqu'un modifie son cerveau.

Au moins, c'était fini. En supposant en fait que Vera n'avait pas caché d'autres petites pépites pour plus tard.

Gabriel se renfrogna à cette idée, puis fronça encore plus les sourcils en réalisant qu'il venait d'exprimer son agacement sur son visage. Étrange. Le reste des aptitudes émotionnelles de Clara avaient disparu pendant qu'il dormait. Alors pourquoi ses lèvres bougeaient-elles d'une façon aussi insolite ?

Il les maîtrisa, mais son front se fronça juste ensuite.

Stop ! s'ordonna-t-il à lui-même.

Son front refusa d'obéir et ses satanées lèvres se contractèrent à nouveau vers le bas.

— Bordel ! marmonna-t-il en se frottant le visage.

— Tu les entends aussi ? demanda Owen en descendant les escaliers.

Jacque le retrouva en bas, après s'être téléporté de l'étage. Les deux hommes étaient fraîchement rasés et douchés, et un étrange éclat émanait d'eux.

Ils sont heureux, traduisit Gabriel. *Attends, pourquoi est-ce que je reconnais ça ?*

— Je serais aussi grincheux si j'entendais ma mère se faire baiser comme ça, dit Owen en hochant la tête comme s'il compatissait avec lui.

— Quoi ? demanda Gabriel.

Puis il secoua la tête. Non, il s'en fichait. Rien de tout cela n'avait d'importance. Il devait parler à Skye.

— Où sont Ezekiel et Skye ?

— Elle fait un bonhomme de neige dehors, répondit Jacque. Ezekiel lui donne un coup de main.

Il lança un regard à Owen et les deux hommes sourirent comme des fous.

— Tu as envoyé les photos à Jay, hein ?

— Ouaip, confirma Jacque en finissant le mot par un claquement de lèvres. Je me suis dit qu'il aurait bien besoin de sourire avec tout ça.

— Un Ezekiel servile, dit Owen avec un sifflement. Je n'aurais jamais cru voir ça un jour.

Gabriel leur fit signe de débarrasser le plancher, agacé par leur conversation frivole. Il devait interroger Skye sur ses origines, puis partir. Pour aller où ? Il ne le savait pas encore. Mais dans un endroit privé. Tous ces liens, cette consommation de sang et tout ce travail en général l'avaient fondamentalement altéré et il voulait retrouver son état antérieur.

Il enfila ses bottes et sortit de la maison pour trouver Skye en train de danser autour de son bonhomme de neige, tandis que de nouvelles rafales blanches tombaient du ciel éclairé par la lune. Gabriel n'avait aucune idée de l'heure, sa sieste ayant duré plus longtemps que prévu.

Comme le couple à l'extérieur ne l'avait pas remarqué, il annonça sa présence en posant la question qui lui titillait l'esprit depuis un moment.

— Où est allée Vera ?

— Elle a parlé de faire ses bagages, répondit Ezekiel sans le regarder. Je crois qu'elle retourne à Hydria.

C'était logique. Elle avait joué un jeu dangereux en modifiant tous leurs esprits pour cacher son implication. Maintenant qu'elle leur avait rendu leurs souvenirs, il était plus que probable que le Conseil le découvrirait. Une fois qu'ils l'auraient fait, ils verraient qu'elle ne faisait plus preuve de loyauté envers eux, mais envers Stas, et elle serait excommuniée.

Ou pire, songea-t-il en observant Skye.

Le regard bleu de cette dernière se fixa sur lui une demi-seconde plus tard, ses cils noirs retombant quand elle cligna des yeux.

— Oh ! Oui, il est l'heure de parler.

— L'heure de parler de quoi, ma chérie ? s'enquit Ezekiel, son ton doux empli d'indulgence et de vénération.

Comment se fait-il que je remarque les inflexions dans les voix maintenant ? se demanda Gabriel, irrité par ce changement.

Il ne voulait pas s'apercevoir de telles choses. Sauf si elles pouvaient avoir une quelconque utilité. Il se mit à considérer cette perspective, mais fut interrompu par Skye.

— Des ailes que je n'ai plus, dit-elle d'une voix chantante qui s'accordait à son regard rêveur contemplant la nuit noire. Je rêve parfois d'elles.

Elle pivota sur elle-même, les yeux fermés, et soupira.

— Pour moi, la liberté comptait plus que mes ailes.

— Le Conseil m'a dit qu'il te les avait ôtées en châtiment. Je ne pensais pas que c'était possible.

— Il y a beaucoup de choses qu'ils ne disent pas, répondit-elle doucement, son regard saphir se posant sur lui. Tu crois qu'ils travaillent avec les Devins, qu'ils nous séquestrent loin des autres pour nous protéger.

Elle lui adressa un sourire, mais il contenait une once de tristesse.

— Est-ce considéré comme un partenariat lorsqu'on ne peut pas choisir qui l'on sert ?

Gabriel médita cela un instant.

— Non, ce n'en est pas un, répondit-il avant de regarder Ezekiel. Savais-tu qu'elle était un Séraphin ?

L'assassin aux cheveux longs haussa une épaule, le mouvement faisant grincer sa sempiternelle veste en cuir.

— Je savais qu'elle venait de votre monde et qu'elle n'était pas ichorienne.

— Et tu n'as jamais pensé à le dire ?

— Je lui ai demandé de ne pas le faire, intervint Skye. Ce n'était pas encore le moment. Mais finalement, tu le sais et nous allons vraiment pouvoir commencer.

— Commencer quoi ? demanda Gabriel, ses sourcils se crispant contre une envie pressante de les hausser.

Il ignora la sensation et garda une expression désintéressée.

— L'avenir, bien sûr.

Elle s'approcha de son bonhomme de neige pour redresser légèrement la carotte du nez.

— Maintenant, c'est parfait. Rentrons, Ezekiel. Je commence à frissonner.

Il retira sa veste pour envelopper les épaules de Skye, puis la conduisit vers la porte d'entrée. Gabriel les suivit, parce qu'il ne savait pas quoi faire d'autre.

— Que nous réserve l'avenir ? demanda-t-il, cherchant à en apprendre plus.

— Le changement, dit-elle seulement avant de secouer la neige de ses mèches noires et de se précipiter vers le feu.

Ezekiel la regardait avec un sourire indulgent. Gabriel eut alors l'envie de le gifler pour lui remettre un peu de plomb dans la tête. Il était trop occupé à se pâmer devant la fille pour l'aider à clarifier ses déclarations cryptiques.

Comment avait-elle pu subjuguer un homme aussi redoutable ? Gabriel ne le comprendrait jamais. Il ne permettrait jamais à une femme de le tenir en laisse de cette façon. Ça n'avait aucun but pratique. Et il chérissait son indépendance.

Il aimait aussi contrôler ses sens et ses émotions. Ça l'aidait à se concentrer sur ce qui était important, comme découvrir ce que Skye entendait par « changement ».

— Quel genre de changement ? demanda-t-il alors qu'elle se penchait pour s'occuper du feu qui brasillait dans le salon.

Owen et Jacque avaient dû se téléporter quelque part ou sortir par la porte arrière de la maison, car ils n'étaient plus là. Gabriel aurait à les mettre au parfum à leur retour. Tout comme sa mère et Sethios, qui étaient encore à l'étage.

— Un changement nécessaire, répondit Skye en se redressant et en s'enveloppant plus étroitement dans la veste d'Ezekiel. Nous avons été contrôlés pendant si longtemps. Il est temps que chacun puisse choisir sa propre liberté.

Elle lui fit face et son regard était beaucoup moins vague que d'habitude.

— T'ont-ils dit pour quelle raison j'ai été punie ? Pourquoi ils m'ont enlevé mes ailes ?

— Non.

Elle hocha la tête.

— Il y avait deux destinées ; je n'étais pas sûre de la

voie que tu prendrais. Tu as choisi ta mère plutôt que ton père. Un choix judicieux.

Il n'avait pas besoin de sa confirmation pour savoir qu'il avait pris la bonne décision, mais il inclina néanmoins son menton.

— Pourquoi t'ont-ils ôté tes ailes ?

— Parce que je ne me suis pas conformée, répondit-elle. Ils regroupent les Devins en différents cercles pour prédire certains résultats. J'ai refusé de me concentrer sur celui qui m'était assigné. Mes ailes m'ont donc été retirées. Mais ce qu'ils n'ont pas réalisé, c'est que j'ai choisi ma voie dans un but précis. Les Devins sans ailes sont peu surveillés, puisqu'ils ne peuvent pas se volatiliser. J'ai utilisé ça à mon avantage pour m'enfuir.

Les coins de sa bouche tombèrent et ses yeux bleus se tournèrent vers Ezekiel.

— Malheureusement, le destin que j'ai choisi a été modifié quand Osiris a appris cette évasion sans précédent. Et je me suis donc retrouvée en captivité.

Elle haussa alors les épaules, comme si ce coup du sort ne l'ennuyait pas.

— Je serai libre. Un jour.

— Tu es désormais libre, insista Ezekiel.

Elle le regarda en clignant des yeux.

— Vraiment ?

— Est-ce que tu sous-entends que je te garde ici contre ton gré ? rétorqua-t-il.

Elle le considéra pendant un moment, puis haussa à nouveau les épaules.

— Tu veux me protéger. Je comprends et j'apprécie cette protection.

— Si tu souhaites aller ailleurs, tu peux, dit-il en s'avançant pour poser sa main sur sa joue. Je t'emmènerai où tu veux, Skye. Dis-moi juste où tu souhaites vivre.

Gabriel soupçonnait qu'elle aurait préféré être loin de lui et de la laisse qui allait avec le fait de le connaître. Il avait été la cause de son emprisonnement avec Osiris. Peut-être pas par choix, mais tout ceci était lié à l'obsession d'Ezekiel pour elle.

— J'aime la neige, dit-elle doucement en se confortant à son contact. C'est froid. Je ressens parfois ça.

Leur dynamique troubla Gabriel. Un instant, il aurait juré que la femme détestait Ezekiel. Celui d'après, elle le regardait, comme maintenant, avec une telle gratitude et une telle affection dans le regard qu'il comprenait presque comment elle avait fait fondre le cœur glacé de l'assassin.

Quel effet ça ferait d'avoir quelqu'un qui me regarde comme ça ? se demanda distraitement Gabriel.

Puis, l'idée même lui fit froncer les sourcils. Et il se renfrogna encore plus en constatant qu'il était en train de *froncer les sourcils.*

Le pouvoir de Clara l'avait ensorcelé, forçant des sensations qu'il ne voulait pas ressentir à croître en lui.

Il ne souhaitait pas qu'on le regarde comme ça. Il ne désirait personne. Il était bien tout seul. Satisfait, même. *Content.*

Un grognement menaçait de se loger dans sa gorge, son agacement face à cette conversation idiote suffisant à le rendre fou. Ce qui le contrariait encore plus, puisqu'il n'était pas censé ressentir quoi que ce soit. Rien de tout cela. Plus maintenant. Il ne possédait plus les aptitudes émotionnelles de Clara, mais tout ce qui l'entourait semblait prendre vie sous une nouvelle lumière. Il remarquait des gestes et des non-dits qu'il aurait préféré ignorer.

Comme la façon dont Ezekiel souriait de manière énigmatique à Skye.

Ou dont elle semblait plonger dans son regard et lui rendre son sourire.

Ou dont leurs corps gravitaient l'un vers l'autre comme s'ils étaient attirés par une mystérieuse inclination divine.

Gabriel secoua la tête et leur tourna le dos pour s'éloigner. Il n'avait nulle part où aller, mis à part sur le canapé. Ou peut-être qu'il pouvait se volatiliser jusqu'à Hydria pour un moment. Trouver Clara. Exiger des réponses.

Ses yeux se plissèrent. Oui. Oui, c'est ce que...

Skye prit une brutale inspiration, la violence du son le tirant de ses pensées et le forçant à leur faire face une fois de plus. Elle tenait Ezekiel d'une poigne mortelle, ses jointures blanchies contre le tissu de sa chemise alors qu'elle se cramponnait à lui. Ses yeux bleus étaient devenus blancs et sa tête était inclinée vers l'arrière selon un angle étrange.

Ezekiel la tenait fermement, une main toujours contre sa joue, l'autre sur sa hanche. Sans rien dire, il la regardait avec une expression circonspecte.

Puis elle se mit à parler, son ton étrangement égal et dépourvu de la douceur qui caressait habituellement sa voix.

— Le Séraphin de la Résurrection a créé une nouvelle vie. De la puissance. Du sang. Une combinaison d'aptitudes comme ce monde n'en a jamais vu. La fille d'un être suprême et d'une de ses abominations. Avec elle, il en créera d'autres. Et d'autres. Et d'autres...

Ezekiel croisa le regard de Gabriel au moment où Skye sortit du songe, une inspiration brusque se répercutant autour d'eux.

— Le Conseil supérieur des Séraphins est au courant, souffla-t-elle d'une voix rauque. Ils vont la tuer, Ezekiel. Ils vont tuer le bébé !

Gabriel sortit son téléphone et appela Leela. Elle répondit à la première sonnerie :

— Comment va Caro ?

— Le Conseil supérieur des Séraphins est au courant pour l'enfant de Lizzie. Ils arrivent.

— Quoi ? répondit-elle. Comment ont-ils pu... ?

La ligne fut coupée.

CARO

CARO FIT GLISSER la lame sur la hanche de Sethios et incisa facilement sa peau pour laisser une traînée de sang qu'elle suivit avec sa langue.

Il avait si bon goût. Comme si elle était de retour chez elle. Elle se laissa aller à la saveur, les souvenirs des sept courtes années passées ensemble flottant dans son esprit comme une vague chaleureuse.

— Je vois que tu as trouvé le couteau, dit-il d'un air songeur, son regard vert empli de désir croisant le sien.

— Tu l'as mis dans la taie d'oreiller, répondit-elle. Ça signifie que tu voulais que je le trouve.

Sinon, il l'aurait caché plus soigneusement.

Il sourit.

— Tu l'as pris à Ezekiel, donc tu le mérites plus que moi.

Oui. L'esprit de Caro avait retenu une version des événements qui avait dépeint Ezekiel sous un jour horrible. Elle avait donc réagi en conséquence et la confusion de Gabriel, qui l'avait emmenée chez cet homme dont elle pensait qu'il les avait tous trahis, l'avait entièrement submergée. Elle en avait tiré plusieurs conclusions et l'une d'elles impliquait que Sethios était une sorte de mirage.

Heureusement, tous ses souvenirs étaient à nouveau en bon ordre, ce qui la rassurait pour la première fois depuis des siècles. Cela ne faisait que dix-huit ans, d'après Sethios. Pourtant, cela lui avait semblé beaucoup plus long.

Elle embrassa sa hanche, puis lécha le filet de sang qu'elle avait créé avec la lame. Le sexe de Sethios se mit à palpiter en réponse, ce qui la fit sourire.

— C'est la raison pour laquelle tu voulais que je trouve le couteau.

— Entre autres, admit-il, ses doigts se glissant dans ses mèches emmêlées. Bon sang, sentir ta bouche sur moi m'a manqué, Caro.

Un fourmillement la traversa, à cause du besoin dans sa voix. Il venait de lui faire un troisième cunnilingus — c'était à ce moment-là qu'elle avait trouvé le couteau — et pourtant, son corps reprenait vie une fois de plus.

Il la rendait insatiable.

Et elle voulait vraiment lui retourner la faveur.

Elle fit passer la lame sur son bas-ventre, suffisamment fort pour le faire saigner. Cela le fit tressaillir et gémir, son emprise sur ses cheveux se resserra tandis qu'elle faisait glisser sa langue le long de l'égratignure.

Encore, grogna-t-il dans son esprit.

Contrains-moi, dit-elle, voulant sentir son pouvoir l'envelopper dans cette caresse intime que lui seul pouvait lui donner.

— Suce ma bite, Caro, exigea-t-il.

Son franc-parler la fit sourire, appréciant le fait qu'il ne perdait pas de temps avec des mots inutiles. Il savait ce qu'il voulait et l'obtenait. C'était toujours le cas avec Sethios. Et elle lui donnait avec plaisir ce qu'il désirait, ses lèvres s'enroulant autour de son épais gland et glissant aussi loin que sa bouche le permettait.

Celle de Sethios laissa échapper un son guttural, son corps pris d'un spasme sous l'assaut de la jouissance que sa langue procurait à sa queue. Elle l'effleura de ses dents, faisant sortir un sifflement de ses lèvres.

— Putain, marmonna-t-il en se cambrant vers elle.

Elle répéta le mouvement, sachant qu'il aimait le danger de sa potentielle morsure. C'était un jeu entre eux, une âpre danse sensuelle mêlée à l'imprévisible. Il lui avait dit une fois qu'il voulait qu'elle le suce, juste pour voir si elle le mordrait.

Et c'est ce qu'elle avait fait.

Fréquemment.

Mais pas aujourd'hui. Elle avait bien trop envie de le sentir se décharger dans sa bouche pour prolonger son tourment sexuel.

Et il lui avait ordonné de le sucer, ses mots renforcés par une saine dose de persuasion qui avait obligé ses joues à se resserrer autour de lui. Elle se délectait de l'énergie qui coulait dans ses veines, du besoin qui pulsait contre sa langue et de la connexion qui se développait entre elle et Sethios.

C'était la perfection.

Cela la rendait vivante.

Cela lui fournissait le passé dont elle avait besoin pour s'ancrer dans le présent.

Elle posa le couteau sur le matelas à côté d'eux et fit glisser ses ongles le long de ses cuisses, désirant le marquer et rappeler au monde qu'il était à elle.

Il lâcha un juron et tira sur ses cheveux, ses hanches se soulevant et la forçant à le prendre plus profondément. Elle ronronna en signe d'approbation lorsqu'il lui montra son côté dominateur, sa gorge faisant de son mieux pour accepter ses poussées alors qu'elle continuait à l'avaler.

— Tu me détruis, mon ange.

Ses mots étaient rauques et empreints de souffrance, son corps tremblant violemment sous elle, son esprit se perdant dans les soins qu'elle lui prodiguait.

Elle aimait l'énergie chaude qui coulait dans ses veines, le fait de savoir que, même s'il l'obligeait à lui donner du plaisir, c'était elle qui commandait. Parce qu'elle en contrôlait le rythme. Sa bouche décidait de l'intensité. Sa langue choisissait la façon de le caresser. Et ses dents dictaient la force avec laquelle elle mordait sa peau sensible.

Il eut une secousse quand elle serra un peu plus fort, puis gémit lorsqu'elle aspira la douleur.

Il était proche. Elle pouvait le sentir dans la façon dont il vibrait dans sa bouche, et aussi à travers leur lien. Il respirait moins fort, ses jambes musclées se tendaient sous ses doigts.

— Avale.

Ce fut tout ce qu'il dit au moment où il éjacula sur sa langue.

Il n'y avait aucune contrainte dans ce seul mot, mais elle l'engloutit parce qu'elle n'avait pas d'autre choix. Elle en avait besoin autant qu'il en avait envie, son sexe laissant une saveur exquise propre à Sethios.

Chaude. Sexy. Masculine.

Oh, le pouvoir de cette position lui avait manqué, la façon dont il s'abandonnait entièrement à elle à chaque poussée de ses hanches. Elle le possédait complètement. Tout comme il la possédait. Et c'était un échange de pouvoir absolument étonnant, qui la remplissait d'une vitalité et d'une joie renouvelées.

Elle profita de l'instant, léchant Sethios jusqu'à la

dernière goutte, jusqu'à ce qu'il soit rassasié sous elle. Puis elle rampa sur lui pour chevaucher ses hanches, son sexe chaud exactement là où il devait être.

Il lui adressa un sourire paresseux.

— Tu as l'air bien contente de toi, mon ange.

— C'est le cas.

Il gloussa, puis attrapa ses hanches et la fit rouler sous lui sur le lit.

— J'en ai encore plus en moi, murmura-t-il contre ses lèvres. Je pense que ça devrait nous occuper une autre décennie.

Il l'embrassa avec une intensité qui lui coupa le souffle, avant de grogner lorsque quelqu'un frappa à la porte.

— Allez vous faire foutre ! dit-il en guise de salutation.

Elle aurait pu le sermonner pour son impolitesse, mais elle ressentait la même chose.

— Le Conseil est au courant de la grossesse d'Elizabeth, répondit Ezekiel à travers la porte. Et elle a disparu.

Sethios se figea au-dessus de Caro, ce qui lui fit froncer les sourcils.

— Qui est Elizabeth ? demanda-t-elle alors que son cœur recevait une secousse électrique. Et pourquoi est-elle enceinte ?

Elle avait ressenti la douleur de Sethios face à ce que son père lui avait fait, le fait qu'il avait tenté de le contraindre à copuler alors que son corps s'y refusait. Mais si...

— C'est la meilleure amie de notre fille, dit-il pour couper court à ses inquiétudes. Elle porte l'enfant de Jedrick, pas le mien.

Ces trois derniers mots furent grognés à son intention.

— Osiris n'a jamais réussi. Il ne le pouvait pas. J'ai toujours été et serai toujours à toi.

Il ponctua cette déclaration d'un baiser qui la laissa haletante, ses iris emplis de désir ayant une intensité qui guérit aussitôt son cœur.

Jusqu'à ce que toutes ses paroles soient assimilées.

— Qui est Jedrick ?

— Un Ancien d'Hydria. En fait, il se fait désormais appeler Jayson, mais je le connais sous le nom de Jedrick.

Elle fronça les sourcils.

— Et il a... procréé ?

— Oui, avec un Séraphin génétiquement modifié. Mon père a créé cette femme pour l'aider à enfanter mes remplaçants. Apparemment, je l'ai déçu en tant que fils, dit Sethios en se roulant sur le lit pour aller ouvrir la porte.

Alors qu'elle remontait rapidement les draps pour couvrir sa poitrine, il se retrouva complètement nu devant Ezekiel, ce qui lui était égal.

— Depuis combien de temps a-t-elle disparu ?

— À peu près trente minutes, répondit Ezekiel.

Il semblait peu gêné par la nudité de Sethios. Leur amitié transcendait les millénaires et Caro doutait qu'il reste encore beaucoup de secrets entre eux.

— Stark a appelé Leela dès que Skye a prédit la naissance de l'enfant. Celle-ci a dit que le Conseil avait l'intention de le tuer.

Sethios fit une grimace.

— Elle a vu ça ?

— Non. Mais c'est un Devin. Donc, si elle a prophétisé la naissance de l'enfant, les autres l'ont fait aussi. Et elle sait que le Conseil ne permettra jamais au bébé de survivre.

— Attends, reviens en arrière, dit Sethios qui plissa son regard vers l'homme dans l'embrasure de la porte. Skye est l'un des Devins ?

Caro fronça les sourcils.

— Elle est un Séraphin ?

Elle n'avait jamais rencontré cette femme, mais elle connaissait son aptitude à voir le futur et à prédire les destinées. Ezekiel et Gabriel n'avaient jamais mentionné qu'elle était un Séraphin. Elle avait juste supposé que la femme était une Ichorienne, transformée par Osiris.

— Oui. Le Conseil lui a retiré ses ailes quand elle a refusé de suivre leurs directives.

Ezekiel poursuivit en expliquant son châtiment et la façon dont elle s'en était servie pour s'échapper. Osiris avait alors appris son existence et avait chargé Ezekiel de la retrouver.

Sethios croisa les bras.

— Et tu le savais depuis le début ?

Son meilleur ami hocha la tête.

— Elle m'a demandé de ne rien dire. Ce n'était pas le bon moment.

— Mais, ça l'est désormais, dit Caro avant que Sethios ne puisse répondre. Parce que nous avons déjà commencé à comprendre que les Devins ne travaillent pas réellement pour le Conseil, mais contre lui.

Les deux hommes la fixèrent.

Leurs regards vides lui dirent que ce n'était peut-être pas tout à fait vrai. Ou peut-être qu'ils n'avaient tout simplement pas encore fait le rapprochement.

— Les Devins ont fourni des prophéties qu'ils ont permis au Conseil d'interpréter sans aucune sorte d'instructions. Comme celle selon laquelle Astasiya sera celle qui nous détruira tous. Le Conseil supérieur des Séraphins pense que c'est en rapport avec les abominations d'Osiris. Et si ça n'était pas le cas ?

Caro continua en leur racontant son évasion et l'éveil de son pouvoir de guérison, et le fait que cela ne pouvait pas être une coïncidence.

— Les Devins nous ont donné les outils dont nous avons besoin pour survivre, conclut-elle. Et je crois que c'est parce qu'ils veulent que nous réussissions.

— Réussir quoi ? À faire tomber le Conseil ? demanda Sethios.

— Oui, confirma Skye depuis le couloir. Pour provoquer le changement.

— Tu n'aurais pas pu fournir cette information il y a quarante minutes ?

Le ton irrité de Gabriel se fit entendre derrière Ezekiel. Les trois personnes se tenaient manifestement dans l'embrasure de la porte, mais Caro ne pouvait voir que le meilleur ami de Sethios.

— Je t'ai dit qu'ils voulaient du changement, répondit Skye.

— C'était une déclaration générale.

— Qui est maintenant mieux définie. Ne me remercie pas.

Elle avait l'air très guindée et convenable, telle une reine assise sur son trône, acceptant la gratitude de son peuple.

— Ezekiel, ils doivent partir maintenant.

— Ils doivent d'abord s'habiller, ma chérie, répondit Ezekiel.

— Où allons-nous ? demanda Sethios, les bras toujours croisés.

— À Hydria, annonça Gabriel. Leela a reçu une balle dans la tête, mais la guérisseuse hydraienne l'aide à récupérer pour qu'elle puisse nous dire ce qui s'est passé.

Caro fronça les sourcils.

— Comment l'aident-ils ? Nous ne sommes pas affectés par leurs dons.

À moins que quelque chose ait changé pendant son séjour dans la chambre de réformation ?

— Vera a inscrit une rune sur la peau de Leela pour permettre aux dons hydraiens d'agir sur elle, répondit Gabriel. Jayson a aussi pris une balle dans la tête. Il n'y a pas d'autre victime et ces deux-là vont se rétablir. Cependant, Skye dit que notre aide est nécessaire et, vu la proximité de Stas avec Lizzie, je comprends ce besoin.

— Oui, votre fille a un penchant pour faire passer la vie de sa meilleure amie avant la sienne, murmura Ezekiel. Je vous suggère d'aller la convaincre de ne pas foncer tête baissée dans la salle du Conseil pour la réclamer.

— Elle ferait ça ? demanda Caro, une once de chaleur touchant son cœur.

— Oui, répondirent Ezekiel et Gabriel en même temps.

Puis son fils ajouta :

— Tu n'as aucune idée du mal qu'elle m'a donné pour la garder en sécurité ces dernières années. C'est comme si elle flirtait avec la mort.

— Sans déconner, dit Ezekiel avec un rire moqueur.

— Bon, nous serons prêts dans une minute, dit Sethios, la main sur la porte.

— Je vous retrouve là-bas, répondit Gabriel. Je vous appellerai si on a besoin de vous.

— Nous attendrons ici, dit Ezekiel.

— On peut toujours construire un autre bonhomme de neige, dit Skye avec un soupçon de bonheur puéril dans la voix. Je vais chercher une écharpe.

— Bien sûr, ma chérie.

Il franchit le seuil de la porte et ajouta :

— Bonne volatilisation !

Sethios pouffa de rire.

— Bon bonhomme de neige !

Il referma la porte avant que son ami ne puisse

répondre, puis fouilla la chambre pour trouver ses vêtements.

On frappa à nouveau une seconde plus tard.

Sethios ouvrit la porte avec un sourcil haussé.

— Oui ?

— Tu pourrais avoir besoin de ça, mon pote, dit Ezekiel en lui tendant un jean et un pull.

Sethios fronça les sourcils, puis jeta un coup d'œil à Caro.

— J'avais oublié que tu étais arrivée nue.

— Moi pas, répondit Ezekiel avec un sourire narquois qui lui valut un grognement de Sethios. Tellement possessif. Au fait, vous vous êtes bien amusés avec mon couteau ?

Sethios referma la porte sans prendre la peine de répondre et déposa les vêtements sur le lit. Il y avait également une paire de bottes et des chaussettes qui avaient l'air d'être à la taille de Caro.

Tout sentait le neuf et semblait fraîchement lavé, ce qui laissait penser que Skye avait prévu le besoin de ces vêtements et les avait récemment achetés. Ou peut-être qu'elle faisait juste la même taille que Caro. Elle n'avait pas encore vu la femme pour en être sûre.

Ils s'habillèrent tous les deux en silence, Sethios enfilant un jean et un tee-shirt destinés à des climats plus chauds. Dès qu'ils furent vêtus, il l'attira à lui pour l'embrasser et pressa ses lèvres contre son oreille.

— Je n'ai pas encore fini de te baiser.

— Je dois prendre le couteau avec moi ?

Elle pensait sérieusement à la question. Pas seulement à cause de sa menace sexuelle, mais par mesure de protection.

— Oui.

Il lui mordilla le cou, puis passa ses doigts dans ses

cheveux pour l'aider à se coiffer. Elle aurait besoin d'un bon brossage plus tard, mais il réussit à démêler quelques mèches. D'ailleurs, être sur son trente-et-un n'était pas vraiment une priorité pour le moment.

Cependant, elle avait espéré être au moins un peu plus en forme pour revoir sa fille.

Elle se mordilla la lèvre en réfléchissant.

— Est-ce que j'ai l'air bien ?

Sethios fronça les sourcils.

— Quoi ?

— Est-ce que je... Suis-je présentable ?

— Tu es toujours sacrément présentable. Mais pour être honnête, je te préfère nue.

Elle plissa les yeux et les dirigea vers lui.

— Je suis sur le point de retrouver Astasiya. Je doute qu'elle préfère me voir nue.

Cela le fit glousser.

— C'est comme ça qu'elle t'a rencontrée il y a vingt-cinq ans.

— Sethios.

— Quoi ?

Il lui adressa un sourire et elle lui lança un regard furieux. Après un nouveau gloussement, il l'embrassa sur la joue et lui dit :

— Tu es magnifique, mon ange. Elle croira se regarder dans un miroir quand elle te verra.

Caro cligna des yeux.

— Un miroir ?

— C'est ton portrait craché, ma chérie.

Ses mains se posèrent sur les hanches de Caro, ses iris verts prenant un léger éclat.

— Elle est forte, tout comme toi. Un esprit guerrier. Elle a hérité de ta silhouette et je ne peux pas dire que ça me plaise beaucoup, parce que ça attire beaucoup trop l'attention des hommes. D'ailleurs, je t'ai dit qu'elle était déjà liée par le sang ?

— *Quoi ?*

Accouplée ? Sa fille ?

— Elle a seulement... seulement... quel âge a-t-elle ?

— Vingt-cinq ans.

Ah oui. Il avait justement fait une remarque, lorsqu'ils s'étaient retrouvés, à propos de son âge. Caro n'avait simplement pas envisagé ce que cela signifiait.

— Comment diable peut-elle déjà être liée ? Avec qui ? Est-il digne d'elle ?

— Personne n'est digne d'elle, rétorqua Sethios, l'air furieux, mais une lueur de respect traversa son regard et il soupira : Mais bon, elle aurait pu faire pire.

— Pire ? demanda Caro qui n'aimait pas du tout la façon dont ça sonnait. A-t-elle été contrainte de le faire ? Ils se connaissent depuis longtemps ?

— Depuis plus longtemps que nous quand nous nous sommes liés, admit doucement Sethios. Et d'après ce que je peux dire, il ne l'a pas forcée. Elle semble l'aimer et le sentiment a clairement l'air d'être partagé.

— Donc il est... il est bon avec elle ?

— Malheureusement, marmonna Sethios.

— Malheureusement ? répéta-t-elle. En quoi est-ce malheureux ? Tu préférerais qu'il soit cruel avec elle ?

— Oui. Parce qu'alors je pourrais le tuer.

Sethios prononça ces mots avec un tel sérieux qu'elle savait qu'il les pensait.

Ce qui la fit glousser en réponse, un son qu'elle n'avait pas produit depuis... eh bien, depuis très longtemps.

Les sourcils de Sethios retombèrent.

— Tu te moques de moi ?

— Oui, dit-elle, incapable de réprimer un nouveau gloussement.

Le fait que leur fille ait élu un compagnon digne de ce nom le mettait en colère uniquement parce que cela l'empêchait de pouvoir tuer l'homme qui la touchait.

Si Caro n'était pas très enthousiaste à l'idée que son enfant, qui n'était encore qu'un bébé à ses yeux, ait grandi si vite et trouvé un partenaire, elle pouvait apprécier le fait que sa fille ait bien choisi.

— Ce n'est pas drôle.

— Non, convint-elle en se mordant à nouveau la lèvre et en réprimant son hilarité.

— Alors pourquoi tu ris ?

— Parce que tu es contrarié que notre fille ait trouvé un compagnon que tu ne peux pas tuer.

Elle prit son visage entre ses mains, à la fois amusée et encore plus amoureuse qu'il y a quelques minutes.

— Je veux la voir. Je veux aussi rencontrer cet homme qui pense être assez bien pour elle.

— Tu riras beaucoup moins à ce moment-là, murmura Sethios en la rapprochant de lui.

Elle sourit.

— Peut-être. Prêt à ce qu'on se volatilise ?

Il lui vola vite un autre baiser, puis hocha la tête.

— Oui. Allons retrouver notre fille.

Une affirmation qu'elle mourait d'envie d'entendre depuis ce qui lui semblait être une éternité. Le moment était enfin arrivé de voir ce qu'avait engendré leur sacrifice. De découvrir la femme que sa fille était devenue. Caro réalisa dans un souffle que s'inquiéter de sa garde-robe ou de ses cheveux n'était rien comparé à la réalité de serrer à nouveau sa fille dans ses bras.

Rien d'autre ne comptait. Seulement les retrouvailles à venir.

— Accroche-toi, chuchota-t-elle.

— Je ne te lâcherai plus jamais, jura Sethios.

Elle eut un léger sourire, ses yeux se fermèrent alors que ses ailes se mirent à battre. Elle ne s'était jamais sentie aussi entière qu'à ce moment-là, sachant qu'ils avaient finalement survécu et qu'ils étaient en route pour voir cette partie d'eux qui avait disparu depuis trop longtemps.

Mais lorsque ses ailes commencèrent à battre, une étrange sensation s'installa en elle. Elle ressentit un picotement et des vibrations, comme un filament invisible d'énergie qui s'enroulait autour d'elle et la retenait.

— Sethios ?

Il ne répondit pas, mais son corps était tendu.

Le pouvoir ondulait autour d'eux.

L'électricité grésillait dans l'air.

Alors, les membres de Sethios se mirent à trembler. Il s'accrocha à elle aussi fermement qu'il le pouvait, mais les violents frissons semblaient le forcer à relâcher sa prise. Elle jeta ses bras autour de son cou, déclenchant son aptitude à se volatiliser, avec l'intention de l'emmener avec elle, mais il prit une forme éthérée au même instant. Des ailes deux fois plus grandes que celles de Caro jaillirent de son dos dans une gerbe de plumes noires, teintées de bleu foncé sur les bords.

Elle laissa échapper un petit cri, stupéfiée par cette manifestation, avant de ravaler le son lorsqu'il les fit voler vers une destination inconnue.

Caro tenta de lui demander ce qu'il faisait, mais ils allaient trop vite pour pouvoir parler.

C'était presque comme si quelqu'un avait enroulé une corde autour de lui et l'avait tiré à travers l'espace et le temps. Elle faisait partie du voyage seulement parce qu'elle s'était accrochée à lui. Ses jambes s'enroulèrent autour de sa taille, ses bras se resserrèrent autour de son cou, refusant de le perdre.

Il ne la retint pas, sa souffrance de n'avoir aucun

contrôle sur ses actes vibrant à travers leur lien. *C'est Osiris*, réussit-il à faire passer dans son esprit. *Il... il me contraint à me volatiliser jusqu'à lui.*

Comment ?

La journée dans le Maine. J'ai senti qu'il relâchait sa contrainte, mais il m'a distrait en libérant Skye de son emprise mentale. Je pensais que le pouvoir que je ressentais venait de sa libération. Mais j'avais tort. Il a implanté en moi un lien de persuasion si profond que je n'ai même pas pu le percevoir.

Elle sentit qu'il essayait de lutter contre la contrainte, son esprit cherchant frénétiquement le fil pour le sectionner. Mais il était déjà trop tard.

Des murs blancs apparurent autour d'eux, leur destination se révélant petit à petit, jusqu'à ce qu'ils se retrouvent au milieu d'un grand salon dont les fenêtres donnaient sur une plage de sable blanc encadrée par le plus bleu des océans.

— Ah, vous voilà, dit une voix familière qui fit frissonner Caro. Et je vois que tu as retrouvé le Séraphin que tu avais perdu.

SETHIOS

Le sang de Sethios bouillait et sa stupidité l'exaspérait. Il aurait dû voir venir le coup, mais il était tellement dévoré par le besoin de retrouver Caro qu'il avait ignoré l'évidence.

Son père avait toujours plusieurs longueurs d'avance. Bien sûr qu'il avait laissé derrière lui une contrainte pour que Sethios le rencontre quelque part dans le futur. Il n'aurait jamais permis à son fils d'exister par lui-même ; il avait toujours eu besoin de maintenir une sorte de contrôle sur lui.

Au moins, Astasiya était en sécurité.

— Père, le salua Sethios, les bras toujours collés contre lui. Tu peux me libérer maintenant.

— Et risquer de te voir utiliser ta nouvelle capacité à te volatiliser ?

Il eut un claquement de langue réprobateur et le filament de pouvoir se resserra autour de Sethios plutôt que de se relâcher.

— Je veux que tu m'écoutes avant de t'envoler.

Il fit une pause pour examiner les ailes de Sethios et inclina le menton en signe d'approbation.

— Je vois que tu tiens surtout de moi. Cette touche de bleu doit être un marqueur de votre lien.

Sethios n'avait même pas regardé ses plumes, trop absorbé par le fait que son père s'était montré plus malin que lui. *Une fois de plus.*

— Qu'as-tu à dire ? demanda-t-il, désireux d'entamer le jeu que son père avait l'intention de jouer.

Plus vite ils commençaient, plus tôt ils en auraient fini.

— Direct comme toujours, répondit Osiris.

— Tu dis ça comme si ça te surprenait.

Il le mentionnait presque chaque fois qu'ils se rencontraient, comme s'il s'attendait à autre chose. Pourquoi Sethios voudrait-il prolonger ce supplice ? Il préférait passer les mondanités et entrer dans le vif du sujet.

— Tu n'as jamais été un fan de mes mises en scène.

Sethios se contenta de cligner des yeux, la seule partie du corps, avec sa bouche, qu'il pouvait bouger. En fait, sa poitrine était aussi libre, puisqu'il respirait convenablement.

Caro était dans un état similaire, son corps figé contre le sien, ses bras verrouillés autour de son cou et ses jambes autour de sa taille. Cela aurait été comique si ce n'était pas si exaspérant. Son père aurait au moins pu leur permettre de reprendre leur état corporel, côte à côte, plutôt que collés l'un à l'autre.

Heureusement, Caro ne semblait pas se lasser d'avoir à se tenir à lui de cette manière. En fait, elle vibrait de fureur juste à cause du fait d'avoir le mal incarné derrière elle.

Osiris poussa un soupir dramatique.

— Bien. Comme vous l'avez probablement appris maintenant, Skye est un Séraphin. Ce qui fait d'elle l'un des Devins. Vous a-t-elle dit pourquoi elle avait perdu ses ailes ?

— Elle a refusé de se conformer, résuma Sethios.

Techniquement, c'était Ezekiel qui lui avait dit, mais Osiris n'avait pas besoin de le savoir.

— Oui. Et quand j'ai appris sa déviation et sa fuite, je l'ai recherchée comme un atout précieux. Vous comprenez maintenant le cadeau que je vous ai fait en vous permettant de l'emprunter.

Sethios ne dit rien. Il ne considérait pas que le fait *d'emprunter* quelqu'un était un cadeau. Cependant, il comprenait pourquoi son père le percevait de cette façon.

— A-t-elle vu le futur enfant d'Elizabeth ? demanda Osiris.

Il n'y avait aucune raison de mentir à l'homme puisque c'était lui qui avait fait en sorte que les gènes de la femme permettent la procréation.

— Oui.

— Et a-t-elle expliqué que, si elle a vu cette naissance, alors les Devins l'ont également prédite ?

Sethios se demandait où il voulait en venir, ce qui l'incita à répondre à nouveau par la vérité.

— Oui.

— Excellent. Tu peux reprendre ta forme corporelle maintenant. J'ai besoin de tes jambes.

Lorsqu'il fit un geste de la main, une bande invisible se brisa et permit à Sethios de revenir à un état sans ailes.

Il fronça les sourcils.

— M'as-tu ôté la capacité de me volatiliser ?

Une autre pensée suivit immédiatement.

— M'as-tu caché cette aptitude par la contrainte ?

Son père eut un grognement.

— Le fait de se volatiliser est un don utile. Pourquoi te l'aurais-je caché ?

— Pour me garder à terre. *Littéralement.*

Caro envoya une pensée similaire à travers le lien alors qu'elle se dégageait lentement de Sethios et secouait ses membres.

Osiris considéra cette déclaration, puis haussa une épaule.

— Je suppose que c'est quelque chose que je pourrais faire. Mais non, j'ai simplement fait passer un ordre à ton âme pour qu'elle me revienne quand tu découvrirais ta forme éthérée. Skye avait prédit que ça arriverait le jour où Elizabeth accoucherait. Et je crois qu'elle avait raison.

— Elle a prédit que je trouverais ma forme éthérée aujourd'hui ?

Ce qui impliquait qu'elle avait fait cette prédiction avant qu'Astasiya n'aide à libérer Sethios... et Skye.

— Elle prédit beaucoup de choses lorsqu'elle est obligée de se concentrer sur des destins particuliers. De toute évidence, ton avenir faisait partie de ceux que je devais connaître.

— Tu savais que je m'échapperais, dit Sethios, exprimant ses pensées.

— Bien sûr que oui, répondit-il. Ça m'a donné une excellente occasion de tester Astasiya qui s'est montrée aussi magnifique que Skye l'avait prédit.

— Mais vous ne saviez pas pour elle, intervint Caro, sa confusion étant palpable.

— Pas jusqu'à récemment, non, admit-il. Cependant, j'ai depuis appris pas mal de choses sur elle. Comme le fait qu'elle est destinée à faire peser une menace sur moi et sur les Séraphins.

Sethios et Caro gardèrent le silence, déjà conscients qu'Osiris comprenait mal la prophétie de Skye depuis tant d'années.

— Je dois admettre que j'ai été très impressionné par le

fait que vous ne me disiez rien. Tout ce temps, j'ai pensé que j'avais neutralisé cette menace en te retirant de l'équation. Puis le Conseil t'a traînée en réformation et j'ai supposé que c'était le résultat de ton échec, dit-il avec un nouveau haussement d'épaules. Bien sûr, quand Astasiya s'est révélée à moi, j'ai commencé à comprendre la vérité.

— Et tu m'as fait m'enterrer dans du béton pour me punir.

La peau de Sethios brûlait au souvenir de la sensation atroce du ciment chaud sur sa chair.

— C'était à la fois un châtiment et un test de force. Et Astasiya a parfaitement réussi ce dernier. Non seulement elle s'est mieux battue que je n'aurais pu l'imaginer, mais elle est aussi parvenue à briser mon emprise sur toi. Fascinant, vraiment. Même Skye n'a pu prévoir cette issue. Je veux dire, elle a omis de mentionner l'interférence de Vera.

— Ou bien elle t'a caché ce détail, suggéra Sethios.

— Oui, c'est aussi possible. Elle a une certaine propension à déformer ses visions. Comme beaucoup de Devins.

Il glissa ses mains dans les poches de son pantalon anthracite, sa chemise blanche reflétant les rayons de soleil qui entraient par le puits de lumière au-dessus d'eux.

— A-t-elle mentionné ce que les Devins feraient à l'enfant d'Elizabeth ?

— Ils l'ont emmenée, dit Sethios en feignant d'être assommé par la conversation. J'imagine qu'ils ont l'intention d'élever l'enfant dans le cadre de leurs règles puisqu'elle sera un Séraphin génétiquement modifié. C'est exactement ce que nous ne voulions pas pour Astasiya.

Ce n'était pas non plus ce que Skye avait prédit. Elle avait annoncé que le Conseil tuerait l'enfant. Sethios espérait vraiment qu'elle avait tort.

— Une décision judicieuse pour ta progéniture, répondit son père, le compliment surprenant Sethios, puisqu'il n'avait jamais loué ses choix. Mais ta supposition est puérile.

Et arrivait donc l'insulte qui devait obligatoirement suivre l'éloge.

Sethios se retint de lever les yeux au ciel.

— Le Conseil ne voudra jamais que l'enfant vive, poursuivit son père. Elle est ma création et ils la désapprouvent.

— Donc tu penses également qu'ils vont la tuer, dit Sethios, mécontent de l'idée d'une mort aussi insignifiante.

Les humains mouraient tôt et jeunes. Cela n'arrivait pas aux immortels – en tout cas, cela ne *devrait* pas leur arriver.

— Oui. Et Elizabeth aussi, bien entendu.

Il prononça ces paroles comme si cette issue ne signifiait rien pour lui. Ce qui, d'après Sethios, n'était pas le cas. Son père pouvait simplement créer plus de vie, c'était son talent.

— Pourquoi sommes-nous ici ? demanda Sethios. Tout ce que tu nous as dit ne fait que confirmer ce que nous savons déjà.

— Le caractère direct serait plus approprié s'il était utilisé sporadiquement, pas dans chaque tactique de conversation.

— On pourrait dire la même chose de la théâtralité, dit Sethios sans ciller.

Son père inclina son menton.

— C'est de bonne guerre, dit-il en pivotant sur ses talons. Alors, suivez-moi. Sans lutter contre moi, sans vous volatiliser.

Caro et Sethios échangèrent un regard, puis leurs pieds se mirent à bouger d'eux-mêmes, sous la contrainte d'Osiris. Il les conduisit à travers le rez-de-chaussée, le long d'une myriade de fenêtres. La maison de la plage était opulente, la lumière qui entrait par le haut faisait ressortir les accents dorés, le cadre blanc et les sols en marbre lisse.

Ils passèrent devant une double cuisine avec deux comptoirs centraux, plusieurs fours et cuisinières, et deux séries d'éviers.

— Tu as l'intention d'organiser une fête ? demanda Sethios en remarquant l'absence de gens et l'abondance d'espace.

Ils traversèrent un autre salon et se dirigèrent vers ce qui semblait être un escalier secondaire.

— Non, j'ai fait construire cette maison pour la future propriétaire.

— La future propriétaire ? répéta Sethios.

— Continuez à marcher, répondit son père, en les guidant vers le premier étage.

Celui-ci contenait plusieurs chambres, chacune pourvue d'un balcon qui donnait sur l'océan d'un côté et sur un vaste champ de plantes exotiques de l'autre. Ils étaient clairement sur une île quelque part. La couleur turquoise de l'eau suggérait les Caraïbes. Peut-être une propriété privée aux Bahamas. C'était le genre d'endroit que son père appréciait.

Osiris continua jusqu'à la quatrième ou cinquième pièce du milieu et ouvrit la porte pour révéler une chambre d'enfant.

— Ce sera utile dans quelques heures, dit-il, provoquant un froncement de sourcils chez Sethios.

Puis il ouvrit la porte située juste en face de la chambre d'enfant et ils découvrirent une Elizabeth inconsciente qui gisait au milieu d'un grand lit blanc.

Caro laissa échapper un cri sourd en apercevant la

femme sur le point d'accoucher et son corps s'inclina vers elle.

— Tu peux aller la voir, dit Osiris en libérant Caro de sa contrainte. Mais ne te volatilise pas avec elle. Elle doit rester ici.

—Jedrick ne serait probablement pas d'accord avec ça, lui fit remarquer Sethios en croisant les bras. C'est quoi ce bordel ?

— N'est-ce pas évident ? demanda Osiris.

Comme Sethios ne disait rien, il poussa un autre de ses soupirs dramatiques.

— Je l'ai sauvée du Conseil. Tu n'as rien écouté de ce que j'ai dit ? Ils l'auraient tuée. Je l'ai amenée ici, dans une maison équipée de tout le luxe dont elle a besoin, pour la protéger. Évidemment.

Les sourcils de Sethios se froncèrent.

— Pourquoi tant de générosité ?

Osiris s'étouffa de rire.

— Il ne s'agit pas d'être généreux. C'est une décision pratique permettant de protéger mon lucratif investissement. Surtout maintenant que les laboratoires de la FHC sont détruits. Il me faudrait des dizaines d'années pour recréer un être comme Elizabeth et, vu les récents événements, il ne me reste peut-être plus suffisamment de temps. Donc je dois la garder en vie, ainsi que sa progéniture.

— Pour prouver qu'elle peut te donner un fils ? Pour me remplacer ?

— Eh bien, c'était mon intention initiale, en effet. Mais dernièrement, tu t'es montré utile, surtout en matière de procréation. Astasiya nous sera très précieuse dans le combat contre les Séraphins.

— En supposant qu'elle accepte de t'aider, lui rappela Sethios. Kidnapper sa meilleure amie ne va pas te faire remonter dans son estime. Ou tu n'as pas entendu ce que Gabriel t'a dit ?

Le guerrier séraphin était sérieusement un génie. C'est lui qui avait entamé ce dialogue autour de la volonté d'Astasiya, ce qui fournissait à Sethios la tribune dont il avait besoin pour tenir tête à son père et le réprimander.

Elizabeth semble aller bien, souffla Caro dans son esprit. *Elle est juste endormie.*

Il l'a probablement contrainte, lui répondit Sethios.

Probablement, convint-elle.

— Elle ne te fera jamais confiance après ça, dit-il à voix haute à l'intention de son père.

— J'ai emmené Elizabeth dans un endroit sûr pour la protéger. Je n'ai fait que blesser légèrement sa sage-femme, lui assurant ainsi une guérison complète avant le début du travail. Tout cela est fait dans l'intérêt de sa survie. Astasiya le comprendra.

— Vraiment ? riposta Sethios.

— Oui. Tu veilleras à ce qu'elle le comprenne, répondit son père.

— Parce que tu m'y contraindras ? devina-t-il.

— Je n'en aurai pas besoin. Tu vas appeler les Hydraiens dès que je serai parti et tu permettras à quelques-uns d'entre eux d'arriver ici pour aider Elizabeth à accoucher dans cette maison hautement surveillée, où elle ne sera ni trouvée ni découverte par le Conseil. Et après cela, Astasiya réalisera que je ne suis pas l'homme malfaisant qu'elle pense que je suis.

— Vous m'avez jetée dans l'océan et avez forcé son père à commettre des actes innommables pendant près de vingt ans, déclara Caro, sa voix légèrement teintée par la colère. Vous pensez qu'elle va vous pardonner ça ?

Osiris n'hésita même pas.

— Bien sûr que oui. Elle comprendra un jour que ces

épreuves étaient destinées à vous fortifier tous les deux, pas à vous torturer.

Sethios eut un rire dépourvu d'humour.

— C'est ça.

Son père haussa un sourcil.

— Caro a survécu à la réformation. Sais-tu combien d'autres Séraphins peuvent en dire autant ? Aucun. Et sais-tu pourquoi elle a pu survivre ? Grâce à votre lien *torturé*. Cette douleur que tu as vécue ces dix-huit dernières années, c'est ce qui t'a maintenu rivé à elle. C'est ce qui a fait que tu t'es battu pour elle, aussi. Tu ne le vois peut-être pas maintenant, mais tu comprendras.

— Et me lâcher au fond de l'océan ? demanda Caro. Vous avez prétendu que c'était votre manière d'éliminer la menace qui pesait sur votre vie.

— Initialement, oui. Mais c'était aussi un moyen de fortifier mon unique progéniture.

— Ta définition de la *torture* diffère de la mienne, dit Sethios avec tout son sérieux.

— Elle a testé les limites de votre lien, poursuivit-il, ignorant le commentaire de Sethios. Chaque jour, tu es devenu plus résistant, tu arrivais à te souvenir d'elle plus rapidement sans que j'aie le temps de t'en empêcher.

— Tu as fait en sorte que je me souvienne d'elle.

Son père sourit.

— Parfois, oui. D'autres fois, non. Tu as brisé ma contrainte par la force de ta volonté.

Sethios essaya de se souvenir de ces moments, mais ils se confondirent tous dans une toile d'angoisse alambiquée. Son père avait tenté de forcer son corps à accomplir des actes inqualifiables, qu'il n'avait pu exécuter, et cela avait créé une souffrance qu'il n'avait jamais ressentie auparavant.

— Tu as fait ça pour me punir.

Peu importait la façon dont il essayait de l'enrober maintenant, Sethios connaissait la vérité.

— Quand ai-je déjà fait quelque chose pour une seule et unique raison ? rétorqua son père. Il y a toujours plusieurs angles et avantages, tu le sais. Et toutes ces expériences t'ont renforcé, pas affaibli. Elles ont même aidé Caro à survivre à la réformation.

Seul son père pouvait croire que la torture pouvait être un exercice fortificateur. Cependant, il n'avait pas nécessairement tort. L'expérience avait donné du pouvoir à Sethios. Elle l'avait aussi rendu furieux, l'avait presque détruit, lui avait fait encore plus détester son père. Et une dizaine d'autres répercussions.

C'est pourquoi les Séraphins sommeillent souvent, souffla Caro dans son esprit. *Vivre éternellement peut modifier le psychisme, effacer tout semblant d'humanité des pensées.*

Je ne pense pas que mon père ait été un jour humain ou sain d'esprit.

C'est vrai, convint-elle. *Mais il n'a pas tort non plus. Nos sacrifices nous ont renforcés. Je ressens maintenant plus de choses que je n'en ai jamais ressenti auparavant.*

Sethios comprit ce qu'elle voulait dire. C'était comme s'ils s'étaient liés une nouvelle fois, à un degré encore plus profond.

Il pouvait sentir chacune de ses inspirations, pouvait presque entendre les battements de son cœur et lire dans ses pensées. Pas chacune d'elles, mais ses émotions étaient très liées aux siennes. Comme si leurs âmes s'étaient unies l'une à l'autre dans une différente dimension de leur existence, créant un lien bien plus intense que leur union initiale.

Peut-être parce qu'ils avaient absorbé tellement de sang de l'autre.

C'était une chose qu'ils faisaient souvent pendant leurs rapports sexuels.

Alors peut-être que son père avait raison. Peut-être avait-il en quelque sorte enhardi leur relation grâce à ses expériences tordues.

Osiris sourit.

— Votre lien va s'avérer très utile dans les temps à venir.

Sethios serra les dents, retenant une répartie sur le fait qu'il était peu probable que son père puisse un jour bénéficier de leur connexion.

— Eh bien, ma tâche ici est terminée. Vous allez tous les deux vous assurer qu'Elizabeth survit à son accouchement. Je vous contacterai ensuite pour les prochaines étapes. Nous avons une guerre à préparer, ce que vous comprendrez mieux bientôt. En attendant, je vous permets de garder Skye. Vous allez avoir besoin d'elle.

Il leur adressa un sourire indulgent, puis disparut sans un mot de plus.

Sethios fixait l'espace vide, bouche bée, la contrainte qui l'entourait se dissipant dans un murmure de puissance.

— C'est tout ?

Il avait persuadé Sethios de venir ici... pour s'occuper d'Elizabeth et de son bébé ?

Caro s'approcha de lui, son froncement de sourcils correspondant à ce qu'il ressentait intérieurement.

— Je suis d'accord. C'était plutôt décevant.

— Il veut quelque chose, répondit Sethios. Ça ne peut pas être aussi simple que de faire venir quelques Hydraiens. Il va revenir.

— Nous devrions l'emmener ailleurs ?

Il se massa la nuque, considérant leurs options, et jeta un coup d'œil à la femme qui s'éveillait. Son père avait dû la libérer de la contrainte de sommeil.

— Nous n'aurons peut-être pas le temps, marmonna-t-il, notant le battement de ses cils roux. Je crois qu'il veut qu'Astasiya vienne ici. Il sait qu'elle est fidèle à Elizabeth. Dès qu'elle apprendra où et dans quel état elle se trouve, elle voudra être aux côtés de son amie.

— Alors nous pourrions volatiliser Elizabeth à Hydria rapidement, proposa Caro.

Sethios secoua la tête.

— Osiris n'avait pas tort au sujet du Conseil. Skye a dit qu'ils étaient au courant et qu'ils tueraient l'enfant. Ils la trouveront à Hydria. La seule chose sur laquelle il n'a pas menti, ce sont les protections autour de cette propriété. Il l'a construite pour la protéger parce qu'il a besoin d'elle.

— Donc tu penses qu'on devrait rester ici ?

Sa réponse l'agaçait vraiment, mais il devait être honnête.

— Oui. Je pense qu'elle est en sécurité ici.

— Et Astasiya ?

— Je pense qu'elle arrivera dès qu'elle saura que nous sommes tous ici, admit-il. Ce qui fait probablement partie du jeu d'Osiris. Mais je ne crois pas qu'il veuille lui faire du mal. Pas encore, en tout cas. Elle est trop importante pour lui.

— Il pourrait la prendre.

— Oui, dit Sethios. Mais...

Un cri retentit, les forçant tous deux à se diriger vers la rousse qui se tordait sur le lit. Elle n'était pas encore totalement consciente de son environnement, mais l'enfant en elle l'était certainement.

Apparemment, Skye avait eu raison.

Le jour où Sethios apprendrait à se volatiliser serait celui où Elizabeth accoucherait.

À cet instant, il ne put dire qu'une seule chose :

— Merde !

STAS

— Caro et Sethios devraient déjà être ici, dit Gabriel en arpentant le salon de Balthazar. Il y a quelque chose qui cloche.

Sans un mot de plus, il disparut.

— Ouais, ça aide vachement, marmonna Stas en jetant un coup d'œil à Issac. Je peux le frapper encore une fois quand il revient ?

— Absolument, mon amour, dit-il en passant son bras autour d'elle et en la serrant légèrement. Mais revenons à Elizabeth. Où les Séraphins auraient-ils pu l'emmener ?

— Elle pourrait être détenue quelque part près de l'amphithéâtre, dit Leela, allongée sur le canapé, les yeux fermés, alors qu'elle se remettait de la blessure par balle qu'elle avait reçue.

À côté d'elle, Lara était assise sur le sol, en sueur, essayant d'accélérer la guérison du Séraphin. Alors que la rune créée par Vera permettait aux dons hydraiens d'agir sur elle, elle semblait encore y opposer une résistance naturelle. Ou peut-être était-ce le résultat de runes s'annulant les unes les autres.

Stas ne comprenait pas encore comment tous ces enchantements fonctionnaient. Surtout parce que son frère l'avait tenue dans l'ignorance pendant des mois au lieu d'utiliser le temps qu'ils passaient ensemble pour la mettre au parfum.

Ouais, Stas n'était pas du tout amère.

C'était vrai, elle faisait sa sale gosse. Mais cet enfoiré méritait ça et bien pire encore.

Elle avait eu à subir quelques expériences hautement désagréables parce qu'il lui avait caché la vérité. Certaines de ses raisons étaient légitimes. Cela ne signifiait pas qu'elle était près de lui pardonner l'enfer qu'elle avait vécu à cause de ses choix.

— Et il n'y a aucun moyen d'entrer dans l'archipel sans autorisation, poursuivit Leela, la voix rauque et plus douce que d'habitude. Les protections vous tueront.

— Je croyais qu'ils voulaient me rencontrer ? répondit Astasiya.

— Toi, oui. Mais pas les autres.

Lorsque Lara toucha son front, Leela eut un frisson et son corps se raidit sur le canapé.

— Ce n'est pas une option, dit Balthazar de l'endroit où il était appuyé contre le mur.

Il était resté anormalement silencieux après avoir installé Jayson sur le fauteuil à côté du canapé. Celui-ci était toujours inconscient à cause de la balle dans sa tête, Lara devant se concentrer en priorité sur Leela. Luc, qui se tenait près de Balthazar, avait dit que Leela devait d'abord récupérer, dans la mesure où ses compétences seraient nécessaires.

Stas avait approuvé cette décision.

— Leela et Vera pourraient venir avec moi, non ?

En supposant que Vera revienne de l'endroit où elle s'était volatilisée. Elle avait disparu presque aussitôt après avoir terminé la rune sur le bras de Leela, sans rien dire de sa destination. Apparemment, c'était une chose qu'elle faisait souvent.

Balthazar secoua la tête.

— Ce n'est pas un plan viable.

— Tu en as un meilleur ? répliqua Stas, irritée.

Le regard brun du télépathe brillait d'une intensité qu'elle n'avait jamais vue chez lui.

— Moi aussi, je veux que Lizzie revienne. Ne fais pas comme si j'étais l'ennemi, Stas. On est dans le même camp.

— Alors, donne-moi une meilleure idée.

Ce serait plus productif que de rejeter les seuls plans auxquels elle pensait.

— Quand j'en trouverai une, je te tiendrai au courant, répondit-il.

Elle n'avait jamais entendu ce ton-là de sa part, non plus. Pourtant, l'autorité dans sa voix lui convenait bien, en tant qu'Ancien.

Malgré tout, elle n'aimait pas vraiment sa réponse. Plus ils débattaient de cela, plus il était probable qu'on fasse du mal à Lizzie. Et cette issue était inacceptable pour Stas.

Il a raison, Aya, chuchota Issac dans son esprit. *Aller au Conseil ne servira à rien. Nous avons besoin d'une stratégie.*

Ça pourrait prendre des jours pour trouver une solution, Issac.

Regarde Lucian, mon amour, l'encouragea-t-il. *Il passe en revue tous les scénarios dans sa tête. C'est pourquoi il est si silencieux. Donne-lui quelques minutes pour trouver une autre possibilité. Il nous dira si le fait que tu ailles chez les Séraphins est le seul plan viable ou non.*

Elle savait qu'il avait raison, que son esprit à elle avait tiré des conclusions hâtives, mais elle ne voyait pas d'autre solution. Les Séraphins avaient pris sa meilleure amie.

Gabriel l'avait confirmé en leur parlant de la prophétie de Skye et de ses liens avec les Devins.

Stas se passa la main dans les cheveux, frustrée.

J'ai l'impression d'être impuissante.

Je sais.

Je déteste ça.

Je sais, répéta Issac en embrassant sa tempe. *On va trouver une solution.*

Elle se tourna vers lui, son regard rencontra ses iris saphir et s'y accrocha.

— Comment fais-tu pour rester si calme ?

Les mots étaient prononcés à voix basse et n'étaient destinés qu'à lui. Mais elle savait que les autres personnes dans la pièce l'entendaient.

— La pratique, chuchota-t-il en pressant ses lèvres contre les siennes. Et la confiance en ceux qui m'entourent pour trouver une solution.

La confiance n'était pas le problème de Stas. C'était plutôt l'inquiétude.

Et si on n'arrive pas à temps ?

En prenant de l'âge, tu apprendras que le temps est relatif, expliqua-t-il en posant sa main sur sa joue et en passant son pouce sur sa lèvre inférieure. *Les Séraphins ont enlevé Elizabeth pour une raison. S'ils voulaient la tuer, ils l'auraient fait, au lieu de la kidnapper.*

Elle n'avait pas considéré cet argument jusqu'à présent, son esprit s'était juste empressé de tirer la pire des conclusions.

Cependant, elle s'était empêchée de réagir sans réfléchir. Une indication qu'elle apprenait au moins de ses erreurs passées. Bien qu'elle ne puisse peut-être pas mourir pour l'instant, elle pourrait être faite prisonnière et subir un traitement bien pire que la mort.

Issac l'embrassa à nouveau, sa bouche agissant comme

une promesse contre la sienne.

On va trouver une solution, Aya.

Merci.

Le simple fait d'être dans ses bras la faisait se sentir un peu mieux. Personne ici ne permettrait que la disparition de Lizzie reste sans réponse. Ils voulaient juste s'assurer que le plan...

Gabriel réapparut, ses mèches blond clair balayées par le vent sur le dessus de sa tête.

— Sethios et Caro sont avec Lizzie, annonça-t-il.

Elle le regarda bouche bée.

— Quoi ?

— C'est Osiris qui l'a enlevée, leur expliqua-t-il. Il l'a mise en sécurité dans une propriété sur une île privée des Caraïbes. Elle est enveloppée par des protections pour la dissimuler au Conseil.

— Il savait qu'ils viendraient la chercher, dit Luc.

— Apparemment oui, répondit Gabriel. Skye a prophétisé que Sethios obtiendrait ses ailes le jour même où Lizzie commencerait le travail. Du coup, Osiris a jeté un sort contraignant à Sethios pour le forcer à se volatiliser directement sur l'île dès que ses ailes apparaîtraient.

— Lizzie a commencé le travail ? dit Balthazar en se dégageant du mur.

— Oui.

Gabriel leva une main.

— Ce n'est pas tout. Ils ont dit à Ezekiel, qui m'a transmis toutes ces informations, qu'ils pensaient que c'était une sorte de cage dorée destinée à piéger Stas. Skye assure qu'elle ne voit rien qui confirme cette menace, mais elle n'a pas non plus prédit que Sethios serait contraint de se retrouver entre les griffes d'Osiris.

Luc hocha la tête.

— Il a probablement laissé des contraintes dans son

esprit pour l'empêcher de commenter ses actions.

— Exactement, convint Gabriel. Donc tout ça est une sorte de coup monté, mais Caro a vérifié les runes et a dit qu'elles étaient valables. Ce qui veut dire qu'indépendamment de son piège, c'est un endroit sûr pour que Lizzie accouche.

— Plus sûr qu'Hydria, traduisit Luc, ses bras musclés crispés sur son torse, rendant clair le dégoût que cette affirmation provoquait chez lui.

— Votre île n'est pas protégée, ce que nous pouvons changer, mais nous avons besoin de plus de temps que ce dont nous disposons actuellement.

— Gabriel a raison, acquiesça Leela en s'asseyant, son regard turquoise plus alerte, contrairement à celui de la guérisseuse à ses côtés. Elle va accoucher d'ici une heure ou deux. Ce qui veut dire qu'on doit y aller. Tout de suite.

— La volatiliser jusqu'ici pourrait aussi la mettre en danger, ajouta Gabriel. Et pas seulement à cause de l'absence de protections. Elle est dans un état fragile, tout comme son enfant à naître.

— La déplacer n'est pas une option. On se rend auprès d'elle.

Leela était sur pieds, ses joues reprenant une teinte fraîche. Elle jeta un coup d'œil à la femme exténuée sur le sol.

— Merci, Lara.

— De rien.

Celle-ci ferma les yeux, ce qui fit froncer les sourcils à Stas.

— N'est-elle pas supposée aider Leela à accoucher Lizzie ? demanda-t-elle avec méfiance.

— Nous allons nous en occuper, dit Balthazar en s'approchant de Leela.

— Il n'y a pas de *nous* qui vaille, répondit Leela.

— Il y a absolument un *nous* qui vaille, corrigea-t-il. Tu as tes talents séraphiques en matière de fertilité. J'ai une formation médicale. Et c'est la femme de mon meilleur ami. Donc tu vas devoir faire avec et me laisser t'aider, *Lee*.

Le Séraphin blêmit.

— Ne m'appelle pas comme ça.

— Oh, je vais te donner beaucoup de noms, mon cœur. Dès que nous aurons fait naître ensemble un bébé en bonne santé.

Il lui prit la main et regarda Gabriel.

— Dis-nous où aller.

Le frère de Stas se tourna plutôt vers Astasiya.

— Tu as entendu mon avertissement sur ce qu'ils pensent qu'il va arriver ?

— Oui.

Si Osiris voulait la prendre au piège, alors soit. Elle lui avait déjà échappé une fois. Elle le ferait volontiers à nouveau.

Sauf qu'elle commençait à penser qu'il n'était peut-être pas son plus grand ennemi, que les Séraphins qui voulaient la mort de sa meilleure amie représentaient une menace potentiellement plus importante.

— Dans ce cas, ce que tu feras de cette information ne dépend que de toi, répondit-il, avant de donner l'emplacement à Balthazar et Leela. Je n'ai pas encore confirmé leur position, c'est une estimation grossière basée sur ce que Caro a vu à l'extérieur en examinant les protections. Elle a dû inspecter la propriété rapidement, juste le temps de vérifier qu'elle était sûre avant de retourner auprès de Lizzie.

— Si ce sont des protections destinées à tenir les Séraphins à l'écart, je vais avoir un problème, fit remarquer Leela.

Gabriel secoua la tête.

— Caro a dit que les runes de protection empêchaient seulement ceux qui voulaient du mal à Lizzie d'entrer.

— Il a utilisé le sang de Lizzie pour créer les marques ? demanda Leela en haussant les sourcils. Il a donc vraiment conçu l'endroit pour elle.

— Il semblerait que oui, répondit Gabriel.

Elle hocha la tête.

— On se retrouve là-bas.

Elle disparut avec Balthazar, les laissant tous discuter de la suite des événements.

— Je vais rester ici et attendre que Jay se réveille, les informa Luc. Dès que ça arrivera, Jacque nous téléportera là-bas.

— Il est de retour chez Ezekiel, répondit Gabriel.

— La technologie va arranger ça.

Luc sortit son téléphone de sa poche, le montra à son frère et le remit en place contre le haut de sa cuisse.

— En parlant de technologie, murmura Issac, Tristan est avec Mateo.

Ce qu'il ne disait pas à voix haute, c'est que Tristan s'était porté volontaire pour surveiller Mateo et faire un rapport sur ses mouvements. Luc comprendrait le contexte sans qu'Issac ait besoin de préciser quoi que ce soit, ce qu'il prouva en inclinant la tête une fois.

— S'ils passent ici, je les mettrai au courant, dit le roi d'Hydria.

C'était un mensonge, mais il faisait paraître ces commentaires normaux à tous les autres dans la pièce. Ce n'était pas qu'ils ne faisaient pas confiance à Gabriel ou à Lara, mais ils ne savaient pas qui d'autre pouvait écouter. Avec la facilité de Mateo pour la technologie, il aurait pu placer des micros partout dans la maison de Balthazar sans que personne ne s'en rende compte.

C'est cette partie qui faisait le plus peur à Stas. Cela ne

lui plaisait pas que Mateo puisse écouter tout ce qu'elle disait. Elle était d'autant plus reconnaissante de son lien avec Issac et de leur capacité à parler mentalement.

Je veux aller voir Lizzie, lui dit-elle maintenant.

Oui, répondit-il. *Je savais que tu le voudrais.*

Est-ce que je suis imprudente d'y aller ?

Elle savait qu'il lui dirait la vérité, c'est pourquoi elle posait la question.

Tu es consciente des conséquences potentielles. Il est fort possible qu'Osiris fasse une apparition. Cela dit, je ne pense pas qu'il ait l'intention de te faire du mal. Il a besoin de toi.

Mais il pourrait te mettre en cage et se servir de toi pour me forcer la main, comme il a menacé de le faire auparavant, répondit-elle.

Tu préfères que je reste ici ? demanda-t-il en la regardant.

Elle y réfléchit et secoua la tête.

Je veux que tu viennes.

Ce serait la première fois qu'elle verrait sa mère en dix-huit ans. Quelque chose la rendait mal à l'aise. Principalement à cause de ses cauchemars. Elle n'était pas sûre de l'impact que cela aurait sur elle lorsqu'elle la rencontrerait enfin.

Nous ferons face à tout ça ensemble, promit Issac en entrelaçant ses doigts avec les siens.

— On va sur l'île, annonça-t-il à voix haute.

Luc le dévisagea un long moment, puis hocha la tête.

— Il vaut mieux se jeter volontairement dans la gueule du loup et en tirer les conséquences que d'attendre une occasion surprise. Nous arriverons armés et préparés.

— Je ne pense pas que ce sera nécessaire, dit Gabriel. Sethios a dit à Ezekiel qu'Osiris connaissait ses intentions de s'enfuir. Il s'est servi de toute cette situation pour tester Stas. Et je suppose que c'est ce qu'il est en train de faire à nouveau maintenant. Il ne cherche pas à lui faire de mal, il veut la former.

L'allusion exaspéra Stas.

— Ce n'est pas à lui de me former.

— C'est quelque chose qu'il apprendra avec le temps, répondit son frère. Je vous retrouve tous les deux là-bas. Je dois d'abord avoir une conversation avec quelqu'un ici.

Elle fronça les sourcils en le regardant.

— Qui ça ?

Plutôt que de répondre, ses plumes rouges apparurent et il se volatilisa.

— Bon, je vais pouvoir le frapper deux fois, marmonna-t-elle.

— Je vais prendre plaisir à regarder ça, répondit Issac. On y va ?

Elle répondit en se volatilisant puisque, apparemment, c'était comme ça que les Séraphins faisaient les choses. Ils agissaient plutôt que d'expliquer.

Le ricanement d'Issac traversa ses pensées, son amusement face à ce qu'elle voulait être une crise de colère la réchauffant un peu à l'intérieur. Il savait toujours quoi dire et quoi faire pour la calmer. Elle serra un peu plus ses bras autour de lui, ses ailes opale flottant dans son état éthéré alors qu'elle les emmenait vers le lieu mentionné par Gabriel.

Quand leurs pieds se posèrent sur la plage de sable blanc, elle sut qu'ils étaient au bon endroit. Parce qu'elle détectait le pouvoir qui se répercutait autour d'eux, les protections enfermant son amie à l'intérieur d'un bouclier absolu.

— Il n'a pas menti, dit-elle. Je peux sentir sa magie tout autour. Il la tient à l'abri.

— Et toi aussi, dit une voix profonde alors qu'Osiris apparaissait à côté d'eux. Bonjour, Astasiya. J'espérais bien que tu viendrais.

Issac

L'énergie se déchaîna autour d'Aya alors qu'elle faisait face à son grand-père. Issac s'approcha d'elle et se tint à ses côtés, son bras frôlant le sien.

— Osiris, dit-elle d'une voix neutre.

— Ma petite-fille, répondit-il, ses lèvres esquissant un sourire. Tu savais que je te retrouverais ici.

— Je m'y attendais, admit-elle.

— Et tu es quand même venue.

Elle haussa les épaules.

— Tu détiens ma meilleure amie. Bien sûr que je suis venue.

— Je la protège, dit-il.

— Je sais.

La nonchalance dans ces deux mots fit presque sourire Issac. Il se demanda si Aya se rendait compte de la confiance qu'elle avait acquise au cours des derniers mois. Elle était face à l'être le plus puissant qui existait, celui qui les avait tous créés, et elle ne transpirait même pas.

Osiris l'étudia.

— Tu approuves ça.

— Le fait de protéger ma meilleure amie ? Toujours, dit-elle en croisant les bras. Mais si tu prévois de la séparer de Jay ou de leur bébé, alors non, je n'approuve pas.

Il fronça les sourcils.

— Pourquoi les séparerais-je ?

— Parce que tu veux l'utiliser pour créer ta propre progéniture, dit-elle.

— Je n'aurais pas besoin de les séparer pour ça.

— Alors tu sous-estimes le côté possessif de Jay, répondit Astasiya.

— Je pourrais faire en sorte qu'il regarde, si je le voulais, mais ça n'aurait ni queue ni tête. Le temps pour créer une autre vie s'est restreint en raison des événements récents. Essayer de former une nouvelle progéniture ne sera pas possible. C'est pourquoi je désirais te parler.

— Tu veux me former.

Il inclina le menton en signe de confirmation.

— Oui.

— Et si je ne veux pas être formée ?

— Alors tu mourras, répondit-il simplement.

Les yeux d'Issac se rétrécirent.

— Choisis tes prochains mots avec sagesse, Osiris.

Une déclaration qu'il n'aurait jamais faite il y a un an, mais Aya n'était pas encore apparue dans sa vie à l'époque. Désormais, elle en faisait partie. Et cet être ancien venait de la menacer, chose qui ne pouvait être tolérée.

Osiris arqua un sourcil dans sa direction.

— C'est un avertissement ?

— Oui.

Un seul mot renforcé par la confiance. Peu importait que ce Séraphin possède un pouvoir incroyable. Il n'avait pas de famille, d'émotions, de *cœur*. Osiris méprisait ces trois choses, parce qu'il ne les comprenait pas. Cependant, ce n'était pas le cas d'Issac. Et ce n'étaient pas des faiblesses, mais des forces. Elles créaient une unité défensive qui serait utilisée contre Osiris s'il tentait de nuire à Astasiya.

— Fascinant, murmura le Séraphin. Je t'ai toujours respecté, Issac. Tu es audacieux, créatif et loyal. Et maintenant, tu te montres protecteur vis-à-vis de mon arme la plus précieuse.

Il hocha lentement la tête.

— Oui, ça fera l'affaire.

— Je ne suis pas ton arme, répondit Aya.

— Pas encore, convint-il. Mais tu le deviendras.

— Ce qui nous ramène à la discussion sur ma formation. Ça ne m'intéresse pas.

— Qui d'autre t'enseignera l'intégralité de tes dons ? demanda-t-il d'un air sévère.

— Mon père ? proposa-t-elle. Ma mère ? Bon sang, Gabriel ? Ouais, je préférais même qu'il me forme plutôt que toi.

— Tu ne me connais pas, mon enfant.

— Je sais ce que tu as fait. Et les actes en disent bien plus que les mots.

— Les actes, répéta-t-il. Comme délivrer Skye de ma contrainte et mettre en place un refuge dans le seul but de protéger ta meilleure amie dans ses moments de faiblesse ? Ou le fait que je t'ai laissé libérer ton père ?

— Tu ne m'as pas laissé faire. Nous nous sommes battus.

Cela le fit glousser.

— Ma douce enfant, ce n'était pas un combat, mais un exercice d'entraînement. Je ne veux pas te faire de mal. J'ai besoin de toi. Tout comme tu vas avoir besoin de moi.

— Je pense que je me débrouille très bien toute seule.

— Sais-tu ce qui serait arrivé à Elizabeth si je ne l'avais pas emmenée ? rétorqua-t-il, ses sourcils sombres se haussant vers son crâne chauve. Le Conseil aurait envoyé des guerriers séraphins sur Hydria pour l'éliminer. Aucun procès. Aucun édit. Juste une exécution sommaire.

— Elle est un Séraphin, répondit Aya, les sourcils froncés. Elle ne peut pas mourir.

Il lui jeta un regard indulgent.

— Elle n'est pas un Séraphin de sang pur, Astasiya. Mais tu as raison, elle aurait pu survivre. Ce qui aurait été pire pour elle, car ils auraient riposté en la jetant dans une chambre de réformation pour y être reprogrammée. Et son enfant aurait subi le même sort.

Le silence s'installa entre eux.

Tu le crois ? demanda doucement Aya dans l'esprit d'Issac.

Je pense qu'il y a pas mal de choses qu'on ne sait pas encore sur les Séraphins. Toutefois, Skye a prévenu Gabriel que le Conseil tuerait Elizabeth et l'enfant. Il a également dit qu'ils lui avaient retiré ses ailes pour la punir de ne pas avoir exécuté leurs missions. Aucun des deux événements ne donne une image positive en ce qui les concerne.

— Il y a beaucoup de choses que tu ne comprends pas. Sais-tu pourquoi j'ai été exilé ? demanda Osiris.

— Vous avez tué un Séraphin, répondit une voix féminine alors qu'une femme blonde apparaissait à ses côtés dans un tourbillon d'ailes bleu pâle.

Son visage la trahit immédiatement : les pommettes bien dessinées et le joli petit menton étaient des traits qu'elle avait transmis à sa fille.

Caro se matérialisa sous sa forme corporelle, son attention entièrement portée sur Osiris.

— Touchez à ma fille et vous allez le regretter, ajouta-t-elle sur un ton dénué de toute émotion.

—Je commence à comprendre pourquoi mon fils est si épris de toi, répondit l'ancien homme en clignant des yeux. Quel Séraphin suis-je supposé avoir tué ?

— Le nom n'a jamais été mentionné, seulement l'acte.

— C'est plutôt commode, répondit-il.

— Tu prétends être innocent, père ? demanda Sethios en se volatilisant de l'autre côté de lui.

Ses ailes noires provoquèrent un haussement de sourcils de la part d'Issac. Gabriel n'avait pas mentionné ce changement de situation.

Des ailes noir et bleu, et pourtant je me retrouve avec des plumes roses ? songea Aya à son intention. *Sérieux ?*

Tes plumes sont opale, mon amour.

Moi, je les vois plutôt roses, maugréa-t-elle mentalement.

Tes parents sont ici avec Osiris et la seule chose qui te tracasse, ce sont quelques plumes roses, songea Issac, sur le point de rire.

C'est une bonne distraction, admit-elle.

C'est vrai, convint-il.

Et il imaginait qu'elle en avait besoin pour maintenir un masque de sérénité.

— Les Séraphins ne peuvent pas mourir, dit Osiris. Alors, comment pourrais-je vraiment en tuer un ?

— Vous êtes le Séraphin de la Résurrection, répondit Caro. Vous contrôlez la vie.

— C'est exact, concéda-t-il. La vie, mais pas la mort.

— Donc, tu dis que ce n'est pas vrai ? insista Sethios, son ton exprimant un sérieux doute. Que tu as été exilé pour une autre raison ?

— Un jour, je te raconterai mon histoire, dit Osiris. La vraie. Peut-être qu'alors, tu comprendras.

— Pourquoi pas aujourd'hui ? lui demanda Aya.

— Parce qu'Elizabeth a besoin de toi et je souhaite qu'elle survive.

Le stoïcisme dans son ton rappela Gabriel à Issac. Cette réponse si pragmatique confirmait qu'Osiris avait vraiment l'intérêt d'Elizabeth en tête.

Au moins pour le moment.

— Je voulais seulement te voir un instant, poursuivit Osiris. Pour exprimer mon désir de te former. Comme je l'ai dit, nous aurons très bientôt besoin les uns des autres. Et je préférerais m'assurer que tu seras prête lorsque ce jour viendra.

— Quel jour ? demanda Sethios, les mains enfoncées dans ses poches incarnant la tranquillité.

Cela n'avait pas l'air d'être feint. Comme l'homme avait passé des milliers d'années avec son père, il était logique qu'il sache si l'être ancien représentait ou non une menace imminente.

Ce savoir mit Issac un peu plus à l'aise.

Mais il garda ses mains libres, juste au cas où, son bras touchant toujours celui d'Astasiya.

— Tu verras bientôt, dit Osiris alors que ses ailes noires prenaient vie. Je me réjouis d'ores et déjà de l'avenir, Stas. Transmets à Elizabeth et à sa fille mes meilleurs vœux.

Il disparut sans un mot de plus, ce qui fit froncer les sourcils de Caro.

— C'est sa deuxième sortie décevante aujourd'hui.

— Oui, convint Sethios, son regard se portant sur le ciel qui s'assombrissait. On dirait que son objectif pour le moment était de convaincre Astasiya de coopérer avec lui grâce à des moyens plaisants. Mais ça changera si elle s'avère trop têtue pour ses jeux manipulateurs.

— Je ne travaillerai jamais avec lui, dit Aya.

Au même instant, Caro répondit :

— Ça n'arrivera jamais.

Les deux femmes se regardèrent alors, les yeux verts d'Aya s'écarquillant légèrement tandis que les iris bleus de Caro s'illuminaient.

Maman, dit Aya en pensée, l'émotion sous-jacente dans ce simple mot faisant tressaillir le cœur d'Issac.

Le silence s'installa entre elles, Aya et Caro se regardant fixement.

Et la seconde suivante, elles se retrouvèrent dans les bras l'une de l'autre, se serrant comme si elles craignaient que ce ne soit qu'un mirage.

L'amour et l'affection se déversèrent dans le lien entre Issac et Aya, suivis d'une douleur profonde qui guérissait enfin après des années de souffrance. Des visions de noyade submergeaient son esprit alors qu'Astasiya revivait chacune d'entre elles en s'accrochant plus fort à sa mère. Des larmes coulaient des yeux d'Aya, ces retrouvailles, définies par leur douleur commune, mêlaient joie et peine.

Issac se racla la gorge, ses propres émotions s'amplifiant à la vue de tant d'amour entre une mère et sa fille. Il regarda Sethios et le trouva dans le même état, les yeux embués par les larmes. Elles ne coulaient pas, mais son amour était manifeste. Sa fierté, aussi.

Puis Sethios se tourna vers Issac et toute émotion disparut en un battement de cœur. Une ombre s'installa dans les profondeurs vertes de son regard. Il pinça les lèvres. Et le pouvoir se déchaînait autour de lui.

— Tu as tenu tête à mon père, dit-il. Tu lui as demandé de choisir ses mots avec soin.

Ah, ils avaient donc entendu la totalité de cet échange. Cela ne surprit pas Issac. Ils savaient tous qu'Osiris attendrait Astasiya et ses parents n'auraient jamais permis à celui-ci de l'emmener après tous les sacrifices qu'ils avaient faits pour la protéger.

— Oui, confirma Issac, qui ne voulait pas reculer. Et je le referais sans hésiter.

Sethios le dévisagea en silence, son expression ne laissant rien transparaître. Puis, après un temps, il baissa le menton.

— Bien. Fais en sorte que ça continue.

Caro gloussa, ce qui poussa Sethios à la regarder. Mais ce regard-ci manquait de colère, contrairement à celui qu'il avait adressé à Issac.

— Tu te moques encore de moi, mon ange ?

— Oui, dit-elle, les yeux remplis de larmes du fait de ses retrouvailles avec Aya.

Elle relâcha sa fille juste assez pour tendre le bras vers Sethios.

— Rejoins-nous.

Celui-ci n'hésita pas, il se dirigea vers elle et les enveloppa dans son étreinte. Tant d'Ichoriens pensaient que cet homme n'avait pas de cœur, qu'il était tout aussi cryptique et cruel que son créateur. Mais à ce moment-là, Issac était témoin de la vérité.

Cet homme avait absolument un cœur.

Mais il ne lui appartenait pas.

Il appartenait à Aya et Caro.

Elles étaient tout pour lui, ce qui le rendait aussi dangereux que ce que prétendait tout le monde. Parce qu'il détruirait celui qui toucherait à l'une de ces deux femmes.

Issac comprit alors pourquoi sa réponse à Osiris avait tant compté pour Sethios. Ils venaient de devenir alliés. Deux hommes pris par l'amour de femmes qui les complétaient et les rendaient prêts à tout pour les protéger, même à affronter l'être le plus puissant qui existait sans sourciller.

Sethios croisa alors son regard, abaissant le menton une fois de plus en signe de respect, un geste qu'Issac lui renvoya.

Aya était tout pour lui.

Il ferait tout ce qui était nécessaire pour la protéger.

Même si cela impliquait de se sacrifier.

Ce qui était exactement ce que ses parents avaient fait tant d'années auparavant. Ils avaient tout abandonné pour sa sécurité. Et à cet instant, ils étaient à nouveau ensemble, une famille réunie.

Prends ton temps avec eux, mon amour, chuchota Issac dans l'esprit d'Aya. *Je te tiendrai au courant des progrès d'Elizabeth.*

Merci, lui murmura-t-elle en retour.

Toujours, Aya, jura-t-il en exprimant leur propre version de l'amour, celle qu'eux seuls semblaient comprendre.

Toujours, répondit-elle, ce simple mot tenant lieu de baiser dans son esprit.

Il sourit et s'aventura à l'intérieur pour trouver Balthazar et Leela afin de faire le point.

Il ne lui fallut que peu de temps pour les repérer, les cris d'Elizabeth faisant l'effet d'un phare qui le conduisit directement au premier étage. Un regard dans la pièce confirma l'avenir d'Issac.

Aya et lui n'auraient jamais d'enfants. Jamais.

SETHIOS

Un hurlement provenant de la maison fit s'écarter Sethios de Caro et Astasiya, ses cheveux se redressant sur sa nuque.

— C'est quoi, ça ?

Caro répondit en lui prenant la main, son autre bras toujours enlacé autour de leur fille, et les volatilisa à l'intérieur de la chambre où Elizabeth gisait immobile sur le lit.

Jayson rageait à ses côtés, le regard farouche, et demandait à ce qu'on la réanime.

— C'est normal, dit Leela.

— Bordel ! Comment ça peut être normal ? demanda Jayson en montrant la rousse inconsciente. Son cœur ne bat plus !

OK. C'était en fait une chose pour laquelle Sethios pouvait aider.

— Caro est morte plusieurs fois pendant l'accouchement. Elizabeth va bien.

Caro hocha la tête.

— Oui. J'ai survécu. C'est juste l'échange de pouvoir.

Jayson les regarda comme s'ils étaient fous à lier. Même Issac paraissait effrayé.

Balthazar était le seul, à l'exception de Leela, qui semblait accepter cette explication. Il se pencha simplement sur Elizabeth pour vérifier ses signes vitaux, puis haussa les épaules lorsque les battements de son cœur reprirent.

— Que devons-nous faire ? demanda-t-il en regardant Leela.

— J'ai besoin que tu calmes Jay pour qu'il puisse l'aider à créer le lien avec l'enfant, dit-elle.

Balthazar hocha la tête et reporta son attention sur l'Ancien toujours enragé.

— N'y songe même pas, dit Jayson.

Mais Balthazar utilisait déjà son don pour les émotions, le pouvoir s'animant autour d'eux et calmant presque instantanément Jayson.

Jusqu'à présent, Sethios n'avait jamais vu Balthazar se servir de son talent autrement que pour lire dans les pensées. La manipulation des émotions était un outil puissant, quelque chose qui pourrait donner des résultats catastrophiques entre de mauvaises mains.

— Lizzie a besoin de toi, dit-il doucement. Elle doit effectuer un échange de pouvoir avec ta fille. Allonge-toi sur le lit et tiens-la tout en restant calme et en lui prêtant ta force.

— J'aurais pu avoir besoin de toi, il y a environ vingt-cinq ans, lui fit remarquer Sethios.

— Tu as plutôt bien géré la situation, commenta Leela.

— Un compliment ? demanda Sethios avec un sourire. Merci, Lee.

— J'ai dit « plutôt bien », répondit-elle.

Elizabeth revint à la vie avec un cri qui fit frémir tout le monde. L'agitation réapparut sur le visage de Jayson, mais

Balthazar y remédia aussitôt, lui disant à nouveau de s'allonger et de tenir sa femme.

— Je n'aurai jamais d'enfants, dit Astasiya à voix haute.

— Exactement ce que je pensais, dit Issac.

Je considère ça comme une victoire, dit Sethios dans l'esprit de Caro. *Je ne suis pas prêt à être grand-père.*

Tu n'étais pas prêt à être père non plus, lui rappela-t-elle doucement.

Je ne le suis toujours pas, lui marmonna-t-il. *Mais l'idée que mon enfant ait un enfant ? Bon sang, Caro ! Non. Elle a toujours sept ans dans ma tête.*

L'amusement de Caro effleura ses pensées.

Alors, espérons qu'elle n'ait pas mes gènes, car j'ai défié toutes les probabilités en ayant deux enfants en un seul siècle. Ce n'est absolument pas la norme, mais c'est peut-être dans ma lignée.

Elle prononça ces paroles avec le ton pragmatique qui lui était propre, ces déclarations soulignant leur côté réaliste. Ce qui les rendait cent pour cent pires, parce qu'elle avait raison.

Merde. On va devoir lui parler de la contraception.

C'était une conversation qu'il ne pouvait imaginer avoir un jour avec sa fille.

En fait, est-ce que je peux tuer Issac à la place ? Ce sera beaucoup plus facile et beaucoup plus plaisant.

Tu ne peux pas le tuer. Il l'aime.

Alors, je vais me contenter de le castrer. Problème résolu. Et c'est toujours plus agréable qu'une conversation sur le fait d'avoir à se protéger.

Caro gloussa une nouvelle fois. Il n'avait pas réalisé à quel point ce son lui avait manqué jusqu'à ce qu'il l'entende aujourd'hui. C'était presque suffisant pour lui faire oublier qu'elle se moquait de lui. Presque.

Ce n'est pas drôle.

Ça l'est vraiment, rectifia-t-elle. *Et il n'y a pas de contraception pour les Séraphins. Mais si ça t'inquiète vraiment, on peut interroger Leela sur la fertilité d'Astasiya. Elle serait capable de la sentir.*

Elle a dit que ça n'arriverait pas avant cinq cents ans, grommela-t-il.

Elle a probablement raison. Sauf si elle hérite de mon cycle de procréation.

Sethios gémit.

Arrête de dire ça.

Je te fais juste part de l'évidence.

Je ne veux pas y penser.

C'est toi qui as lancé cette discussion dans ma tête, murmura-t-elle.

Tu étais censée me laisser le tuer, argua-t-il.

Caro se retourna et appuya une main sur la poitrine de Sethios, ses yeux bleus pétillant d'hilarité.

Tu ne veux pas le tuer. Tu l'aimes bien.

Pas du tout.

Bien sûr que si.

Elle se haussa sur la pointe des pieds pour déposer un baiser sur ses lèvres.

Il a démontré sa loyauté face à Osiris. J'ai senti ta réaction à ça. Il t'a fait penser à toi-même.

Ce lien est perturbant, répondit-il sans vraiment y croire. *Je ne peux rien te cacher.*

Je pourrais retourner dans la chambre de réformation, proposa-t-elle. *Si tu...*

Il enroula sa paume autour de sa nuque et l'attira contre lui.

— N'y pense même pas.

Elle sourit.

— Alors, dis-moi ce que tu ressens vraiment.

— Je préfère te le montrer.

— Mieux vaut t'en dispenser, dit sa fille à côté d'eux,

dans un couinement. Je... je ne crois pas que je veuille voir ça.

Elizabeth hurla une nouvelle fois avant qu'il ne puisse répondre, ce qui fit réagir Balthazar et Leela.

— Le bébé arrive, dit Leela.

—Je suis prêt, répondit Balthazar.

Elle fit un geste du menton vers Jayson.

— Assure-toi qu'il reste concentré.

— Je m'en occupe, confirma le télépathe, la main sur l'épaule de l'autre homme.

— Je serai dans le couloir, dit Astasiya en attrapant Issac par le bras pour l'entraîner avec elle. On ne fera jamais ça.

— S'il te plaît, demande-le-moi en me contraignant, murmura Issac.

Si elle le faisait, est-ce que ça les empêcherait de coucher ensemble ? s'interrogea Sethios.

— Tu es incorrigible, lui chuchota Caro en se redressant pour lui mordiller la lèvre inférieure. Mais rejoignons-les. J'ai déjà vécu ça deux fois. Je n'ai pas envie de regarder. Et j'aimerais être convenablement présentée à mon gendre.

Elle fronça alors les sourcils.

— C'est le bon terme, non ?

—Je pense qu'on devrait juste l'appeler Issac. Gendre, ça fait bizarre.

Elle hocha lentement la tête.

— Oui. Je préfère ça.

— Lui aussi, dit Balthazar, s'immisçant dans ce qui aurait dû être une conversation privée.

Mais comme ils n'étaient qu'à quelques pas du lit, Sethios supposa que son intervention était de bonne guerre.

Il passa son bras autour des épaules de Caro et

l'entraîna dans le couloir vers leur fille blême. Issac prit son visage entre ses mains et dit à voix basse :

— Tout ira bien, Aya. Elle est forte. Tu sais qu'elle est forte.

— Mais ce n'est pas un Séraphin de sang pur. Et si ça la tuait ?

— Nous trouverons un moyen de la ramener, lui promit Issac. Cependant, je ne pense pas que ce sera nécessaire. C'est une battante.

—Je suis d'accord. Elle va s'en sortir, dit Sethios.

Ils s'en assureraient tous.

—Je suis plus préoccupé par le fait que Skye a prévu sa naissance et par la réponse du Conseil à ce sujet. On ne peut pas la garder ici indéfiniment. Pas quand Osiris en détient la clé.

— Nous devons également discuter des Devins, ajouta Caro. Et sur la façon dont nous pensons qu'ils agissent contre le Conseil.

Sethios acquiesça.

— Le Conseil supérieur des Séraphins a toujours cru que la prophétie concernait le fait que tu détruirais Osiris et ses abominations. Mais nous pensons que c'est leur arrogance qui parle et que les Devins n'ont jamais rectifié leur interprétation.

Il lui raconta ensuite que Skye était un Séraphin, que les membres du Conseil lui avaient retiré ses ailes et la raison pour laquelle ils l'avaient fait.

Caro poursuivit la conversation en expliquant qu'elle avait réalisé que les Devins avaient prédit certaines choses pour leur donner l'avantage. Comme le fait d'être née avec une aptitude à guérir qui ne s'était manifestée que lorsqu'elle en avait eu le plus besoin. Ou celui que les Devins avaient probablement aidé à dissimuler l'endroit où ils s'étaient trouvés, peut-être en ne prédisant pas la rune sur le bas du dos d'Astasiya.

— Tout ça reste théorique, mais le commentaire de Skye suggère que nous sommes sur la bonne voie, conclut Sethios. Ce qui veut dire qu'Osiris a peut-être raison quand il dit qu'on coopérera avec lui.

— Donc, vous pensez que le Conseil est pire que lui, résuma Astasiya.

— Je crois qu'il existe toutes sortes de maux dans ce monde et que nous devons parfois nous allier à nos ennemis pour éliminer de plus grandes menaces, répondit Sethios.

— Pour ça, les Hydraiens vont devoir travailler avec les Ichoriens, dit Issac.

Il se déplaça aux côtés d'Astasiya et son bras s'enroula autour de sa taille. C'était un geste qui semblait la revendiquer aux yeux de tous, y compris à ceux de son père.

Un autre signe de son assurance et de son pouvoir. Sethios pouvait faire marcher l'homme au pied avec un simple ordre, mais il se doutait qu'Issac riposterait avec toute la vigueur de ses aptitudes. Et Astasiya l'aiderait.

Caro avait raison.

Il ne pouvait pas tuer Issac.

Mais il n'admettrait pas qu'il l'aimait bien non plus.

— Mon père a encouragé cette guerre entre vous tous pour tester vos forces et éliminer les lignées faibles, dit Sethios. Il ne me l'a jamais avoué à voix haute, mais je sais que c'était son intention. Ça fait des millénaires qu'il prépare cette bataille avec les Séraphins. C'est une obsession.

— Bien que je puisse comprendre la théorie, il a aussi instillé une grande méfiance à l'intérieur de sa prétendue armée, dit Issac, son regard saphir brillant d'intelligence.

Les Hydraiens ne se battront jamais aux côtés des Ichoriens qui ont tenté de les massacrer. Tout comme les Ichoriens ont été élevés dans l'idée de haïr leur progéniture parce qu'elle devenait plus puissante et était immunisée contre les exigences de l'absorption de sang.

— Donne-leur un ennemi commun et ils pourraient se battre, déclara Caro. Les Séraphins veulent tous les détruire. Peu importe qu'ils soient Ichoriens ou Hydraiens ; pour le Conseil, ils sont tous des abominations qui doivent être détruites.

— Comment combat-on une armée qui ne peut pas mourir ? demanda Astasiya. Même si les Ichoriens et les Hydraiens s'allient, ça ne sert à rien de discuter si les Séraphins ne font que survivre.

— Je pense que c'est là que tu interviens, mon amour, murmura Issac. La prophétie.

— *Une puissance inconnue émerge. Elle possédera la force et la volonté de nous détruire tous, à moins que certaines mesures ne soient mises en place pour freiner ses inclinations.*

Caro prononça doucement ces mots tristement illustres, les répétant pour tout le monde. Ils ne les avaient jamais entendus de la bouche de Skye, mais Gabriel les leur avait rapportés il y avait des années. La prophétie était à jamais ancrée dans leurs esprits et leurs cœurs.

— Les mesures que nous avons mises en place visaient à garantir que tu valorises l'humanité. Mais ça ne veut pas dire que le pouvoir en toi en a pâti. Ça suggère juste que tu l'utiliseras de façon appropriée.

Ce qui, selon Sethios, signifiait qu'elle dirigerait ses dons vers le bon ennemi, et non le mauvais.

Bien sûr, il fallait pour cela qu'ils déterminent qui ils étaient destinés à combattre – Osiris et ses sbires, ou les Séraphins.

— Vous croyez qu'Astasiya a le pouvoir de détruire un

Séraphin, dit Issac, son accent britannique plus prononcé par le poids de cette déclaration.

— Oui, répondit Sethios qui regarda ensuite sa fille. Tu es la descendante des Séraphins de la Résurrection, ce qui signifie que tu peux contrôler et concevoir la vie, comme tu le sais déjà. Caro descend d'une lignée de Messagers dotés d'aptitudes leur permettant de guérir et de se dissimuler. Nous ne savons pas comment ces marqueurs se sont combinés en toi, mais les Devins se sont assurés de ta création pour une raison.

Caro acquiesça.

— J'ai toujours cru que le Conseil m'avait envoyé à Osiris avec cet édit, parce qu'il savait que je rencontrerais Sethios et que je te donnerais naissance. Ils ont juste mal compris ton but.

— Tout ça repose sur la conviction que les Devins ne sont plus alignés avec le Conseil, ajouta Sethios. Donc, ce n'est qu'une théorie. Mais c'en est une qui semble juste.

— Oui, renchérit Caro. C'est le cas.

Astasiya souffla, son corps s'appuyant lourdement sur Issac qui la tenait avec aisance.

— Ça fait beaucoup à digérer.

Sa voix trahissait un léger épuisement.

Aucun d'entre eux n'avait beaucoup dormi au cours des derniers jours. Tous les voyages avaient vraiment perturbé leur notion du temps, mais ça n'avait pas d'importance. Ils étaient au bord d'une guerre surnaturelle.

— Si cela arrive, notre existence sera connue des humains, dit Issac. Et avec la destruction de la FHC, de nouvelles organisations militaires seront créées pour combler ce vide. Parce que l'on peut supposer qu'au moins certains fonctionnaires du gouvernement sont déjà au courant de notre existence grâce aux anciens contacts de Jonathan. Ce qui implique que les mortels doivent être pris en compte dans cette équation. Ils sont volatils et ont tendance à agir de manière préventive.

L'approbation rayonnait à travers le lien de Caro.

Je l'aime bien, dit-elle mentalement à Sethios.

Ouais, ouais, répondit-il en marmonnant.

Il sentit qu'elle souriait, mais ses lèvres n'avaient pas bougé jusqu'à ce qu'elle se remette à parler.

— Les Séraphins ont toujours considéré les humains comme une expérience glorifiante. Ils descendent de nos lignées familiales ; c'est pourquoi ceux d'entre vous qui ont ressuscité sous l'influence d'Osiris possèdent des capacités uniques. Ils sont tous liés aux lignages séraphiques.

Les sourcils blonds d'Astasiya se haussèrent.

— Du coup, les humains sont les descendants des anges ?

— Pas exactement.

Caro s'enferma dans un silence contemplatif pendant un instant avant de poursuivre.

— Ils ont évolué au cours des cycles naturels de la Terre sur des milliers d'années, mais les Séraphins ont aidé cette évolution. Je ne suis pas certaine de l'histoire complète, parce que ce n'est pas ma spécialité et que je ne vivais pas encore à l'époque. Mais je sais que les anciens ont aidé d'une manière ou d'une autre par le biais des lignées.

— Ce n'est pas ce qu'on m'a appris à l'école, répondit Astasiya.

Caro blêmit.

— Ils parlent des Séraphins dans les écoles ? demanda-t-elle en regardant Sethios. Ils connaissent notre existence maintenant ?

— Je crois que notre fille était juste sarcastique, répondit Sethios.

Caro cligna des yeux.

— Oh... Oui. Je vois.

Elle secoua la tête.

— Le sarcasme... n'est pas mon fort.

Sethios l'embrassa sur la tempe et la serra dans l'un de ses bras.

— Les Séraphins ne comprennent pas l'humour.

Ou le plaisir, ajouta-t-il dans son esprit.

Elle lui donna un coup de coude.

J'ai amélioré mes émotions.

Sa voix mentale contenait un sous-entendu meurtrier.

C'est vrai, convint-il, ses pensées devenant chaleureuses alors qu'il réfléchissait à toutes les émotions qu'elle avait dégagées plus tôt. *Tu as toujours le couteau d'Ezekiel ?*

Tu veux dire mon couteau ? Oui. Bien entendu.

Tant mieux, lui répondit-il dans un murmure. *On en aura besoin plus tard.*

Puis, à voix haute, il dit :

— Je suis d'accord avec l'évaluation d'Issac selon laquelle les humains seront bientôt impliqués. C'est inévitable. Et ils ajouteront un point de vue imprévisible à cette guerre. Beaucoup d'entre eux mourront aussi.

Une évaluation sommaire, mais vraie.

— Y a-t-il un moyen d'éviter ça ? demanda Astasiya qui semblait encore plus épuisée qu'un instant auparavant. La guerre, je veux dire. Devons-nous lutter contre les Séraphins ?

Il haussa son épaule.

— Cela reste à voir. On n'est même pas sûrs que ce soient eux qu'on doive combattre.

— Skye a dit qu'ils voudraient tuer Elizabeth, mais ils n'ont pas attaqué Hydria, fit remarquer Issac. Peut-être parce qu'Osiris est venu en premier. Cela dit, ce ne sont que des spéculations à ce stade.

— Je suis d'accord, répondit Sethios. Nous devons

d'abord vaincre la difficulté de la pièce d'à côté et trouver la façon d'aider Elizabeth à se cacher de mon père et des Séraphins. Après ça, nous pourrons nous concentrer sur le potentiel combat à venir.

— Et la prétention d'Osiris à me former, ajouta Astasiya sur un ton maussade. Je n'ai pas particulièrement apprécié ce qu'il appelle un entraînement jusqu'à présent. Je suis presque sûre que ça ne m'intéresse pas d'en apprendre plus de lui.

Sethios pouffa de rire.

— Crois-moi, je comprends ça mieux que quiconque.

Il avait passé des milliers d'années sous le tutorat de son père. Si nombre de ses épreuves étaient de nature pratique, aucune d'entre elles n'avait été facile ou plaisante à endurer.

— On devrait...

Caro fut interrompue par un cri d'agonie jaillissant de la chambre. Ils se tournèrent tous vers la porte. Astasiya fut la première à bouger, le hurlement provenant de sa meilleure amie.

Elle se précipita vers l'agitation, mais se figea sur le seuil en voyant la scène.

Sethios arriva ensuite derrière elle, son regard embrassant tous les visages ensanglantés et endeuillés de la pièce.

Oh, merde...

LEELA

LE BÉBÉ NE RESPIRAIT PLUS.

Leela essayait de calmer tout le monde pour pouvoir se concentrer, mais les autres étaient trop bouleversés pour l'écouter.

Seul Balthazar semblait capable de la comprendre. Ses iris chocolatés croisèrent les siens et il inclina le menton pour confirmer qu'il pouvait contrôler la situation pendant qu'elle travaillait. Elle n'avait même pas eu besoin de lui dire quoi que ce soit, il l'avait simplement comprise – quelque chose qu'elle aurait à examiner plus en détail plus tard. Parce que ça l'effrayait de voir à quel point il pouvait lire en elle, en plus de tout ce qui s'était passé depuis qu'elle était à nouveau en contact physique avec lui.

Il sait, pensa-t-elle pour la millième fois. *Mais comment est-ce possible ?*

Vera avait modifié les souvenirs de Balthazar sur leur séjour au Brésil.

Il n'aurait pas dû *savoir*.

Mais il persistait à faire des choses qui insinuaient le contraire.

Comme l'appeler *Lee* et lui offrir le cocktail qu'ils avaient bu ensemble sur la plage de Rio de Janeiro.

Elle se secoua mentalement et regarda le bébé dans ses bras.

Toi et moi allons avoir une conversation, ma petite, pensa Leela à son intention. *À commencer par le fait de ne pas faire flipper tes parents.*

Les bébés séraphins ne pleuraient jamais.

Ils naissaient généralement conscients et pleinement intelligents, ce qui distinguait ces êtres surnaturels et uniques des naissances humaines. Mais Lizzie n'était pas un Séraphin ordinaire. Elle avait été créée dans un laboratoire à l'aide d'une technologie et d'une génétique qu'aucun d'eux ne comprenait ou auxquelles ils n'avaient pas accès.

Le parfait exemple était que Lizzie avait accouché bien après la date prévue. Pour la plupart des Séraphins, le travail commençait vers la septième ou huitième semaine. Mais pas pour Lizzie. Ce qui suggérait que la génétique humaine avait eu un impact sur sa grossesse.

Leela berçait l'enfant silencieux, son pouvoir de fertilité s'enflammant pour fournir au petit être les nutriments dont il avait besoin pour leur revenir.

L'âme des Séraphins ne pouvait pas mourir, seulement leur corps.

Et ce petit corps avait enduré pas mal de choses pour arriver au monde.

Allez, mon cœur, gazouilla mentalement Leela. *Tu es presque guérie. C'est l'heure de faire revenir ton esprit.*

Le temps semblait s'écouler lentement, les autres personnes présentes dans la pièce étant de plus en plus angoissées à chaque seconde qui passait. Surtout parce qu'ils essayaient de calmer la mère terrifiée sur le lit. Jayson était toujours sous le coup du contrôle émotionnel de

Balthazar. Mais Lizzie était dans tous ses états, horrifiée par la perte de leur enfant.

— Elle va s'en sortir, disait Balthazar. Leela est confiante et je la suis sur ce point.

L'éloge était chaleureux, mais encore une fois troublant par nature.

Il ne devrait pas du tout avoir confiance en elle.

Ils se connaissaient à peine. Dans son esprit à lui, en tout cas.

Lizzie répondit en mangeant ses mots qui se perdaient dans sa respiration brusque alors qu'elle luttait contre un nouvel afflux de larmes.

— Est-ce qu'il s'est passé la même chose avec moi ? demanda doucement Astasiya.

— Non, murmura Sethios. Mais ta situation était différente.

— L'âme des Séraphins ne peut pas périr, les informa Caro. Seul le corps meurt, mais il se régénère ensuite.

Ce qui était exactement ce que Leela essayait de leur dire depuis le départ. Heureusement, ils semblaient entendre Caro.

La respiration de Lizzie redevenait régulière et Jayson lui murmurait des mots d'encouragement à l'oreille. Soit c'était encore le résultat du contrôle émotionnel de Balthazar, soit il avait enfin retrouvé suffisamment ses esprits pour accomplir son travail. Quoi qu'il en soit, Leela lui en était reconnaissante, car cela lui donnait la paix et la tranquillité dont elle avait besoin pour prendre soin du bébé.

Elle ferma les yeux, son esprit cherchant l'âme errante de l'enfant dans ses bras.

Arrête de vagabonder, ma petite, la réprimanda-t-elle mentalement. *Le moment est venu de revenir et de rencontrer tes parents dans un état corporel.*

Les enfants séraphins naissaient avec une intelligence différente des bébés humains. Ils étaient déjà conscients et comprenaient certains aspects du monde que beaucoup de mortels n'apprenaient qu'à l'adolescence ou au début de leur vie adulte. Cela contribuait à faciliter la transition de leur pouvoir à la naissance, ce qui restait à faire dans le cas présent.

Mais la petite chérie devait reprendre sa forme corporelle pour cela.

Allez, mon cœur, roucoula-t-elle. *Je sens que tu es tout près. Retrouve ton corps et montre-moi ces jolis yeux bruns.*

Elle les avait vus une première fois et l'inquiétude qu'ils avaient dégagée lui avait presque brisé le cœur. La pauvre petite âme avait senti son corps se détériorer et s'était enfuie en conséquence. Mais elle avait en grande partie récupéré maintenant, confirmant sa naissance séraphique.

Quelques minutes passèrent encore.

Puis Leela lâcha un soupir quand les battements de cœur reprirent.

Te voilà, chuchota-t-elle affectueusement. *Montre-moi ces yeux, ma belle.*

L'enfant ne pouvait pas réellement entendre les paroles mentales de Leela, mais elle pouvait sentir la chaleur et le réconfort dans son essence. Elle était un Séraphin de la Fertilité, ce qui signifiait qu'elle était spécialisée dans la naissance et la fécondation. Cela impliquait également qu'elle excellait dans l'art du sexe, comme les légendaires succubes, à la différence près que Leela n'avait pas besoin de gratification pour survivre, elle aimait juste ça.

Un petit rire se fit entendre derrière elle, la main de Balthazar se posant sur sa hanche alors qu'il pressait ses lèvres contre son oreille.

— Toi et moi allons avoir une longue conversation après ça, Lee, lui dit-il.

Il avait prononcé ces mots dans un murmure destiné à ses seules oreilles.

— Comment va-t-elle ? l'interrogea-t-il plus fort, masquant sa précédente déclaration sous une apparente curiosité.

Elle eut un frisson et se demanda si elle pouvait faire comme si elle n'avait pas entendu ce qu'il avait dit. Mais lorsqu'il mordilla le lobe de son oreille, elle sut que ce serait impossible.

Seul Balthazar pouvait transformer un moment gore en quelque chose de sensuel. Elle était couverte de sang et de fluides innommables, mais il faisait en sorte qu'elle se sente propre, réelle et puissante.

Elle secoua la tête et lui fit face, libérant sa hanche de sa main.

Il croisa son regard un bref instant, un soupçon de connaissance tapi dans ses iris bruns. Puis il baissa la tête sur le bout de chou dans ses bras et afficha un sourire en voyant les deux grands yeux magnifiques qui le regardaient.

— Eh bien, bonjour, petite LJ, gazouilla-t-il. Je vois que tu as le regard de ta maman.

L'enfant cligna des yeux.

Il pressa son doigt sur son nez.

— C'est Jay tout craché, lui dit-il doucement. Mais les pommettes sont définitivement celles de Lizzie.

Des fossettes apparurent sur ses joues.

— Tu es éblouissante, ma petite beauté.

Un soupçon de compréhension se réfléchit dans les yeux de l'enfant et ses lèvres remuèrent dans un mouvement de succion. Leela gloussa.

— Oui, oui. Tu dois te lier.

Elle jeta encore un regard à Balthazar avant de le

contourner et de se diriger vers les parents qui attendaient sur le lit.

Les yeux de Lizzie étaient grands comme des soucoupes et de nouvelles larmes brillaient dans ses iris lorsque Leela se présenta avec leur enfant. Mais c'étaient alors des larmes de joie, non plus de tristesse.

— Oh, elle est vivante !

— Je te l'ai dit, elle avait juste besoin de se rétablir un peu, dit doucement Leela. Mais oui, elle est bien vivante et c'est une sacrée battante, si tu veux mon avis.

Elle sourit avec tendresse au bébé qui eut un autre mouvement de succion sur les lèvres.

— Elle est aussi impatiente. Vous avez échangé un peu de pouvoir pendant l'accouchement, mais il lui en faut plus.

— Comment je fais ça ? demanda Lizzie.

— Elle te guidera, lui assura Leela. Peux-tu aider Lizzie à s'asseoir un peu ? Cela facilitera le processus.

La question s'adressait à Jayson qui se mit aussitôt en action sur le lit pour arranger les oreillers et lui donner l'espace dont elle avait besoin pour s'occuper correctement de son enfant.

Le corps de Lizzie était déjà en train de guérir. D'ici une heure ou deux, elle serait à nouveau en forme. En supposant qu'elle récupérait comme un Séraphin ordinaire. Hmm, mais sa grossesse avait été un peu prolongée, alors peut-être qu'elle aurait besoin de plus de temps pour ça aussi.

Quoi qu'il en soit, elle s'en remettrait rapidement.

Et créer un lien avec son enfant l'aiderait.

Lorsqu'ils eurent fini de s'installer sur le lit, Leela s'avança et déposa délicatement le bébé dans les bras de Lizzie. Si celle-ci était alarmée par tout ce sang, elle ne le montra pas.

— Oh, elle est si belle, dit Lizzie avec admiration.

— Elle ressemble à sa mère, répondit Jayson, des étoiles dans les yeux alors qu'il fixait son enfant.

Leela s'éloigna d'eux avec l'intention de leur laisser quelques instants de paix. Mais Balthazar se tenait juste derrière elle. Son corps chaud épousait le sien et il reposa ses mains sur ses hanches.

Ce contact intime lui donna des frissons. Il était toujours audacieux, mais cela ressemblait plus à une revendication. Comme s'il savait qu'il avait le droit de la tenir. Parce que c'était fondé sur une histoire et une affection mutuelle.

Je suis vraiment dans le pétrin, songea-t-elle.

— Oui, absolument, répondit-il à voix haute.

Elle se figea.

Est-ce que j'ai dit ça tout haut ? Ou est-ce qu'il a lu dans mes pensées ?

C'est alors qu'elle se rendit compte de l'élément qu'elle avait manqué dans le tourbillon d'activité précédent. *La rune.* Vera la lui avait donnée pour faciliter sa guérison, mais elle avait permis à tous les dons hydraiens d'agir sur elle. Ce qui signifiait...

—Je sais tout, chuchota-t-il.

Il passa ses bras autour de sa taille et posa sa tête sur son épaule, regardant Lizzie et Jayson se pâmer devant leur enfant.

— Nous en parlerons plus tard, Lee. Pour l'instant, contemplons la vie que nous avons aidé à mettre au monde.

Stas et Issac se tenaient près du lit, de l'autre côté, tous deux épris de l'enfant. Sethios et Caro étaient derrière eux, concentrés sur leur propre fille, une vague de souvenirs nageant dans leurs regards.

Il y avait vingt-cinq ans, ils avaient donné naissance à

Stas. Et maintenant, elle était adulte et avait son propre compagnon. Leela imaginait que cela leur faisait à la fois plaisir et mal. Ils avaient manqué une grande partie de sa vie. Mais ils étaient désormais réunis pour profiter ensemble de l'avenir, quoi que celui-ci puisse leur réserver.

Leela ne voulait pas penser à cela pour l'instant, alors elle suivit la suggestion de Balthazar et contempla le petit être dans les bras de Lizzie.

Les deux nouveaux parents échangèrent un regard, l'expression de Lizzie presque rêveuse du fait de l'échange de pouvoir que sa fille avait amorcé. Ils se liaient comme une seule entité, l'énergie de Jayson s'ajoutant au mélange pour aider à fortifier leur enfant.

Une nouvelle famille heureuse, pleine d'amour et d'affection, née à la veille d'une future guerre.

Mais cette enfant serait plus protégée que tous les autres avant elle. Elle avait les Anciens d'Hydria, Issac et Stas pour oncle et tante, et Leela comme ange gardien.

Ce n'avait pas été intentionnel. Cependant, elle s'était quelque peu attachée à l'enfant en ramenant cette âme dans son propre foyer. Ce qui signifiait que Leela s'était liée d'une certaine manière au petit esprit.

Elle ne romprait jamais ce lien. Il resterait à jamais entre elles, de la même façon que Gabriel avait juré fidélité à Stas. Mais pas tout à fait.

— Comment allez-vous l'appeler ? demanda doucement Stas.

Lizzie sourit.

— Aidyn Lee, répondit-elle. Aidan nous a sauvé tous les deux. Il est normal qu'elle porte son nom en mémoire de son sacrifice. Et Lee d'après Leela, pour avoir fait en sorte que nous survivions tous.

Le silence suivit ses paroles, les émotions derrière ces noms s'enfouissant profondément dans tous leurs cœurs.

Celui de Leela sembla s'arrêter de battre, stupéfiée d'être honorée de la sorte.

— Personne n'a jamais donné mon nom à un enfant, chuchota-t-elle.

— Alors je suis heureuse que la nôtre soit la première, murmura Lizzie en souriant à leur fille.

Aidyn Lee.

— Un nom bien trouvé, dit Balthazar. Aidan serait honoré.

— En effet, reconnut Issac sur un ton un peu plus rauque que d'habitude. Merci d'honorer sa mémoire.

— Nous ne serions pas ici sans lui, répondit Lizzie d'une voix douce. C'est la meilleure façon de nous souvenir de lui. C'est aussi un nom fort qui convient à notre miracle. Notre bébé Aidyn.

Un nouveau silence lourd d'émotions s'installa dans la pièce.

Issac fut le premier à s'éclaircir la voix, puis il fit un signe de tête et sortit. Stas le suivit, sa main contre le bas de son dos pour le réconforter.

Sethios et Caro leur emboîtèrent le pas.

Puis Leela dit :

— Appelle-moi si tu as besoin de quoi que ce soit.

— Pas de souci, répondit Lizzie, son attention entièrement portée sur leur enfant.

Leela voulut partir, mais les bras de Balthazar restèrent à leur place. Elle se racla la gorge.

— On ne sera pas loin, dit-il à l'intention de Jay. Tu sais comment attirer mon attention.

— Merci de m'avoir apaisé, répondit Jay.

Elle sentit Balthazar hocher la tête à côté d'elle. Puis ses bras retombèrent et sa main s'empara de la sienne pour l'attirer hors de la pièce. Leela ne dit pas un mot et le suivit scrupuleusement alors qu'il la conduisait dans une autre chambre, quelques portes plus loin.

Une brève pensée lui traversa l'esprit : elle se souvint qu'elle pouvait se volatiliser, mais un regard de la part de Balthazar lui fit oublier cette idée.

Il les isola dans une chambre dont le balcon donnait sur l'océan et qui contenait des meubles blancs et un grand lit couvert de draps bleus et d'un édredon marine. Mais plutôt que de la conduire vers la couche, il l'emmena dans la salle de bain élégamment meublée.

— Déshabille-toi, lui dit-il.

— Tu ne peux pas m'intimider, l'informa-t-elle, obéissant à l'ordre par défi plus que par soumission.

Être nue ne la dérangeait pas. Elle avait un corps sensationnel et elle savait comment s'en servir pour subjuguer un homme.

— Je ne cherche pas à t'intimider. Je veux juste prendre soin de toi et te montrer ma gratitude pour ce que tu as fait pour mon meilleur ami. Ensuite, je considérerai la possibilité de te baiser. Et après ça, nous parlerons. À moins que tu ne veuilles que Vera modifie à nouveau mon esprit ?

Leela le dévisagea.

— Je n'ai pas besoin que tu prennes soin de moi.

— Je sais, mais je vais quand même le faire.

— Et il n'est pas nécessaire de réfléchir au fait de me baiser, ajouta-t-elle en ignorant sa réponse. Si je veux baiser, on baise.

Il sourit.

— Je peux te faire supplier.

— Tu peux toujours essayer.

— Oh, Leela, dit-il en s'introduisant dans son espace personnel et en écartant ses vêtements couverts de sang d'un coup de pied. Je vais te faire ramper, bébé.

— Ça n'arrivera jamais.

Les mots qu'elle prononça à voix haute ne correspondaient pas à ceux qu'elle avait en tête, qui étaient plutôt du genre : *Oui, s'il te plaît.* Et cet enfoiré les entendit à cause de la rune altérée.

Elle fut frappée par l'idée que Vera devait savoir ce qui se passerait après avoir modifié la marque. De la même façon qu'elle n'avait pas altéré l'esprit de Balthazar comme Leela le lui avait demandé.

Il eut un sourire narquois.

— Tu crois que j'ai donné tout ce que j'avais au Brésil ? Ce n'étaient que des préliminaires. Quand on en aura fini, tu ne sauras même plus comment bouger sans me sentir entre tes cuisses.

Le corps de Leela s'échauffa à la promesse de ces paroles.

— Montre-moi.

— Je vais le faire, lui jura-t-il. Après t'avoir fait ramper.

Elle pouffa de rire.

— Alors ce ne sont que des paroles en l'air, *bébé*, parce que je ne ramperai jamais devant toi.

Il sourit et passa légèrement ses lèvres sur les siennes dans un mouvement sensuellement audacieux qui enflamma son sang.

— Merci, Leela.

Elle fronça les sourcils.

— Pour quoi ?

— Pour m'offrir ce nouveau défi, répondit-il doucement. Maintenant, bouge tes belles fesses et va prendre une douche. Je te rejoins dans un instant. Et on verra combien de temps tu tiendras avant de céder.

CARO

Sᴇᴛʜɪᴏꜱ ꜱᴇ ᴛᴇɴᴀɪᴛ sur le balcon de leur chambre provisoire, juste une serviette autour de la taille et le regard fixé sur les étoiles.

Caro le rejoignit, vêtue du peignoir qu'il avait laissé pour elle sur le comptoir de la salle de bain. Ils s'étaient tous les deux douchés en silence, s'embrassant fréquemment et se parlant mentalement, sans rien faire d'autre que d'exister ensemble une fois de plus.

Elle enroula ses bras autour de sa taille nue, pressant son nez contre son épaule alors qu'elle le tenait contre elle.

C'était agréable, tendre, naturel.

Le roulement paisible des vagues sur le rivage en contrebas donnait l'impression du calme avant la tempête. Elle frissonna à l'idée de ce qui allait arriver, de cette potentielle guerre dévastatrice.

— Gabriel est toujours à Hydria, dit doucement Sethios. Ezekiel reste avec Skye pour le moment, mais il continuera à communiquer grâce au téléphone qu'il a laissé sur la table de nuit.

— Ezekiel est venu ici ?

— Ouais, il est passé pour une brève discussion pendant que tu te séchais après la douche.

Sethios posa ses bras sur les siens, promenant le bout de ses doigts sur sa peau.

— Il va essayer d'en apprendre plus sur les Devins avec Skye, mais il ne semblait pas convaincu par sa capacité à lui soutirer des informations.

Caro soupira contre lui.

— Il est dans la nature de Skye de prévoir l'avenir, pas de l'expliquer.

— Nous avons pourtant besoin qu'elle nous donne un peu plus de détails.

— Oui, mais ça ne veut pas dire qu'elle en est capable, répondit Caro en le contournant pour lui faire face.

Les bras de Sethios encerclèrent aussitôt le bas de son dos et son front se posa contre le sien tandis qu'ils se tenaient dans un silence satisfait. Elle comprenait son besoin, car il rivalisait avec le sien, le réconfort de l'autre ayant manqué à leurs corps pendant bien trop longtemps.

Ils restèrent comme cela pendant un très long moment, sans dire un mot, mais avec assez d'émotions pour oblitérer le plus sérieux des événements.

Les lèvres des Sethios trouvèrent les siennes, la vénérant d'une manière qui fit trembler ses jambes. Mais il la maintint debout et, dans sa bouche, sa langue fut une bénédiction qui enflamma tout son être.

Elle passa ses bras autour de son cou, s'accrochant à lui, leurs deux corps s'épousant d'une manière qui rivalisait avec l'union de leurs âmes.

Chaque coup de langue contre la sienne l'ancrait encore plus dans le présent, l'expérience de la réformation s'effaçant devant les souvenirs qu'il évoquait dans son esprit. Toutes ces années perdues entre eux ne signifiaient rien. Ils avaient le présent, ils avaient l'avenir, ils avaient leur fille.

C'était tout ce qui comptait pour elle. Elle perçut l'approbation de Sethios à travers le lien. Il la souleva, la ramena dans la chambre et l'allongea sur le lit.

Consciente de ses intentions, elle écarta les jambes pour lui.

Il entrouvrit son peignoir et jeta sa serviette sur le sol, puis embrassa son corps en se frayant un chemin jusqu'au point sensible entre ses cuisses. Sa langue prit le relais dans cet assaut sensuel, la léchant, la goûtant et la propulsant au paradis à chaque caresse habile.

Elle avait laissé le couteau dans la salle de bain avec ses vêtements, mais ça n'avait aucune importance. Ils n'en avaient pas besoin. Parce que le sexe entre eux ne nécessitait pas toujours la douleur. Tout ce dont ils avaient vraiment besoin, c'était l'un de l'autre.

Lorsqu'il lui mordilla le clitoris, elle se cambra sur le lit et plongea ses doigts dans son épaisse chevelure noire.

Encore, gémit-elle dans son esprit.

Sans refuser et sans se retenir, Sethios lui offrit exactement ce qu'elle voulait : il aspira son bouton tout en la pénétrant avec deux doigts. Elle s'effondra en quelques secondes, son corps avait faim de lui après une si longue période sans contact régulier.

— J'aime le goût que tu as, mon ange, murmura-t-il contre sa chair lisse avant de se glisser à nouveau sur elle.

Il entra en Caro sans prévenir, la poussée arrachant un cri de sa bouche alors qu'il réclamait ses lèvres dans un vigoureux baiser.

Elle se démenait pour lui.

Criait pour lui.

Lui donnait tout.

Se volatilisait *avec* lui.

C'était tellement érotique et beau, et c'était ponctué par le fait qu'il la mordait pour la faire basculer à nouveau dans l'oubli. Elle lui rendit sa morsure, ses dents s'enfonçant dans son cou et l'obligeant à se décharger au plus profond d'elle.

Il poussa un grognement.

Elle répondit par un autre grognement.

En un instant, leur accouplement devint sauvage, leurs corps survoltés et prêts à rattraper les années perdues.

Il se jeta sur elle. Elle lutta contre lui avec ses cuisses, l'enserrant et faisant pression sur ses fesses avec ses chevilles pour l'encourager à aller plus loin.

Elle s'abandonna à l'expérience, lui permettant de consommer chacune de ses pensées et de ses respirations.

Elle laissa échapper le nom de Sethios dans une prière et il l'imita en prononçant le sien.

Ils étaient complètement absorbés l'un par l'autre, tombant dans la béatitude de leur tranquillité temporaire. Leurs vies avaient été constamment en mouvement, passées à fuir, à se cacher et à se tenir prêts. Ils savaient comment profiter d'un moment de calme et c'était exactement ce qu'ils faisaient maintenant.

Elle assouvit les besoins de Sethios tout autant qu'il satisfaisait les siens.

Jusqu'à ce qu'ils ne forment plus qu'un enchevêtrement haletant de membres. La sueur de leurs corps justifiait à elle seule une autre douche, mais aucun d'eux n'était en état de se mouvoir.

Caro faillit éclater de rire.

Sauf qu'elle ne le pouvait pas. Cela demandait trop d'énergie.

—Je pense que tu m'as tuée.

— C'est une belle façon de mourir, dit-il, tout aussi essoufflé qu'elle.

Elle répondit par un gloussement, un son étrangement libérateur.

Il roula sur le côté pour lui faire face et ils partagèrent un oreiller. Ils venaient de se chevaucher l'un l'autre jusqu'à l'oubli pendant ce qui avait semblé des heures et qui paraissait pourtant loin d'être assez long.

La main de Sethios trouva sa hanche.

— Tu te moques encore de moi ? Je n'avais pas idée que j'étais si désopilant, dit-il, pince-sans-rire.

Elle l'embrassa et il répondit en la faisant rouler sur le dos et en plaçant ses coudes de chaque côté de sa tête. L'énergie dansait sur sa peau, tout le poids des aptitudes séraphiques semblant se déverser sur lui.

— Tu sens ça ? lui demanda-t-il.

— Oui. Je pense que notre lien plus intense a renforcé ta génétique séraphique. C'est probablement la raison pour laquelle tu peux te volatiliser maintenant.

Et elle adorait cela. Il avait de très belles ailes noires lisérées de bleu.

— Montre-moi tes plumes.

Il s'exécuta, prenant sa forme éthérée d'une simple pensée.

— Notre fille a mis une semaine pour apprendre ça, mais ça me semble naturel.

— Probablement parce que tes ailes ont été refoulées, mais elles ont toujours été là. Tu ne savais juste pas comment y accéder jusqu'à récemment. Alors que celles d'Astasiya avaient besoin de se développer.

— Je suppose que les miennes ont grandi comme les siennes au cours des vingt-cinq dernières années.

— Peut-être, répondit-elle, en y réfléchissant. Je ne sais pas vraiment comment ça fonctionne. Tu es une abomination, après tout.

Il eut un petit rire.

—Je suis ton abomination.

— C'est vrai, dit-elle en souriant. Hmm, mais je me demande si ma réformation a eu un impact sur ton ascension séraphique.

— Ou c'est mon père qui en a eu un, répondit-il. Il a prétendu qu'il n'aurait pas été utile de me garder les pieds sur terre, incapable de voler, mais il n'est pas exactement une source digne de confiance.

— Oui.

Elle médita cela encore un peu, puis ajouta :

— Cela dit, notre lien semble désormais plus fort. Comme si on avait accompli quelque chose en nous réunissant.

— C'est aussi l'impression que j'ai, murmura-t-il en pressant ses lèvres contre les siennes. Je me sens vivant.

— Moi aussi.

Elle lui rendit son baiser, se délectant de toutes les sensations provoquées par son contact.

—Je t'aime, Sethios.

—Je t'aime aussi, mon ange.

Sa langue se glissa dans la bouche de Caro, l'hypnotisant à nouveau avec son toucher puissant. Elle soupira sous lui, heureuse de rester là pour toujours. Mais elle savait qu'ils avaient un avenir à affronter. Un sombre destin, dont faisaient partie la guerre, la violence et le sang.

Sa fille était la clé de tout ça.

Elle ne comprenait pas encore tout à fait ce que cela signifiait.

Ils trouveraient une solution ensemble, en tant que famille, en tant qu'entité puissante, en tant que Séraphins revenus à la vie avec un objectif renouvelé.

— Je pense que c'est ce que les Devins avaient à l'esprit, chuchota Caro pour exprimer ses pensées. Ils voulaient qu'Astasiya comprenne l'humanité, car ils savaient que cela aurait un impact sur ses décisions. Et plutôt que de tuer sans discernement, elle examinera chaque résolution avec compassion, une chose qui manque au Conseil. Contrairement à eux qui prennent des décisions pragmatiques, elle suit son cœur.

C'était tellement évident pour Caro à cet instant. Sa fille était loyale envers sa famille et ses amis, elle n'avait pas un but aveugle rattaché à un Conseil d'anciens. Astasiya faisait toujours ce qui était juste pour ceux qu'elle aimait, une chose que le Conseil ne comprendrait jamais.

— Elle va les détruire en mettant en pièces le système, poursuivit Caro. En les initiant à un raisonnement émotionnel. Ils ne sauront pas comment combattre ça.

Il toucha sa joue, ses yeux verts pétillant de compréhension.

— Je crois que tu pourrais bien avoir raison, mon ange.

— Mais tu penses qu'il y a quelque chose d'autre.

— Je crois qu'elle commence seulement à comprendre son pouvoir, c'est pourquoi mon père veut la former. Il sait quelque chose sur ses aptitudes – ou sur leur potentiel – qu'il ne nous dit pas.

— Parce qu'il veut se servir d'elle, dit Caro.

— Oui.

— Et tu crois qu'on devrait le laisser faire, ajouta-t-elle, remarquant la stratégie se dessiner sur ses traits.

— Je pense qu'on devrait y réfléchir et demander à Astasiya ce qu'elle veut. Ce serait risqué, mais cela pourrait aussi nous donner l'avantage qui nous manque depuis le début.

— Une tentative pour prendre une longueur d'avance sur lui, songea-t-elle.

— Ce serait bienvenu, répondit-il. Mais elle devra être d'accord.

Caro fit un signe de tête pour acquiescer. Cependant, elle savait déjà ce que sa petite guerrière allait répondre.

— Elle prendra le risque.

—Je sais.

Les lèvres de Caro se retroussèrent.

— Elle me ressemble beaucoup, n'est-ce pas ?

— Absolument, murmura-t-il. Nous avons fait le bon choix, Caro.

—Je sais.

Le regard de Sethios prit une lueur sérieuse.

—Je ne le regrette pas.

— Moi non plus, dit-elle en prenant sa joue dans sa main. Elle fait en sorte que nos sacrifices en valent la peine.

— C'est vrai, chuchota-t-il en faisant glisser son nez contre le sien. Avec elle, tout en vaut la peine. Et avec toi aussi, mon ange. Je suis prêt à subir à nouveau tout ça, juste pour ce moment.

— Pareil pour moi, répondit-elle d'une voix tout aussi calme. Embrasse-moi, Sethios.

— Pour toujours, lui jura-t-il, prenant sa bouche et scellant sa promesse avec sa langue.

Le cœur de Caro se réchauffa et son âme se délecta de leur étreinte.

Elle était enfin chez elle.

Avec son amour.

Son Sethios.

Pour l'éternité.

ÉPILOGUE

VERA

Vera se cachait dans l'ombre juste à l'extérieur de l'amphithéâtre, ses ailes repliées dans son dos. C'était son endroit préféré pour espionner, car personne ne la remarquait jamais ici, nichée entre deux piliers de roche décorative.

Les caméras de sécurité étaient toutes orientées dans la direction opposée grâce à l'intervention de Mateo. Elle lui avait envoyé un message pour lui faire connaître sa position.

Compris, avait-il répondu.

Elle était ici dans le seul but d'écouter le verdict du Conseil au sujet d'Elizabeth et de sa nouvelle fille.

Osiris l'avait enlevée juste à temps, pour la protéger dans le manoir qu'il s'était procuré à cet effet. Mais cela laissait Hydria exposée et vulnérable, ce qui n'était pas acceptable.

Mateo était resté sur l'île, bien que sa couverture ait été grillée. Il faisait passer la vie de tous les habitants d'Hydria avant la sienne, un acte admirable que Vera comprenait parfaitement.

Elle se mettait souvent en péril.

Comme maintenant, alors qu'elle attendait le verdict.

Si Vera signalait une attaque imminente, Mateo transmettrait le message à Lucian et, alors que cela confirmerait ainsi son allégeance à Osiris, il en accepterait les conséquences. Cela alerterait également les autres sur ses récentes activités à elle, mais ils allaient bientôt les découvrir de toute façon.

En attaquant Osiris ce jour-là, elle avait mieux compris l'ancien Séraphin, ce qui lui avait donné à réfléchir.

Elle avait vu dans ses souvenirs ce que le Conseil lui avait vraiment fait.

Une chose épouvantable et horrible qui lui avait coupé le souffle et l'avait forcée à revenir vers lui le lendemain, après s'être assurée que tout le monde était en sécurité chez Gabriel.

— Je dois savoir, lui avait-elle dit. Permets-moi de revoir tout ça.

Il l'avait dévisagée pendant un long moment, ses yeux verts brillant de fureur.

— Si tu altères encore mon esprit, je t'ajouterai à ma collection au sous-sol.

Elle savait de quoi il parlait : les immortels qu'il gardait enfermés dans des conditions bien pires que la mort.

Mais elle avait tenté sa chance en acceptant ses exigences.

Puis elle avait revécu chaque détail atroce de son souvenir.

Lorsqu'elle eut terminé, elle s'était retrouvée à genoux, en larmes, tandis qu'il se tenait au-dessus d'elle avec une expression stoïque.

— Maintenant, tu sais.

On ne pouvait pas contrefaire un souvenir comme celui-là. Même à l'instant présent, cela lui donnait encore froid dans le dos. Parce que cela s'était passé dans les murs de cet ancien amphithéâtre.

Elle pouvait ne pas être d'accord avec les méthodes d'Osiris ou avec son penchant pour la cruauté, mais elle respectait son objectif de faire tomber le Conseil.

Ils devaient s'en débarrasser.

Et il était l'un des rares êtres à avoir le pouvoir de le faire.

Ses souvenirs avaient également prouvé ses intentions à l'égard de Sethios et de Stas. Il considérait vraiment ses agissements comme une méthode d'enseignement, un moyen de les responsabiliser et de renforcer leurs aptitudes. Le cas de Caro était légèrement différent, car il avait cru qu'elle était une arme envoyée par le Conseil. Il comprenait maintenant la vérité et voulait qu'elle prospère avec Sethios d'une manière tordue, sombre et horrible.

Pourtant, c'était la bonne méthode. Parce qu'il savait ce qu'ils allaient affronter.

Vera secoua la tête.

Il était troublant de s'être trouvé dans l'âme d'Osiris pendant si longtemps et de comprendre ses choix, de voir l'aspect pragmatique de la rigueur de ses décisions et de réaliser que sa véritable intention n'était pas de torturer les gens ou de leur faire du mal, mais de les faire grandir.

Elle faillit souffler, l'esprit épuisé par la myriade de tâches qu'elle avait accomplies ces derniers jours. Mais ce qu'elle faisait à cet instant était trop important pour qu'elle échoue, c'est pourquoi elle resta totalement immobile en attendant que le Conseil soit ajourné.

Tout était silencieux à l'intérieur, juste le minimum de grondement, ce qui signifiait qu'il n'y avait que peu de débats entre eux.

Cela pouvait laisser présager n'importe quelle issue.

Le Conseil voulait détruire les Hydraiens et pouvait facilement accepter d'emprunter cette voie dès maintenant, sous couvert de retrouver et anéantir Elizabeth.

Ou bien ils décideraient à l'unanimité que le moment n'était pas encore venu, ce qui était leur décision depuis des millénaires. Jusqu'à ce que les Hydraiens représentent une menace significative, ils les laisseraient tranquilles en espérant qu'Osiris reviendrait à la raison.

C'était la ligne directrice, en tout cas.

Vera comprenait désormais la vérité. Tout comme elle savait qu'Osiris ne « retrouverait jamais la raison ». Pas après ce qu'ils lui avaient fait.

Des bruits de pas se firent entendre, résonnant autour d'elle. Elle se pressa plus fermement contre la paroi de pierre, attendant sous sa forme éthérée. Si quelqu'un la voyait, ce qui ne se produirait pas, elle pourrait se volatiliser dans un endroit sûr en quelques secondes.

Mais personne ne se retournait jamais vers l'amphithéâtre. Cela n'avait aucune raison pratique. Tout comme ils étaient loin de penser que des espions puissent se cacher parmi eux, puisque tous les Séraphins croyaient qu'il fallait servir le Conseil et non remettre ses décisions en question.

C'était une société où régnait une parfaite conformité silencieuse.

Sauf pour ceux qui, comme elle, voyaient clair dans ce traitement inhumain.

Des murmures flottèrent dans l'air, des mots circulèrent entre les conseillers alors qu'ils sortaient à pied ou en se volatilisant de l'infâme structure en forme de théâtre.

Quelques-uns exprimèrent des commentaires non pertinents.

Elle les ignora, attendant les signes de la publication d'un édit.

Quand Adriel apparut, la colonne vertébrale de Vera

se raidit. Deux guerriers séraphins volèrent immédiatement à sa rencontre.

Leek et Kital.

Le premier était le fils aîné d'Adriel, un Séraphin que Gabriel avait vaincu dans un combat trente ans auparavant. L'autre, Kital, faisait partie de sa lignée, mais était d'une génération beaucoup plus jeune et n'avait pas un rang aussi élevé que Leek.

— Une abomination et sa progéniture ont été emmenées dans un complexe protégé aux Bahamas. Nous avons besoin que vous les rameniez ici.

Les yeux de Vera s'écarquillèrent. *Comment le savent-ils ?*

— Les coordonnées ne sont pas précises, mais trois des Devins ont pu déterminer une localisation approximative. Je vous recommande de prendre Patreel et Arvane avec vous. Ce sont deux de nos meilleurs traqueurs.

— Bien, conseiller. Devons-nous ramener les abominations vivantes ou mortes ?

— De préférence vivantes, car nous aimerions effectuer quelques tests, mais si elles opposent une quelconque résistance, alors nous accepterons leurs cadavres.

— Considérez que c'est fait, répondit Leek.

Adriel hocha la tête, puis leva les yeux vers le ciel.

— Vous pouvez disposer.

Les deux guerriers se volatilisèrent sans un mot.

Aucun autre commentaire ou édit ne fut émis, confirmant qu'Hydria était en sécurité pour le moment. Cependant, Elizabeth et son enfant couraient un grave danger.

Vera résuma la situation par SMS à Mateo, puis se rendit aux Caraïbes pour annoncer la mauvaise nouvelle.

Heureusement, plusieurs d'entre eux étaient expérimentés quand il s'agissait de dissimuler les personnes auxquelles ils tenaient.

Cette situation ne serait pas différente.

L'arrivée d'un message fit sonner son téléphone lorsqu'elle atterrit sur le sable à l'extérieur du manoir. Le numéro appartenait à Osiris.

Je vais m'occuper des guerriers séraphins pour te faire gagner du temps.

Elle cligna des yeux en lisant ces mots, alors qu'un second message provenant du même numéro faisait vibrer son téléphone.

Je te suggère de les envoyer en Islande. Skye et Ezekiel t'aideront à les protéger.

Elle approuva d'un signe de tête, puis se mit en marche vers l'intérieur, tout en se préparant à une conversation complexe sur les vérités et les mensonges.

Certaines promesses étaient faites pour ne pas être tenues.

D'autres devaient être fléchies.

Mais elle était sur le point de n'en tenir aucune.

Et elle en paierait probablement le prix ultime.

LA SÉRIE LA MALÉDICTION DES IMMORTELS CONTINUE AVEC *LE POIDS DU SANG*.

LE POIDS DU SANG

Bienvenue dans l'univers de La malédiction des immortels *où les anges et les vampires existent en secret... pour le moment.*

Gabriel est un guerrier. Un Séraphin. Un immortel au pouvoir et à l'autorité astucieux. Il a passé sa vie sous un voile de stoïcisme et de pragmatisme, pour finalement voir son existence entière bouleversée à cause *d'elle.*

Clara.

La sorcière qui l'a envoûté avec son empathie, un talent vampirique qui fait des ravages sur sa capacité à se concentrer.

Il est déterminé à réparer le mal, même s'il doit la tuer pour rétablir son équilibre psychique.

Cependant, toutes les batailles ne se gagnent pas physiquement.
Certaines exigent du cœur.

Clara n'est pas une adversaire ordinaire.
Et elle est sur le point de mettre Gabriel à genoux.

Note de l'auteur : Cette nouvelle appartient à l'univers de *La malédiction des immortels* et peut être appréciée comme un complément à la série. Commencez le voyage aujourd'hui avec *Les lois du sang*.

Bienvenue dans l'univers de La malédiction des immortels où les anges et les vampires existent en secret... pour le moment.

Une liaison passionnée d'une chaleur torride.

Oubliée et enterrée.

Parce que ce qui se passe au Brésil reste au Brésil.

C'était l'idée, en tout cas. Jusqu'à ce que Balthazar commence à se souvenir de tout. Il force alors Leela à payer le prix ultime en la faisant *supplier*.

Chaque contact incendiaire enflamme l'âme de cette dernière. Chaque regard de braise lui fait serrer les cuisses. Et pire, elle ne peut lui échapper.

Ils fuient une horde d'anges guerriers pour préserver un innocent d'un destin pire que la mort.

Le Conseil supérieur des Séraphins a émis un édit.

Il faut obéir ou mourir.

Que feront Leela et Balthazar pour survivre ?

L'auteure à succès d'*USA Today* Lexi C. Foss est une écrivaine perdue dans le monde de l'informatique. Elle vit à North Carolina, avec son mari et leurs enfants à fourrure. Quand elle n'écrit pas, elle est occupée à cocher des cases sur sa liste de voyages à faire. On peut retrouver beaucoup des endroits qu'elle a visités dans ses écrits, notamment le monde mythique d'Hydria, inspiré d'Hydra, dans les îles grecques. Elle est excentrique, boit beaucoup trop de café et adore nager. Tchao !

https://www.lexicfoss.com/Français

Pour être au courant des dernières nouvelles et connaître les dates de publication, abonnez-vous à ma newsletter: https://www.lexicfoss.com/la-newsletter-de-lexi

facebook.com/LexiCFoss

twitter.com/LexiCFoss

Livres de l'Auteure Lexi C. Foss

Alliance de Sang

L'Esclave du Vampire

Le Vampire Royal

La Triade de l'Alpha

Le Vampire Rebelle

Le Roi Vampire

Le Vampire Cruel

Faë de l'Enfer

La Captive des Faë de l'Enfer

La Malédiction des Immortels

Les Lois du Sang

Des Liens Interdits

Cœur de Sang

Les Liens du Sang

Les Liens des Anges

Chercheur de Sang

Le Poids du Sang

Des Liens Dangereux

Le Roi de Sang

La Reine des Éléments

Livre Un